アレクシス
あるいは空しい戦いについて
とどめの一撃

マルグリット・ユルスナール
岩崎力 訳

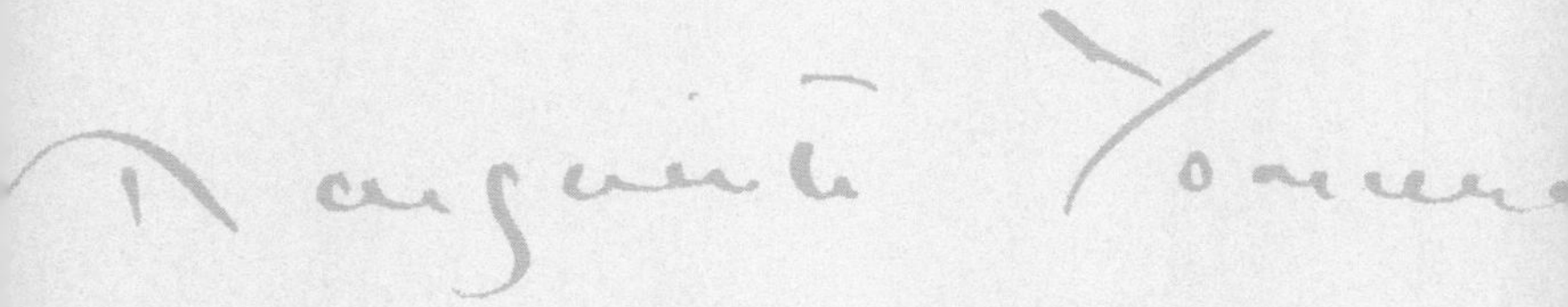

白水社

アレクシス あるいは空しい戦いについて

とどめの一撃

目次

ALEXIS OU LE TRAITÉ DU VAIN COMBAT

アレクシス　あるいは空しい戦いについて

彼自身に

序

『アレクシスあるいは空しい戦いについて』は一九二九年に刊行された。つまりこの作品は、文学的にも民俗的にも、それまで禁忌とされていた主題が、数世紀来はじめて旺盛な文章表現を獲得した時代と時を同じくしている。刊行以来、三十五年近い歳月が流れた。この年月のあいだに社会思想、社会習慣、読者の反応は、人が考えるほどではないにせよ、さまざまな変化をみせた。作者の意見も、あるものは変わり、また変わりえたかもしれなかった。それゆえ、この長い時をへだてて『アレクシス』を再びひもといたとき、私はある不安を覚えずにはいられなかった。このテクストにいくつかの修正をほどこし、変化した世界に焦点を合わせなければなるまいと覚悟していた。

しかし、よく考えてみるとその種の修正は、有害とはいわないまでも、およそ無益に思われた。不注意による文体のまずさを除いて、この小篇はもとのまま再刊することにした。一見正反対に思える二つの理由からである。第一の理由は、ひとつの階層、ひとつの時代、そしていまでは地図から消えてしまった国と緊密に結びつき、昔日の中央ヨーロッパとフランスの雰囲気に浸されたこの打ち明け話の、このうえなく個人的な特質であって、なににせよ、その雰囲気を少しでも変えようとすれば、書物全体の響きが変質してしまうからである。第二の理由は、逆に、それがいまなお惹き起こす反応からみて、この物語が依然として一種の現代性を、ある種の人びとにとっては有用性とさえ呼びうるものを備えているからである。

実際、かつては禁じられたものとみなされていたこの主題が、今日では文学によって大いに論じられ利用さえされており、いわば市民権をなかば獲得しているにもかかわらず、アレクシスの内面の問題は今日なお不安と秘密の度を弱めておらず、この点に関して、限られたある種の階層の人びとを支配している相対的な気安さも――それは真の自由とはまったく異なるものだが――せいぜい大衆全体のなかにいっそう多くの誤解ないし偏見を産み出しただけとしか思えないのである。アレクシスとモニックの悲劇が現実にいまなお起こりつづけていること、官能の現実世界がもろもろの禁止の柵によって閉ざされているかぎりおそらくこれからも起こりつづけるにちがいないことに気づくには、私たちの周囲を注意深く見まわすだけで十分である。それらの禁止のうちもっとも危険なのは、もしかしたら言語の禁止なのかもしれない。大部分の人はさほど戸惑いもなく避け、あるいは迂回する障害、しかし細心な精神と純粋な心の持ち主はほとんど例外なく引っかかって傷つく障害に覆われた言語の禁止である。人がなんと言おうと習俗はほとんど変わっていない以上、この小説の中心主題がひどく古めかしくなったとは言えない。

あらゆる形態における官能の自由の問題は、大部分、表現の自由の問題にほかならないという事実に、人はこれまで十分な注意を払ってきたとは言えないかもしれない。世代から世代へ、性向や行為自体はほとんど変化しないように思える。変わるのは、逆に、それらをとりまく沈黙の広さであり、嘘で固められた層の厚さである。それは、禁じられた秘めごとについてだけ真実なのではない。言語の迷信がもっとも暴君的に幅をきかせるのは、結婚自体において、夫婦の肉体関係においてなのである。上品な表現とされているとはいえ、実は安っぽい文学のものにほかならない表現、つまりなかば怯え、なかば猥らな表現を排除しながらアレクシスの身に起こったことを正直に語ろうと努める作家にとって、選択の余地は結局、多かれ少なかれ欠陥があり、ときにはとうてい容認しがたく思える二つないし三つの表現手段しか残されていない。科学領域の語彙に含まれる術語――最近造られたとはいえ、それらを支える理論と同じくいずれ流行おくれになる運命にあり、極端な通俗化によって損なわれ、正確さという長所さえほどなく奪われてしまう科学用語は、学問的著述のためにしか価値をもたず、その種の著作にしか適さないと言わなければならない。レッテルのようなこれらの単語は文学の目的に逆行する。後者が目ざすのは表現における個別性だからである。あらゆる時代を通じてつねに信奉者をもつ文学的方法としての猥褻も、もしそれが、とり澄ました読者やすれた読者に、彼らの見ようとしないもの、あるいは慣れすぎてもはや目に映らなくなったものを正面から見据えるよう強いる力をもつのであれば、いわばショック療法的技法として十分弁護できる。その利用はまた、単語の洗浄ともいうべき一種の企て、言い換えれば、それ自体どうということもない言葉ではあるが、慣例によって汚されてしまった言葉に、清潔で落ち着いた一種の無垢さを取り戻させるための努力に、当然呼応する。しかしながらこの荒々しい解決法はひっきょう、外面的解決法でしかない。通りすがりの旅行者が外国の町でわざわざ貧民窟に足を運ぶのにも似て、偽善的な読者は突飛な言葉を一種ピトレスクなもの、ほとんどエキゾチックなものとして受け入れる傾向があるからだ。猥褻さはたちまちすり切れてしまい、それを利用する作者は、昔日のほのめかしより真理にとってなおいっそう危険なせり上げを余儀なくされる。いくつかのすぐれた表現を除けば、言葉の荒々しさが思想の凡庸さを覆い隠し、一種の順俗主義と容易に両立する。

作家には第三の解決法が提供されうる。数世紀にわたってフランスの説教師、モラリスト、ときには古典主義時代の小説家たちが、当時のいわゆる《感覚の錯迷》を論じるのに用いた言語、慎重であると同時に明確な、簡潔でほとんど抽象的でさえあるあの言語を用いることである。意識の検討というこの伝統的な様式は、人生そのものにも劣らぬほど複雑な性質をもつ主題について、判断の無数のニュアンスを表現するのにこのうえなく適していたので、ブルダルーやマションは憤慨ないし非難を表現するのにこれを用い、ラクロは放縦や官能を表現するのに使ったのであった。この清澄な言語は、その慎み深さからみても、アレクシスの思慮深く慎重な緩慢さ、自分を捉えた不安と拘束の網から、断ち切るというよりは編目をひとつひとつほどいていくような仕種で自分を解放するための辛抱強い努力、官能性自体への敬意から彼が守ろうとする遠慮深さ、下品に堕することなく、精神と肉体を和解させようとする決然たる意図等々に、とりわけふさわしいものと私には思われた。

一人称で書かれた物語がすべてそうであるように、『アレクシス』はひとつの声の肖像である。その声に固有の意識と音色を残しておかなければならず、そこからなにひとつ奪い取ってはならなかった。たとえば、いささか古めかしく思える――というより三十五年近く前すでにそう思われた彼の慇懃な声の抑揚、アレクシスと若い妻との関係について、もしかしたら告白自体よりも多くのことを教えてくれる、ほとんどおもねりを思わせる優しい口調など。現在の作者には疑わしく思えるいくつかの意見も、登場人物に残しておかなければならなかった。性格を特徴づけるうえで、それなりの価値があったからである。アレクシスは自分の性向を説明するのに、完全に女性たちに支配されていた清教徒的な幼年時代の影響をもち出す。彼自身に関する限りこの見方は正確なのかもしれず、それを受け入れる瞬間から彼にとってそれなりの重要性を帯びるのであろうが、いまの私には、もしかしたらその種の動機づけを必要としない事実を、現代の心理構造に人為的に押し込もうとする説明の典型であるように思われる（いまではもう思い出せないが、たとえ当時の私がその種の説明に信をおいたとしても）。同様に、愛とは無縁に味わった快楽へのアレクシスの偏愛も、だらだらと後を引く執着への警戒も、まるまる一世紀に及ぶロマン主義的誇張への反動として、一時代の特徴を示している。このような見方は、それを表現する人びとの官能的趣味がどんなものであれ、私たちの時代にもっとも広く流布した見方のひとつであった。アレクシスにこう答えることもできるだろう――このようにいわば分離された官能は、それ自体ひとつのルーティンに転化する危険がある、と。いやそれだけではない、快楽がまるでそこに場所を占めるに値しないかのように、他の人間的感動から快楽だけを区別しようとするこの配慮の底には、一種のピューリタニズムがひそんでいるとさえいえよう。

妻の許を去るにあたり、アレクシスは出発の理由として、嘘で汚されていない完全な性的自由の探求をあげる。たしかにそれはもっとも決定的な理由である。しかしながら、去って行く人間としてはいっそう告白しにくい他の動機を混ぜこんでいることもありえなくはない。たとえばモニックが否応なくその生きた象徴となってしまった既成の安楽さや社会的体面から逃げ出したいという気持。アレクシスは若い妻をありとあらゆる美徳で飾り立てる。まるで、妻と自分を隔てる距離を大きくすれば、それだけ容易に出発を正当化できるとでも思っているかのように。モニックからの返事を書こうかと思ったことも何度かある。アレクシスの告白にひとつ反論せず、しかもこの出来事のいくつかの点に照明を与え、この若い女性について、これほど理想化されてはいないかもしれないが、より完全なイメージを与えてくれるような返事。目下のところ私はその計画を諦めている。女性の生活ほど秘密に満ちたものはない。おそらくモニックの物語はアレクシスの告白よりもっと書くのが難しい。

学校で習ったラテン語を忘れてしまった人びとのために、主要人物の名前が（したがってこの書物の表題が）ウェルギリウスの『田園詩』の第二歌「アレクシス」から借りてきたものであることを指摘しておこう。この第二歌からは、ジードも同じ理由によって、あれほど激しい論議の的となった「コリドン」という題名を借用している。また「空しい戦いについて」という副題は、同じくアンドレ・ジードの青年時代の、いささか色褪せた作品『空しい欲望について』と響きあっている。このような想起にもかかわらず、『アレクシス』へのジードの影響は微弱なものであった。ほとんど新教徒的な雰囲気と、官能の問題を再検討しようとする配慮は、彼に由来するものではない。逆にいま私が一カ所ならず（もしかしたら度を越すほどに）見出すのは、幸福な偶然によって私が早くから知っていた、深刻かつ悲愴なリルケの作品の影響である。一般的にいって《時差流布》の法則とでも呼ぶべきものの存在を私たちはあまりにも忘れすぎている。つまり一八六〇年ごろの教養ある若者たちが読んでいたのは、ボードレールよりシャトーブリヤンであり、世紀末の青年たちはランボーよりミュッセを読んでいたということ。私はといえば、（どのような程度においてであれ、自分が時代の特徴を示していたなどと主張するつもりは毛頭ないが）現代文学にたいする相対的無関心のなかで若い年々を生きた。その理由の一端は過去の文学を勉強していたことであり（私の文学的生産と呼びうるもののなかで、ひどく不器用ではあるが『ピンダロス』が、アレクシスに関するこの小冊に先立って書かれたのはそのためである）、他の一部は、流行の価値と呼びうるものへの本能的な不信の念に求められよう。私の心を占める主題をついに公然と論じたジードの偉大な作品のうち、大部分は当時まだ噂に聞いて知っていただけであった。『アレクシス』にたいするジードの作品の影響は、内容というより評判に由来し、それまで密室のなかで検討されていた問題をめぐって、一種の公開討論が組織されたおかげであった。というのも、たしかにそれは私がさほど躊躇なく同じテーマを取り上げるのを容易にしてくれたからである。ジードの初期作品を読むことが私にとって貴重だったのは、なによりもまず《形態》上の観点からであった。というのもジードの作品は、霊妙であるとはいえ同時に古めかしく思われかねなかった、純粋に古典的な物語形式の利用がいまなお可能であることを証しだて、本来の意味における小説の罠、つまりその構成が、当時の私の持っていなかった多種多様な人間的・文学的体験を作者に要求する小説の罠に陥るのを避けさせてくれたからである。このようなことを私が述べるのは、偉大なモラリストでもあったあの大作家の作品の重要性を縮減するためではないし、ましてや、いっさいの流行からの孤絶のなかで二十四歳の若い女性が書いた『アレクシス』を、多かれ少なかれ相似た意図のもとに書かれた同時代の他の作品と区別するためではなく、むしろ逆に、それらに自発的な打ち明け話と真率な証明という支えを提供するためである。ある種の主題は時代の気運に乗って漂う。しかしそれらはまた、人生の織り目のなかにひそんでもいるのだ。

一九六三年

女友《とも》よ、この手紙はとても長いものになるだろう。私は書くのがあまり好きではない。言葉は思いを裏切る——そういう言葉を何度となく読んだが、書かれた言葉はいっそうひどく裏切るように思える。重訳された文章になにが残るか、貴女も知ってのとおりだ。それに、なにからどう書いたらいいのかわからない。書くこと——それは千もの表現のなかから絶えず選択することなのだが、どれひとつとして私を満足させない。とりわけ、どれひとつとして、他の表現なしには私を満足させない。私としては、和音の連鎖を可能にするのは音楽だけだと知るべきなのだが。手紙は、どんなに長いものでも、単純化されてはならぬはずのものの単純化を余儀なくする。人はいつも、すべてを語り尽くそうとするやいなや、わけがわからなくなってしまうのだ！　私はいまここで、誠実であろうとするだけではなく、正確であることにも努めたいと思っている。これらの頁には抹殺された文章が多く含まれることになるだろう。いやすでに含まれている。貴女にお願いしたいのは（それは貴女にお願いできるたったひとつのことだが）、私にこれほどの犠牲を強いた文章を、一行たりとも読みとばさないでほしいということだ。生きることがすでに難しいとすれば、自分の生を説明するのはなおのこと難しい。

まるで私が恥ずかしく思っていたかのように、あるいは貴女が理解してくれていたかのように、なにも言わずに貴女の許を去るなどということは、もしかしたらやらないほうがよかったのかもしれない。寝室の親密さのなかで、明かりもなくおたがいの顔もほとんど見えないので、ついすべてを打ち明けてもいいような気分になるあの時刻に、ゆっくりと時間をかけて、小声で、自分の気持を説明するほうがよかったのかもしれない。しかし、女友《とも》よ、私は貴女の人となりを知っている。貴女はとても善い人だ。この種の物語には、なにかしら憐れみを誘うものがあって、読む人はほだされてしまうかもしれない。哀れに思ったとき、貴女は私を理解したような気持になるかもしれない。私は貴女を知っている。貴女はこれほど長い説明に含まれる屈辱を免れさせたいと思ってくれるだろう。あまりにも早く私の話をさえぎってしまうだろう。ひと言口にするたびに気が弱くなり、私は貴女に押しとどめられるのを期待するだろう。あとでふれるつもりだが、貴女にはもうひとつ別の長所がある（もしかしたら短所なのかもしれない）。それにつけ入りたくはない。貴女にたいする私の罪はあまりにも重いのだから、私自身と貴女の憐憫とのあいだに、ある距離をおかざるをえないのだ。

私の芸術が問題なのではない。貴女はおよそ新聞を読まないけれども、共通の友人を通じて、私が世間でいう成功なるものを得ていたことは聞き及んでいたはずだ。言い換えれば、多くの人びとが私を聞きもせず理解もせずに、私を褒めそやしていたことを。そんなことが問題なのではない。問題は、本当にもっと内密ななにかというのではないが（自分の作品以上に内密なものを私はもてるだろうか？）、自分がひたすら押し隠していたがゆえに、より内密に思えるなにかなのだ。とりわけ、より惨めななにか。しかし、貴女にもおわかりだろう、私はためらっている。書きつける言葉のひとつひとつが、最初表現したいと思っていたものから、ますます私を遠ざける。それによって唯一証明されるのは、自分には勇気がないということだ。単純さも欠けている。これまでいつもそうだった。しかし人生も単純ではない。そしてそれは私のせいではない。書きつづけることを私に決心させる唯一のもの、それは貴女が幸せではないという確信だ。私たちは過去にあれほど嘘を言い、あれほど嘘に苦しんだのだから、誠実さがはたして人を癒してくれるかどうか試してみても、実際さほど危険ではないはずだ。

私の青春、いやむしろ思春期は絶対に純潔だった。あるいはそう呼ぶにふさわしいものだった。こういう断言は、普通、洞察力ないし率直さの欠如を証しだてるものだから、いつも人を微笑させる。それはよくわかっている。しかし私は自分が間違っているとは思わないし、そう断言しても嘘にはならないと確信している。そう、確信しているのだ、モニック。十六歳ごろの私は、ダニエルがその年齢になったらそうあってほしいとおそらく貴女が願っているとおりの少年だった。しかし言わせてほしい、そんなことを願う貴女は間違っている、と。人が能う限りの完璧さを、それほどの若さで、もっとも古い過去の思い出のなかに押し込まなければならなくなるのは、けっして望ましいことではないと私は信じている。子供のころの私、ヴォロイノのあの子供はもはや存在しない。そして私たちの存在は、自分自身への不実さを条件としているのだ。私たちの最初の亡霊が、まさに最上のものであり、もっとも懐しく感じられ、哀惜に値するというのは危険なのだ。私の少年時代は、祭りの前日の、あの不安に満ちた期待や、なにかが起こることを願いながらなにもせずにいた、あの長すぎる午後の無気力な状態と同じくらい私から遠い。あのころの私にはどう名づけたらいいのかわからなかったあの平和をふたたび見出す希望など、どうして抱けよう？　それがあげて私自身ではないことを思い知って、私はその平和を自分から分け隔てたのだ。とはいえ、ここですぐにも告白しておかなければならない——私たちが平和と呼ぶあの無知を、自分が相変わらず惜しんでいるかどうか、ほとんど自信がない、と。

自分自身にたいして不当でないことはなんと難しいのだろう！　さっき私は、私の思春期にはなんの曇りもなかったと言った。そのとおりだと思う。私はしばしば、いささか子供っぽく、あんなにも淋しかった過去に思いを馳せたものだ。自分の思考のみならず、思考よりもっと内密な感覚を、いや、当時の夢の数々まで思い出そうと努めた。そして自分なりに分析してみた。当時の私にはわからなかった意味、なにか気にかかる意味をそこに発見できるのではないか、精神の無知を心情の無垢と取り違えていたのではないかと思ったからだ。貴女はヴォロイノの池を知っている。地上に落ちた灰色の空の大きな断片、しかも霧となってふたたび空に昇ろうとしている断片のようだと貴女は言う。子供のころ、私はあの池がこわかった。池も他のものと同様、すべてがその秘密をもっていること、平和は、沈黙と同じくうわべだけの見せかけにすぎないこと、嘘のなかでも最悪なのは静けさの嘘であることが、私にはすでにわかっていた。いま思い出してみると、私の少年時代は、あげて大きな不安の縁の大きな静けさだったように思われる。そしてその大きな不安というのは、人生全体にほかならなかった。貴女にここで語るにはあまりにも些細すぎるさまざまな状況を、いま私は思う。あのころは気づいていなかったが、聖書のいう神の息吹にも似た最初の警告の戦慄（肉の戦《おのの》き、心の震え）がいまになって見分けられるのだ。私たちの人生には、説明しがたい形で、ほとんど恐怖のあまり身の毛もよだつような形で、私たちがのちになるであろうような人間になってしまう瞬間があるのだ。女友《とも》よ、私はほとんど変わらなかったように思えるのだ！　開いた窓から入ってくる雨の匂い、霧に包まれた白楊の林、おそらくは自分たちの青春時代を思い出させるからだったにちがいないが、老婦人たちが私に演奏させたチマローザの音楽、いやそれほどのものではなくとも、ヴォロイノにしか見出せない独特な静寂だけでも、自分の幼年時代から私を引き離すあれほどの想いや出来事や苦痛を、もともと存在しなかったものにしてしまうのに十分だ。しかしそういう状態は、ほとんど一時間にも満たぬくらいしか続かず、あのころ私がしばしば陥り、そのあいだは人生も私もあまり変わる時間をもたなかったあの半眠半覚の時期のひとつにすぎなかったのだとしても、私はほとんどそれを容認してもいいような気持だ。私は目を閉じさえすればいい。すべては正確にあのころと同じように動く。まるで彼が私から離れなかったかのように、あの内気な、とてもおとなしかった少年をふたたび見出す。彼は自分がかわいそうだなどとは思っていなかったし、あまりにもいまの私に似ているので、あらゆる点でこの私に似ていることもありえたのではないかと思う。もしかしたら間違いかもしれないが……

私の言うことは矛盾している。それは私にもよくわかっている。おそらくそれは予感のようなもの、持つはずだったがゆえに持ったと思い込む予感のようなものなのだ。私が私たちの過ちと呼ばざるをえないもの（たとえ世のならわしに従うためでしかないとしても）、それがもたらすもっとも残酷な結果は、そういう過ちを犯していなかったころの思い出まで汚してしまうことだ。私が不安を覚えるのはまさにそのためなのだ。なぜなら、かりに私が間違っているとしても、どういう意味で間違っているのかはわからないし、当時の私の無垢さが、ほんとうにさっき断言したほどだったのかどうか、あるいは現在の私が、自分で強いて思い込んでいるほど罪深い存在なのかどうか、私が決めることはけっしてないだろうから。しかし私はまだなにひとつ説明していないことに気づく。

私たちが大変貧しかったことを、あらためて貴女に言う必要はないと思う。古い家門の貧窮には、なにかしら悲愴なものがある。人が生きつづけるのはひたすら忠実さによってでしかないように思えるのだ。誰への忠実さなのかと貴女は尋ねるだろう。家にたいする忠実さなのだと私は思う。祖先にたいする忠実さでもある。あるいは単純に、自分がかつてそうであったものへの忠実さなのかもしれない。子供にとって貧しさはさほど重要ではない。母や姉たちにとっても同じことだった。なぜなら皆が私たちを知っていたし、私たちを実際以上に裕福だと思う人はひとりもいなかったから。昔のあのとても閉鎖的な環境の利点はそこにあった。あなたがいま現にどういう状態にあるかよりも、かつてどういう状態にあったかのほうが重視される。すこし考えればわかるように、過去は現在よりはるかに安定しており、それゆえはるかに重要なものに見えていた。人びとが私たちに必要以上の注意を払うことはなかった。人びとが敬意を払っていたのは、私たちのなかの元帥、何世紀ごろというおよその見当を除けば誰ひとりいつの人なのか覚えていないような、はるか昔に生きていた元帥にたいしてだった。いまになって気づくのだが、祖父の築いた財産と曾祖父の得た数々の栄誉もまた、私たちの目には、私たち自身の存在よりはるかに重要な、いやはるかに現実的でさえある事実として映っていた。こういう古いものの見方は、もしかしたら貴女を微笑させるかもしれない。正反対の他の見方も道理にかなっていないわけではないことを、私も認めるのにやぶさかではないが、とにかくそういうものの見方が、生きるうえで私たちを支えてくれたのだった。私たちが、ほとんど伝説的存在となったこれらの人物たちの後胤であることを妨げるものはなにもなかったから、人びとが私たちのなかの彼らを敬いつづけるのを妨げるものも存在しなかった。それは遺産のなかでどうしても譲渡できない唯一の部分だった。そういう祖先に比べて、私たちが金も信用も失っていたからといって、そのために非難されることはなかった。それはあまりにも当然のことだった。そういう有名な人びとと肩を並べようなどとするのは、まるで場違いな野心のように、なにかしら不相応なことに思えたにちがいない。

そういうわけだから、私たちを教会に運んだ馬車は、ヴォロイノ以外の場所ならきっと時代おくれに思えたにちがいない。しかしあそこで新式の馬車を使ったりしたら、そのほうがはるかに人びとの気にさわっただろうと思う。母が同じ服をすこし長く着つづけすぎたとしても、そんなことに気づく人は誰もいなかった。北ボヘミアのあの非常に古い土地では、私たちジェラ家のものは、いわばある家系の末裔にすぎなかったのだ。私たちは存在しない。目には見えないが私たちよりはるかに威厳のある人物たちが、その映像で私たちの家の鏡を満たしつづけている――人びとがそう信じていたとしても不思議はない。とりわけひとつの文章の結びである効果を狙っているのではないかと疑われることさえ私は避けたいと思っているのだが、しかしある意味で、こうした古い家門にあっては生者のほうが死者の亡霊のように見えるといってもいいと思う。

昔のあのヴォロイノの話をこんなに長々と語りつづける私を許してほしい。私はあの土地を非常に愛していたのだから。それがひとつの弱さであることは私も疑わない。そして人はなにひとつ愛してはならないのだ、すくなくともなにかを特に愛するなどということはすべきでない。私たちがあそこで幸福だったというわけではない。すくなくとも歓びはあの土地にほとんど住みついていなかった。あそこでは、若い娘の笑い声でさえ、抑えられた笑い以外には聞いた覚えがないように思う。古い家柄の人はあまり笑わないものだ。本当に静かに眠らせておくほうがいいような思い出を目覚めさせるのを恐れるかのように、ついには小声でしか話さないことに慣れさえする。といって不幸だったわけでもない。人が泣くのを見たことは一度もないことも言っておかなければならない。ただあそこではすこし悲しかった。それは環境というよりは性格の問題であり、私のまわりでは、悲しさがけっして消えなくても幸福でありうることを、皆が認めていた。

当時、あの建物はいまと同じように白く、エカテリーナの世紀に流行したあのフランス趣味の、列柱と窓の目立つ建築だった。ただ、あの古い家がいまよりずっと荒れ果てた感じだったことを貴女に思い出してもらわなくてはならぬ。というのもあの家は、私たちが結婚したとき、貴女のおかげではじめて修復されたのだったから。あのころの家の様子を想像することは、貴女にとって難しいことではない。貴女がはじめて訪ねてくれたときの状態を思い出してほしい。たしかにあの家は単調な生活を営むために建てられたのではなかった。豪奢な暮らしを見せびらかしたがった先祖の気まぐれで、お祭り騒ぎをするために建てたのだと思う（人びとがお祭り騒ぎをしていた時代に）。十八世紀の家はみんなそうだ。もっぱら客を迎え、もてなすために建てられたように思え、私たちは、どうしても寛げない訪問客でしかない。私たちには手の施しようがなかった。いつだって私たちには大きすぎたし、中はいつでも寒かった。あの家は頑丈でなかったようにも思える。たしかに、雪の下ではいかにも淋しげに見えるああいう家の白さは、一種のもろさを連想させる。ああいう建て方は、もっと温暖な土地のために、もっと気楽に暮らす人びとによって考え出されたものであることがよくわかる。しかし私はいま、まるで一夏だけのために建てられたかのような、一見して軽いこの建物が、私たちよりもはるかに長く、もしかしたら私たちの家系より長くもつだろうことを知っている。いつかこの家が人手に渡るというのもありえないことではない。そうなっても、家にとってはどうということもないだろう。なぜなら家は独自の生活を営んでいるからだ。そしてそれは私たちの生活とは無縁な、そもそも私たちには理解できない生活なのだ。

明るすぎる客間の、すこし引きつったような深刻な顔、物思わしげな女たちの顔が目に浮かぶ。さつき話した先祖が、音楽がよりよく響くようにと、各部屋を広く大きくするのを望んだのだった。彼は音楽を愛していた。その先祖が話題に上ることはあまりなかった。彼についてはなにも話さないほうがいいと思っているようだった。彼が大変な財産を使い尽くしてしまったことはわかっていた。もしかしたら恨まれていたのかもしれない。あるいはなにかほかのことがあったのかもしれない。彼についてはは沈黙が守られたまま、なおも二世代過ぎた。おそらく彼への関心を呼びさますような特別なことはなにもなかったのにちがいない。その後を継いだのが私の祖父だった。その祖父が農政改革の時代に破産した。彼は自由主義的な考えの持ち主だった。その思想は大変けっこうなものだったかもしれないが、言うまでもなくそれは彼を貧乏にしたし、父の管理もまったく嘆かわしいものだった。父は若死した。私は父のことをほとんど覚えていない。私たち子供にたいして厳しかったことは覚えている。自分自身に厳しくできなかったことに自責の念を抱いている人がときとしてそうであるように。もちろんこれはひとつの仮定でしかない。父について私はなにも知らないのだから。

モニック、ひとつ気づいたことがある。古い家には必ず幽霊がいると人は言う。私自身は一度も見たことがないけれども、とにかく私は臆病な子供だった。幽霊が目に見えないのは自分のなかに幽霊を宿しているからなのだということを、もしかしたらすでに理解していたのかもしれない。しかし古い家が人を不安に駆りたてるのは幽霊がいるからではなく、いるかもしれないからなのだ。

幼いころのあの年々が私の人生を決定したのだと思う。もっと身近な、もっと雑多な、そしてもしかしたらはるかに明確な他の思い出も残っているのだが、しかしそういった新しい印象は、幼年時代のそれに比べて単調ではなかっただけに、私のなかに深く入り込む暇をもたなかったように思われる。私たちはみんなぼんやりしている。それぞれに夢があるからだ。結局私たちを浸し、私たちに滲みこむのは、同じことが絶えずくり返されるときだけなのだ。私の幼年時代は沈黙に包まれ、孤独だった。それは私を内気に、したがって無口にした。三年近く前から貴女を知っているというのに、あえて貴女に語りかけるのはこれがはじめてだと思うと！　しかも手紙の形でしかなく、必要に迫られてのことなのだ。沈黙が過ちになることもありうるというのは、思えば恐ろしいことだ。それは私の犯したなかでもっとも重大な過ちなのだが、とにかく犯してしまったのだ。貴女にたいして犯すまえに、私は自分自身にたいしてその過ちを犯していた。ある家のなかに沈黙が住みついてしまうと、追い出すのは難しくなるものだ。事が重要であればあるほど、ますます人は口を噤もうとするように思える。それはまるで凝固物のようであり、しかもますます固く、量塊のようになっていく。その下で生は続いている。ただ人には聞こえない。ヴォロイノは、ますます大きくなっていくように思える沈黙に満ちていたが、沈黙はすべて、口に出して言われなかった言葉から成っている。私が音楽家になったのは、もしかするとそのせいなのかもしれない。誰かがその沈黙を表現しなければならなかった。その沈黙に含まれる悲しみを表出させ、いわば歌わせなければならなかった。言葉を用いてはならず――言葉はつねにあまりにも明確すぎて、結局残酷になる――、使えるのは音楽だけだった。なぜなら音楽が慎みを欠くことはけっしてなく、嘆くときにも理由を述べ立てたりはしないからだ。一種独特な音楽、テンポの緩い、長い意図的な沈黙に満ちてはいるが正真の音楽、沈黙に貼りつき、最後にはそのなかに滑り込んでいくような音楽が必要だった。そういう音楽こそが私の音楽だった。貴女にもよくわかるだろう、私は一介の演奏者にすぎず、表現することに自己を限定したのだ。しかし表現できるのはつねに自分自身の混乱でしかない。人はいつも自分自身について語るものだ。

私の寝室に通じる廊下に一枚の新しい版画が掛かっていたが、眺める人は誰もいなかった。だからそれは私だけのものだった。誰が持ってきたのかは知らない。その後、自称芸術家たちの家であまりにもしばしば見かけたので、すっかり嫌いになっていたが、あのころはしばしば眺め入ったものだった。ひとりの音楽家に耳を傾ける人びとが描かれていた。私はそれらの人物たちの顔にほとんど恐怖を覚えた。まるで音楽が彼らになにかを啓示するかのようだった。私は十三歳ぐらいだったと思う。断言してもいいが、当時の私には、音楽や人生がなにかを啓示するなどということはまだなかった。すくなくとも私はそう思っていた。しかし芸術は情熱にあれほど美しい言葉を語らせるものなので、情熱の言わんとするところを理解するためには、当時の私のもっていたより以上の経験が必要だ。あのころ試みに書いた小曲を私は見直してみた。可もなく不可もない出来だったが、私が考えていたことに比べるとはるかに子供っぽかった。しかしいつだってそうなのだ。作品は、私たちの人生のなかで、書いたときにはすでに乗り越えていた時期を表わしているものなのだ。

当時、音楽は私を、非常に快い、一種独特な麻痺状態に陥れた。動脈の拍動を除けば、すべてが動きを止めたように思われた。生命が自分の肉体の外に逃げ去ったかのように思え、これほど疲れているのが快かった。それはひとつの快楽だった。そしてほとんど苦痛でもあった。生まれてこのかた、快楽と苦痛は、私にとって、隣りあう二つの感覚だった。すこしでも思慮深い性質の人なら、私と同じように感じるだろうと思う。自分がさまざまな接触にとりわけ敏感だったことも思い出す。接触とはいっても、およそ罪のない種類のもの、たとえばとても柔らかな布地の手触り、まるで生きているように思える毛皮のくすぐったさ、果物の皮に触れたときの感じなど。そこには非難すべきものはなにもない。これらの感覚は私にとってあまりにも日常的なものなので、別段驚きもしなかった。単純に思えることはほとんど興味をひかないものだ。版画に描かれた人物たちは子供ではなかったから、きっともっと深い感動を覚えているのにちがいないと思っていた。なにかあるドラマの当事者なのだろうとも考えた。悲劇が起こったのでなければならぬと思い込んでいた。私たちはみな似たりよったりだ。私たちは悲劇を恐れる。ときとして小説的な気分になって、悲劇が起こればいいのにと思うこともある。しかし、それがすでに始まっていることには気づかない。

クラヴサンを弾いている男を描いた絵もあった。彼は弾く手を止めて自分の生命に聞き入っていた。それはイタリア絵画の非常に古い模写だった。原画はとても有名だが、画家の名は知らない。私がひどく無知なことは貴女も知ってのとおりだ。私はイタリア絵画があまり好きではない。しかしあの絵だけは好きだった。とはいえ、いま私はここであなたに絵の話をしているのではない。

あの絵にはもしかしたらなんの価値もなかったのかもしれない。いっそう金に詰まったとき、その絵は、いくつかの古い家具や、琺瑯細工の古いオルゴールなどといっしょに売り払われた。オルゴールが奏でるのはそれぞれひとつの曲だけで、いつも同じ音が欠けていた。小さい人形がついているのもいくつかあった。ねじを巻いて鳴らすと、それらの人形は右に何度か回り、ついで左に何回か回った。そして止まった。とても感動的だった。しかしいま私はここで貴女に人形の話をしようとしているわけではない。

モニック、白状するけれども、ここまで書いたことのなかで私は自分に甘えすぎている。しかし、苦くない思い出はあまりないので、ただ悲しいだけの思い出をくどくど並べたてるのを許してもらわなければならない。私しか知らないあるひとりの子供の胸のうちを長々と語っても、貴女は私を恨みはしないだろう。貴女は子供が好きだ。白状すれば私は自分でもそれと知らずに、貴女に多大の寛容さを要求するはずの物語の冒頭で、子供の話をすることによって貴女の寛容さに訴えられたらと思ったのかもしれない。私は時間稼ぎをしようとしている。当然のことだ。とはいえ、簡単明瞭であるべき告白を、もってまわった言葉で包みこもうとするのはなにやら滑稽だ。思わず笑ってしまうところだ、もし私が笑えるのなら。これほど錯綜した憧憬や感動や精神的混乱が（苦悩はさておき）、生理学的理由をもっているなどと考えるのは、いかにも屈辱的なことだ。そういう考えは最初、私に恥を覚えさせたが、やがて心を鎮めてくれた。生命もまたひとつの生理学的な秘密にすぎないのだ。快楽が感覚にすぎないからといって、なぜそれが軽蔑されるのか私にはわからない。苦悩もまたひとつの感覚であるにもかかわらず、軽蔑されないではないか。苦悩に敬意を払うのは、それが意志に由来するものではないからだ。問題は、快楽がつねに意志に由来するのかどうか、押しつけられているのではないかどうかを知ることだ。たとえそうではないとしても、自由に選びとられた快楽が、それゆえにより罪深くなるとは思えない。しかしここは、そういう問題を云々する場ではない。

私は自分の言うことがひどく曖昧かつ晦渋になりつつあるのを感じる。もちろん、私の言わんとするところを説明するためには、明確な単語がいくつか——科学用語である以上、淫《みだ》らでさえない単語がいくつかあれば足りるはずだ。しかし私はそういう単語を使おうとは思わない。だからといって私がそれらの単語を恐れていると思ってはいけない。ものに同意した以上、もはや言葉を恐れてはならない。要するに私には使えないのだ。細やかな配慮からとか、貴女に語りかけているからだけではなく、自分自身を前にして私はそれらの単語が使えないのだ。あらゆる病気には名前があること、いま私が言おうとしているものも、普通ひとつの病気とみなされていることは私も知っている。私自身、長いあいだそう思い込んでいた。しかし私は医者ではない。私はもはや自分が病人なのかどうかさえ自信がない。モニック、生は、ありとあらゆる可能な定義よりもっと複雑なのだ。いっさいの単純化されたイメージは、つねに粗雑すぎる危険がある。自分たちの夢しか知らないために、正確な言葉を避ける詩人たちのやり方を私が認めているとも思わないでほしい。詩人たちの夢には真実なものが数多くある。しかし夢は生全体ではない。生は詩以上のなにかなのだ。それは生理学以上のなにかであり、あれほど長いあいだ私が信じていたモラル以上でさえある。生はそれらすべてであり、さらにそれ以上でさえある。生は生なのだ。生は私たちの唯一の宝であり、唯一の呪いなのだ。モニック、私たちは生きている。私たちひとりひとりが、それぞれに独自の、かけがえのない生をもっている。しかもそれは、私たちにはなにひとつ変えようのない過去によって決定されており、今度はその生のほうが、たとえどんなにわずかであれ、未来全体を決定する。彼の生。彼自身のものでしかなく、二度とくり返されることのない生、しかも必ずしも確実に完全に理解できるとは限らない生。生全体についていま言ったことは、ある生のあらゆる瞬間についても言うことができるだろう。他の人たちが見るのは、目の前の私たちであり、仕種や身ぶりであり、唇のうえで言葉が形作られるときの仕方だ。自分の生を見ているのは私たちだけなのだ。まったく奇妙なことだが、私たちは自分の生を見、それがこういうものであることに驚く。しかも自分の生を変えることはできない。それを裁くときでさえ、私たちはやはり自分の生に属しているのだ。私たちの同意や非難もその一部なのだ。生はいつも生自体に反映する。なぜなら他にはなにもないのだから。私たちひとりひとりにとって世界が存在するのは、自分の生に隣接する限りにおいてでしかない。そしてその生を形作るさまざまな要素を切り離すことはできない。誇りに思う本能も、告白しがたい本能も、結局根は同じであることを、私は知りすぎるほど知っている。もしそのひとつを抹殺すれば、必然的に他のすべてを変質させることになるだろう。モニック、言葉はあれほど多くの人びとに使われるために、もはや誰にもあてはまらなくなっているのだ。ひとつの科学用語が生を説明するなどということがどうしてありえよう？　それはあるひとつの事実さえ説明しない。ただ指し示すだけだ。科学用語は、いつも似たようなやり方で事実を指し示す。しかし相異なる生のなかには二つとして同じ事実はないのだ。もしかしたら同じひとつの生にさえ、そんなものはないのかもしれない。とどのつまり事実とはきわめて単純なものだ。それに気づくのはいともたやすい。貴女がすでにそうではあるまいかと思っていたこともありえなくはない。しかし貴女がすべてを知ったあとでもなお、私には自分に説明しなければならないことが残るはずなのだ。

この手紙は説明なのだ。それが弁明になってしまうことを私は望まない。私は人びとの同意を得たいと願うほど気狂いではない。容認さえ求めない。それでは要求しすぎることになる。私が願うのは理解されることだけだ。とはいえそれは結局同じことであり、望みすぎであることは私にもよくわかっている。しかし貴女は小さなことについてあれほど多くを与えてくれたのだから、大きなことに関しても、ほとんど貴女の理解を期待する権利があると言えるくらいだ。

実際よりもっと私が孤独だったと思い込んではいけない。ときには私にも仲間がいた。同じ年ごろの。ふつうそれは大きな祭りのときのことだった。大ぜいの人がやって来たから。子どもたちも来たが、私が彼らを知らないこともしばしばだった。あるいは誕生日の祝いごとがあって、ひどく遠い親戚の家に出かけたとき。彼らのことを考えるのはその日だけだったから、彼らはまるで年に一度しか存在しないかのようだった。そういう子供たちは、ほとんど全部、私自身と同じく内気だった。だから一緒にいても楽しくなかった。厚かましいうえに騒々しく、帰ってほしいと思うような連中もいた。あるいは、同じように厚かましく騒々しかったとはいえ、苦しめられても抗議する気になれない連中もいた。というのも彼らは美少年だったり、よく響く声の持ち主だったりしたからだ。貴女にもすでに言ったように、私は美にとても感じやすい子供だった。美と、美によってもたらされる快楽は、あらゆる犠牲に値する、いやあらゆる屈辱にさえ値することを私はすでに予感していたのだ。生まれつき私は控え目だった。虐げられることに無上の快楽を覚えていたのだと思う。自分が友人たちより美しくないことが、私にはとても快かった。彼らを眺めていると幸福だった。そして他のことはなにも考えなかった。彼らを愛して幸福だった。彼らに愛されたいとさえ思わなかった。愛は（女友《とも》よ、私を許して欲しい）、その後ただの一度も覚えたことのない感情だ。愛しうるためにはあまりにも多くの美徳が必要だ。あれほど空しく、ほとんどつねに嘘であり、官能にさえまったく不用な情熱を、子供のころ私が信じていたことに驚かずにいられない。しかし子供にとって愛は純真さの一部なのだ。欲望に駆られていることに気づかないために、彼らは愛していると思い込むのだ。その種の友情はけっして頻繁ではなかった。ほとんど機会もなかった。そういった友情が無垢にとどまったのは、もしかしたらそのせいかもしれない。友達は帰って行き、あるいは私たちが家に帰らなければならなかった。孤独な生活がふたたび私の周囲を取り巻いた。手紙を書こうという気持はあったが、書くとなれば数々の間違いが避けられなかったので、結局出さなかった。そもそも私にはなにも言うべきことがなかった。嫉妬は非難すべき感情だ。しかし分別を弁えていながら、あれほど多くの人びとがその犠牲になる以上、子供たちが嫉妬に駆られるのは許してやらなければならない。私は嫉妬に苦しんだ。告白できなかっただけに、なおいっそう苦しかった。友情が人を嫉妬に駆りたてるようなことがあってはならない――それは私もはっきりと感じていた。私はすでに罪深い人間になることを恐れはじめていた。しかし私のこんな話はひどく子供っぽいのにちがいない。どんな子供でも似たり寄ったりの情熱に駆られたのだし、そこにひどく重大な危険を見てとるのは間違いなのではないだろうか？

女手で育てられたこと、子沢山な家族の末っ子だったこと、病気がちだったこと、母と姉たちがあまり幸福ではなかったこと――私が可愛がられた理由はそんなふうに多々ある。女たちの優しさにはあまりにも多くの善意がこめられていたから、長いあいだ私は神に感謝してもいいと思っていた。あれほど厳しかった私たちの生活は、表面的には冷たかった。私たちは父を恐れていた。やがて兄たちを恐れるようになった。恐れをわかち合うことほど人びとを近づけるものはない。母も姉たちも、あまり感情をさらけ出すほうではなかった。彼女たちの存在は、あの丈の低いランプに似ていた。照らすとはいえないにしても、とても柔らかくむらのないその明かりのおかげで、あまりの暗さを避け、本当に孤独になるのを防いでくれる。当時の私がそうであったような、不安にさいなまれる子供にとって、女性の静かな愛情が、どれほど心の安らぎをもたらしてくれたか、余人にはとうてい想像できないだろう。彼女たちの沈黙、平静さを意味するだけのなんでもない言葉、事物を飼い馴らすように思える見慣れた仕種、控え目な、しかし落ち着いた、しかも私に似ていた顔、それらすべてが私に崇拝の念を教えてくれた。母はかなり早く世を去った。貴女は母を知らない。同様に生と死が私から姉たちを奪った。しかしあのころ姉たちは皆とても若かったから、美しく思えることもあった。皆それぞれの胸の底に愛を宿していたのにちがいない。のちに結婚して子供を宿し、あるいは生命を奪うことになる病いを宿したように。本能がまだ眠っているころに漠然と現われるあの若い娘たちの夢ほど感動的なものはない。それは悲愴な美だ。なぜならそれらの夢は、どんなに力を尽くしても空しく失われるだけであり、日常生活の場ではおよそ使い途がないからだ。これらの愛の多くは、まだひどく漠然としていたと言わなければならない。対象は近所の若者たちだったが、若者たちのほうはそうとは知りもしなかった。姉たちはとても控え目だった。お互いに胸の思いを打ち明けることはまずなかった。ときには、自分がどう感じているのかわからないことさえあった。私は幼なすぎたから、もちろん打ち明け話の相手になることはなかった。しかし私は見抜いていた。彼女たちの胸の痛みをわかち合っていた。姉たちの愛している人が不意に入って来たりすると、胸がどきどきした。もしかしたら姉たち以上に。敏感すぎるほど敏感な少年にとって、若い娘たちの夢を通して愛を知るのは危険なことだ。それは確かだ。たとえその若い娘が純潔であり、少年自身自分は純潔だと思い込んでいるときでさえ。

またしても私は告白の縁に立っている。いますぐ、ごくあっさりと告白してしまうほうがいい。姉たちに、それぞれ女の友達がいたことは私も知っている。その友人たちは家族同然に暮らしており、しまいには自分を兄弟のように感じたほどだった。とはいえ私がそれらの娘たちのひとりを愛するのを妨げるものはなにもなかったし、貴女自身、私がそうしなかったのは奇妙だと思うかもしれない。しかし、そんなことはまさに不可能だった。家族同士のような静かな親密さは、彼女たちの身近にいる私がたとえそういうものを感じえたとしても、好奇心はもちろん欲望の不安さえ私から遠ざけてしまうのだった。さきほど私は崇拝という言葉を使ったが、非常に善良な女性に関する限りけっして行きすぎた言葉ではないと思う。近来ますますそう思う。肉体的な愛の仕種に含まれる粗暴さに、私はすでに気づいていた(みずから誇張してさえいた)。理非を弁えた、このうえなく厳しく純粋な家庭生活のイメージを、より強く情念に突き動かされる他のイメージに結びつけることは、私に嫌悪を抱かせたにちがいない。尊敬しているもの、もしかしたら愛しているものにさえ、人は夢中になったりしないものだ。とりわけ自分に似ているものに熱中することはないものだ。ところで私ともっとも遠くかけちがっているもの、それは女性たちではなかった。女友《とも》よ、貴女の長所は、すべてを理解できることだけではない。すべてを言わないうちにすべてを理解できることも貴女の長所だ。モニック、私の言うことが貴女にわかるだろうか？

いつ自分を理解したのか、私にはわからない。どうしてもここで詳しく述べるわけにはいかないいくつかの細部からみて、非常に遠い時期まで、ひとりの人間の最初の記憶にまでさかのぼらなければならないこと、そしてときとして夢が欲望の前触れであることがわかる。しかし本能はまだ誘惑ではない。それを可能にするだけだ。さきほど私は、自分の性向を外からの影響によって説明しようとしているように見えたかもしれない。外からの影響が、私の性向の定着に与《あずか》って力があったことは確かだ。しかし人はつねに、それよりもはるかに内密な、はるかに捉え難い理由に立ち戻らなければならない。私にはそれがよくわかっている。私たちがそれらの理由を容易に理解できないのは、それが自分自身のなかにひそんでいるからなのだ。そのような本能をもっているからといって、原因を解明するのに十分ではなく、結局のところ、完全に説明し尽くせる人は誰もいない。だから私もこれ以上固執するのはやめようと思う。私はただ、それらの本能が、まさしく私にとって自然であったがゆえに、長いあいだに私の知らぬままに発達したのかもしれぬことを示したかっただけだ。聞き伝えだけで云々する人びとはほとんどつねに間違うものだ。というのも彼らは外から、しかも大雑把に見ているだけだからだ。彼らの判断では非難すべき行為が、大部分の人間行為と同じく、容易であると同時に自然発生的なものだなどとは思いもしない。実例や精神的伝染を非難し、説明の困難さをただ先に延ばすだけなのだ。自然は人が思う以上に多種多様であることを彼らは知らない。知ろうともしない。なぜなら、考えるより憤慨するほうが容易だから。彼らは純潔を讃美する。しかし純潔がどれほどの惑いを含みうるか、彼らは知らない。とりわけ過ちの無邪気さを知らない。十四歳から十六歳にかけての私には、若い友人が以前より少なかった。というのもそのころの私は一層ひどく人見知りするようになっていたからだ。とはいえ（いまになって気づくのだが）一度か二度、およそ穢れのない幸福を手に入れそうになったこともある。どういう事情がその幸福を妨げたか、説明するつもりはない。それはあまりにも微妙すぎるし、言わなければならないことが多すぎて、事情をくどくど述べたてる暇はないから。

書物から学べることもあったかもしれない。書物の影響を非難する言葉は私もしばしば耳にした。私自身その犠牲者だと言い張るのはたやすい。そうすれば自分を興味深い存在に見せかけることができるかもしれない。しかし書物は私にどんな影響も残さなかった。そもそも書物が好きになったことは一度もない。人は書物を開くたびに驚くべき啓示を期待するものだが、本を閉じるたびにより大きな失望を感じる。それに、すべてを読み尽くさなければならないのに、たった一度の人生ではとても足りない。しかも書物は生を含んでいるわけではない。そこにあるのは灰だけなのだ。いわゆる人間的体験がそれなのだと思う。私たちの家の、誰も足を踏み入れようとしない部屋に、古い書物が沢山あった。大部分はドイツで印刷された宗教書で、先祖たちのお気に入りの甘美な神秘思想に満ちみちていた。私もそういう類の本は好きだった。そこに描かれた愛は、他の愛の失神や恍惚をすべて含んでいたが、悔恨だけは含まれていなかった。それらの愛にはなんの心配もなく身を委ねることができた。まったく異質な作品もいくつかあった。たいていはフランス語で書かれた十八世紀の本で、子供には読ませなかった。しかしその種の書物は私の気に入らなかった。当時すでにそうではないかと思っていたが、官能的快楽は非常に重大な主題なのだ。人を苦しめる危険のあるものについては真剣に論じなければならない。私の本能をくすぐった――いやもっと正確にいえば私の本能を目覚めさせたかもしれないいくつかの頁、しかしまったく無関心にめくった頁を覚えている。なぜそうしたかといえば、それらの頁の提供するイメージがあまりにも明確だったからだ。実人生には明確なものはなにもない。私たちが見るのはつねに欲望の靄を通してである以上、事物を赤裸々に描くのは嘘をつくことだ。書物が私たちを誘惑するというのは本当ではない。出来事が誘惑することもない。というのも出来事が誘惑するのは、私たちの時がめぐってきて、すべてに心を誘われるときでしかないからだ。いくつかの露骨な説明が愛について教えてくれるというのは嘘だ。ある仕種の単純な描写のなかに、やがて私たちのなかに生じる感動が容易に認められるというのも嘘だ。

苦悩はひとつだ。人は苦悩について、あたかも快楽を語るときのように語る。しかし苦悩や快楽について語るのは、それらが私たちを占めていないとき、あるいはもはや占め尽くしてはいないときなのだ。私たちのなかに入り込んでくるたびに、それらが感覚の新しい驚きを惹き起こすこと、私たちがそれらを忘れていたことを認めなければならない。事実それらは新しい。なぜなら私たちが新しいからだ。私たちはそのたびごとに、人生によって変えられた魂と肉体をそれらにもたらすのだ。にもかかわらず苦悩はひとつだ。快楽と同様、苦悩についても、私たちはいつも同じいくつかの形しか知らず、その囚われ人なのだ。これには説明を加えなければならない。思うに私たちの魂の鍵盤はひどく限られていて、人生がなにをしようと、哀れな音を二つか三つ出すだけなのだ。事物によりかかり、まるで身を委ねるようにしていた宵の味気なさ、音楽へののめり込み、道徳的完璧さへの病的な欲求を私は思い出す。それはもしかしたら欲望の置き換えにすぎなかったのかもしれない。どう考えても泣く理由などなかったときに流した涙を覚えている。苦悩に関する私のあらゆる体験が、最初のそれにすでに含まれていたことを私は認める。それ以上に苦しむことはあったかもしれない。しかし別様に苦しんだことはなかった。そもそも、苦しむごとに、人はいままでよりもっと苦しいと思うものだ。しかし苦悩は原因についてなにも教えてくれない。なにか原因があるとすれば、ある女に夢中になっているせいだと私は思い込んだにちがいない。ただどの女なのかは想像しなかった。

私はプレスブルク*の学校に入れられた。健康状態はあまりよくなかった。神経障害の症状があらわれていた。そういったことすべてが私の出発を遅らせた。しかし家で受けた教育では足りないように思えたし、人びとは私の音楽好きが勉強を妨げていると考えたのだった。勉強がよくできなかったのは事実だ。学校に入っても成績はよくならなかった。ひどく凡庸な生徒だった。もっとも私があの学院に入っていたのはごく短期間にすぎない。プレスブルクには二年足らずしかいなかった。そのわけはやがて話すつもりだが、しかしなにか驚くべき冒険などを想像してはいけない。なにも起こりはしなかった。すくなくとも私の身の上には。

私は十六歳だった。それまでいつも自分の殻に閉じこもって生きていた。プレスブルクで送った長い月日は、人生のなんたるかを私に教えてくれた。私が言いたいのは他人の人生をということだが。だからそれは辛い時期だった。あの時期に思いをめぐらすとき私の目に見えてくるのは、灰色の壁、陰気な寝台の列、肉が自分自身を惨めに感じる夜明けの寒さのなかの朝の目覚め、心ならずも口にする食べ物のように味気なく気を挫く決まりきった生活などだ。その学校の生徒の大部分は私と同じ階層の出身で、そのうちの何人かは個人的に知っていた。しかし共同生活は粗暴さを助長する。彼らの遊び、習慣、言葉遣いの粗暴さに私は腹を立てた。思春期の少年たちのお喋りほどシニックなものはない。たとえそれが純潔なときでも、というよりそんな場合にはとくに。同じ学校の生徒の多くは女性に関する一種の強迫観念にとらわれながら生きていた。もしかしたらそれは私が想像していたほど非難すべきことではなかったのかもしれないが、表現はまったく下劣だった。外出のときちらっと見かけただけの哀れな女たちが、最年長の生徒たちの心にとりついて離れないのだったが、私は異常なほど嫌悪を覚えるだけだった。私は尊敬という偏見で女性を押し包むのに慣れていた、そして尊敬に値しないとなると女性を憎んだ。私の受けた厳格な教育がその一部を説明するともいえるだろう。しかし私としては、こういう激しい嫌悪のなかには、たんに純真さの証拠としてすますわけにはいかないなにかがひそんでいるのではないかと恐れている。私は純潔さの幻想を抱いていた。自分の欲しないものを軽蔑しているかぎり、私たちは自分を純粋だと思い込む——よくあることだと考えると思わず微笑せずにはいられない。

書物に責任を押しつける気はなかった。ましてや実例を非難しようとも思わない。女友《とも》よ、私が信じるのは内心の誘惑だけだ。実例が私を動転させたことは否定しないが、貴女が想像するようにではない。私は恐怖に駆られたのだ。憤慨したとは言わない。それはあまりにも単純すぎる感情だから。自分は憤慨しているとは思っていた。私は、いわゆる最良の感情に満ちた、細心慎重な少年だった。肉体の純潔を、ほとんど病的なほど重要視していた。おそらく自分ではそれと知らずに、肉なるものも同様に重視していたからにちがいない。したがって憤慨するのはごく自然なことに思われた。それに、自分の感じているものを名づけなければならなかった。いまの私は、それが恐怖だったことを知っている。いつも私は恐怖を感じていた。とらえどころのない、絶えまない恐怖、怪物にも似て、あらかじめ私を麻痺させてしまうにちがいないなにものかへの恐怖。恐怖の対象はそのころからすでにはっきりしていた。まるで、自分の周囲に広まる伝染病を発見したかのようだった。そんなことはないとわかっていたにもかかわらず、自分もその病にかかるかもしれないと感じていた。それに似たものが存在することは漠然と知っていた。当時の私がそれをこんなふうに思い描いていなかったのは確かだ。あるいは（すべてを言わなければならない以上）、書物を読んだころの私の本能は、まださほど目覚めていなかったのだ。私はそうしたことを、いささか漠然とした、昔起こったこと、あるいは余所で起こったこと、いずれにせよ私にとってはどんな現実性ももたない事実のように想像していた。しかしいまではそれがいたるところで私の目に映るのだった。夜、ベッドのなかでそれを考えると息が詰まりそうだった。嫌悪のあまり窒息しそうだと心底思ったほどだ。嫌悪が強迫観念のとる形態のひとつであること、人がなにかを欲しているとすれば、そのなにかをまったく考えないよりも、それを考えて恐怖に駆られることのほうがはるかに容易であることを、当時の私は知らなかった。私は絶えずそのことを考えつづけていた。私が疑っていた連中の大部分には、別段罪はなかったのかもしれない。しかししまいには皆を疑うようになっていた。私には自己反省の習慣があった。私は誰よりもまず自分を疑ってみるべきだったのだ。しかしもちろんそんなことはやらなかった。物的証拠がなにもなかった以上、私が自分自身への嫌悪に直面しているとは信じられなかったのだ。それに、私は他の連中とは違っていたのだといまでも思っている。

　モラリストだったらそこになんの違いも認めないかもしれない。それでも私には、自分が他の連中のようではなかったし、すこしはましだったようにさえ思えるのだ。まず第一に私が慎重だったのにたいして、いま話題にした連中はどうみても慎重さを欠いていたからだ。第二の理由は、私が美を愛していたこと、ひたすら美のみを愛し、美が私の選択に限界を設けていたこと、他の連中はそんなふうではなかった。最後に私はより気難しかったから——あるいはこう言うほうがよければ、より洗練されていたから。いや、私を欺いたのはまさにそういう洗練さだったのかもしれない。繊細さにすぎないものを私は美徳と思い込んでいた。そして偶然目撃した情景も、その俳優たちがもっと美しかったら、あれほど私を憤慨させなかったろうことは確かだ。

共同生活がますます辛くなるにしたがって、私はいっそう感情的孤独に苦しむようになった。すくなくとも自分の苦しみに感情的原因を与えていた。ごく単純なことが私を苛立たせた。まるで自分がすでに有罪であるかのように、嫌疑をかけられていると思い込んだ。もはや離れようとしない考えが、あらゆる接触を毒した。私は病気になった。病気が重くなったと言うほうがいい。というのもそれまでずっと病気ぎみだったのだから。

さほど深刻な病気ではなかった。それは私の病気、その後何度かかかるはずの病気、それ以前にもすでにかかったことのある病気だった。というのも私たちひとりひとりが、それぞれに健康や健康法をもっているように、特殊な病気を抱え込んでおり、それを完全に定義することはできないからだ。それはかなり長い病気で、数週間続いた。そしていつものように、ほんのすこし落ち着きを取り戻させてくれた。熱のあるあいだ心につきまとっていたイメージが熱といっしょに消えてしまい、あとに残るのは発熱のあとの苦い味にも似た、とらえどころのない恥ずかしさだけだった。そして曇った記憶のなかで、思い出さえかすんでいった。ある固定観念がほんの一瞬でも消えるのは、別の固定観念にとってかわられるときでしかないように、私は、第二の強迫観念がゆっくりと育つのを見た。死が私を誘惑した。それまでいつも、死はいとも容易なものに思えていた。死にたいする私の見方は、愛をめぐるあれこれの想像とほとんど違わなかった。つまり私はそこに失神というか、甘美であるはずの敗北を見ていたのだ。その日を境にこれまでずっと、これら二つの強迫観念は入れ替わりたちかわり私の心を占めつづけた。一方が他方から私を癒してくれた。しかしどんな推論も私をその二つから癒してくれることはなかった。私は養護室のベッドに横になっていた。窓越しに、隣りの中庭の灰色の壁をみつめていた。子供たちの嗄れた声がたちのぼっていた。人生は永遠にあの灰色の壁であり、あの嗄れた声であり、押しかくした不安のかもし出すあの不快感なのにちがいない――私は心ひそかにそう思った。生きるに値するものはなにもない、もはや生きたくないと思うのはこのうえなく容易なことだと考えていた。するとゆっくりと、自分自身への一種の返事のように、ひとつの音楽が私のなかにたちのぼってきた。最初それは葬いの音楽だった。しかしまもなくそんなふうに呼べるものではなくなった。というのも、生の届かぬところではもはや死も意味をもたず、その音楽は、生と死のはるか彼方を漂っていたからだ。静かな音楽だった。力強いがゆえに静かな音楽だった。その音楽が養護室を満たし、私は、揺りかごのようにゆっくりと規則的に、官能的に私をゆさぶる波のようなその動きに身を委ねた。その波に逆らおうなどとはつゆ思わず、一瞬の落ち着きをえたように感じた。もはや自分自身におびえる病的な少年ではなく、これでやっと本来の自分になれたのだと思った。というのも、本来の自分になる勇気をもちさえすれば、私たちはみな変身するはずだったからだ。あまりにも臆病なために、人びとの喝采を求めることはおろか、それに耐えることさえできそうにない私だったが、その私が偉大な音楽家になり、私のなかで心臓のように脈打っているこの新しい音楽を人びとに啓示するのはいとたやすいことに思われた。部屋の向こう側の隅に寝ていた病人の咳が、突然その音楽を断ち切った。要するに自分の脈が昂進しすぎただけだったことに私は気づいた。

私は癒《なお》った。回復期の感動と、ともすれば瞼から溢れそうになる涙を知った。苦しみに研ぎすまされた感受性は、学校でのあらゆる接触をいっそう嫌悪するようになった。私は孤独の欠如と音楽の欠如に苦しんだ。生涯を通じて、音楽と孤独は私にとって鎮静剤の役割を果たしてくれた。それと知らぬまに自分のなかで起こる内面の戦いと、それに続く病気とが、私の力を枯渇させた。私はあまりにも弱かったので、非常に敬虔な気持になった。あらゆる大きな弱さは人を安易な精神性に駆りたてるものだが、私の場合がまさにそうだった。そのおかげで私は、さきほど貴女に話したもの、そしてまだときどきは考えていたものを、より深く心から軽蔑することができた。私はもはや、自分には汚れているとしか思えない環境では生きることができなかった。馬鹿げた、誇張した、とはいえ本心を述べた手紙を母あてに書き、私を学校から引き取ってくれるよう懇願した。学校では不幸だ、大音楽家になりたい、もう経済的な負担をかけたりはしない、すぐにも自分で生計を立てられるようになると書き送った。しかしその一方で、学校は以前ほどおぞましくなくなっていた。最初私に乱暴した生徒の何人かは、いまではすこし好意を見せるようになっていた。私を満足させるのはいとたやすい業《わざ》だったから、そういう変化に深く感謝したほどだった。自分が間違っていた、彼らは意地悪ではなかったのだと私は考えた。ほとんど一度も口をきいたことはなかったが、私がとても貧しく、家族からほとんどなにも送られてこないのに気づいて、なにかお菓子のようなものを分けてあげようといってきかなかった少年のことを、私はけっして忘れないだろう。私は滑稽なほど感じやすくなり、自分でも恥ずかしかった。それほど愛情に飢えていたので、つい涙にかきくれてしまったのだが、その涙が一種の罪のように恥ずかしかったのを覚えている。その日を境に私たちは友達になった。状況が違っていたら、この友情の始まりは、帰郷の延期を願わせたにちがいない。しかしこの場合は逆に、帰りたい気持をいっそう募らせた。一刻も早く帰りたかった。私は母あてに、いっそうせきたてるような手紙を書いた。即座に私を引き取ってくれるよう懇願した。

母はとても優しかった。それまでも母はつねに優しかった。母が自分で迎えに来てくれた。寄宿費が高かったことも言っておかなければならない。学期が改まるたびに、それは身内の心配の種だった。学業成績がもっとよかったら、家の人も私を退学させようとは思わなかったにちがいない。しかし私はちっとも勉強しなかったから、兄たちは金の無駄遣いだと思っていた。彼らが完全に間違っていたとは思えない。長兄が結婚したばかりで、余計に出費が重なったところだった。ヴォロイノに帰ってみると、私の部屋は館の遠い翼に追いやられていた。もちろん不平は言わなかった。母はなんとかして私に食べさせようとした。自分で給仕してくれた。彼女は弱々しい微笑を向けていたが、それはいつも、もっとよくしてやれないのを詫びているように見えた。顔や手が、着ている服と同じくすりきれたように思えた。私は母の指の細さに感嘆していたのだったが、その指さえ、赤貧の女のそれのように、労働に損なわれはじめているのに気がついた。私が彼女をいささか失望させたこと、音楽家、それもおそらくは凡庸な音楽家などではなく、もっと別の未来を母が期待していたことは、私も十分感じていた。とはいえ、母は私との再会を喜んでくれた。学校での悲しみを母に話したりはしなかった。家族がただ暮らしてゆくのに必要な労苦と努力に比べれば、そんな悲しみはもはや完全な絵空事にしか思えなかった、だいいち、話してわかってもらえるものではなかった。兄たちにさえ私は一種の敬意を覚えていた。人がまだ領地と呼んでいたものを、彼らは切り回していた。それは私のやっていること、このさき私がやるだろうことをはるかに越えていた。それはそれなりに大事なのだということを、私は漠然と理解しはじめていた。

私の帰郷は悲しかったと貴女は思うかもしれない。しかし逆に私は幸福だった。救われたように感じていた。自分自身から救われたように感じていたことは、おそらく貴女も推測してくれるだろう。それは滑稽な感情だった。その後も同じようなことを感じたし、したがって決定的なものではなかっただけに、なおのこと滑稽だった。学校で過ごした年月は間奏曲にすぎなかった。本当にあの年月を思い返すことはもうなかった。私は自分のいわゆる完璧さという誤った考えからまだ覚めきっていなかった。自分の周囲で称揚されるのを耳にする、いささか陰気で受動的な道徳性という理想どおりに生きることで私は満足していた。そういう生き方が永遠に続きうるのだと思い込んでいた。私は真剣に勉強にとりかかった。絶えまなく続く音楽で日々を満たすことさえあり、そんなときには沈黙の瞬間がたんなる休憩時間に思えた。音楽は思考を助けない。人を夢に、しかもこのうえなく茫漠たる夢に誘うだけだ。そういう夢から自分の気持をそらせるものすべてを、あるいはその夢を明確にすることを私は恐れているように思えた。幼年時代の友情を復活させようとは全然思わなかった。身内のものが誰かを訪ねて行くときなど、私は家に残してくれと頼んだ。それは学校で押しつけられた共同生活への反動だった。一種の用心でもあったのだが、自分ではそう思っていなかった。私たちの地域を、大ぜいのジプシーが放浪の途中通りすぎることがあった。なかには腕のいい音楽家が何人かおり、ときとして美男美女も混じっていることは貴女も知ってのとおりだ。昔まだ幼なかったころ、庭の鉄柵ごしにジプシーの子供たちと話をしに行っても、私はなにを言ったらいいかわからず、彼らに花をやったものだった。花が彼らを喜ばせたかどうか、私は知らない。しかし、故郷に帰ったあと私は分別を弁えるようになり、昼日中《ひなか》、田園の明るいときしか外に出ようとしなかった。

下心などはなかった。できるだけ考えまいとしていた。いささかの皮肉をもって私は思い出す、勉強に没頭している自分に自分で喜んでいたことを。別に不快なけだるさを覚えるわけではないが、ほんのちょっとした仕種にも悪寒がするために、身体を動かすのを恐れている熱病患者のようだった。私が落ち着きと呼んでいたのはそういうものだった。恐れなければならないのはまさにその種の落ち着きだと知ったのはずっとあとでしかない。なぜ恐れなければならないかといえば、出来事のそばで眠り込んでしまうからだ。もしかしたら、なにかが私たちの知らないうちにすでに決定されてしまったからこそ、自分は落ち着いていると思い込むのかもしれない。

あれが起こったのはそんなときだった。他の日とちっとも変わらないある朝、なにも——私の精神も肉体も——ふだんよりはっきりなにかを警告するなどということのないある朝のことだった。周囲の状況に不意を突かれたわけではない。状況が目の前にたちあらわれていたのに、私が受け入れなかっただけのこと。しかし状況とはもともとそういうものだ。内気で、しかも疲れを知らない。いつもそれ自体に似た姿で私たちの扉のまえを行ったり来たりする。手を差しのべてその通行人をとめるかどうかは、もっぱら私たちにかかっている。それはおよそどんな朝とも違わない普通の朝で、より晴れてもいなければより曇ってもいなかった。私は田舎の並木道を歩いていた。すべてが、生きている自分に聞き入っているかのように静まりかえっていた。断言してもいい、私の思考は、まさに始まろうとしているあの朝のように清浄潔白だった。すくなくとも、潔白ならざる思考は思い出せない。なぜなら思考が潔白さを失うやいなや、私にはもう制御できなかったからだ。自然から遠ざかろうとしているように思えるいまこの瞬間、私は、必然の形をとっていたるところに現前する自然を褒めたたえなければならない。果実はそのときがきてはじめて、つまりその重さがすでに果実を大地のほうに引っ張るときになってはじめて落ちるものだ。そういう内面の熟成以外に宿命は存在しない。私は貴女に、非常に漠然とした形でしかそれを言う勇気がない。どこへ行くあてもなしに、ただ歩いていた。あの朝私が美に出会ったからといって、それは私の罪ではない……。

私は帰った。事を大袈裟に言い立てたくはない。私が真実を乗り越えていることに、貴女はすぐ気づくだろうから。私が感じたのは恥ではなかった。ましてや後悔でもなく、むしろ茫然自失状態だった。あらかじめ私におじけをふるわせたものが、これほど簡単だったとは想像さえしていなかった。過ちの容易さが悔恨を狼狽させたのだった。快楽が教えてくれたその単純さを、私はのちに、貧困と苦悩と病いと死のなかにも見出した。私が言いたいのは他人の死のなかにということだが、いずれ自分の死のなかにも見出されるものと期待している。私たちの想像力はなんとかして事物に衣裳をまとわせようとする。しかし事物は神々しいほど素っ裸だ。私は帰った。いささか放心状態だった。その一日をどう過ごしたのか、あとになってもまったく思い出せなかった。神経の戦《おのの》きは、私のなかで、なかなかおさまろうとしなかった。夕方、部屋に帰ったこと、そしてわけもなく涙を流したことしか思い出せない。ちっとも辛い涙ではなく、要するに神経が弛緩しただけだった。生まれてこのかた、ずっと私は欲望と危惧とを混同していた。しかしそのときの私は、欲望も危惧も感じていなかった。幸福だったと言うつもりはない。私は幸福の習慣を十分にもちあわせていなかった。ただ、自分がほとんど驚いていないことに気づいて呆然としていたのだ。

およそすべての幸福は無垢なものだ。たとえ貴女を憤慨させるとしても、私はいつも惨めに思えるこの言葉をくり返さなければならない。というのも、幸福の重要性ほどみごとに私たちの悲惨さを証しだてるものはないからだ。数週間、私は目を閉じて生きた。音楽を捨てたわけではなかった。それどころか逆に、音楽の動きに身を委ねるのがとても容易に思えた。夢の底で感じるあの軽やかさは貴女も知っているはずだ。朝の数分間が、その日一日、自分の肉体から私を解放してくれるように思えた。あのころの印象は、どんなにそれが雑多であるにせよ、私の記憶のなかではひとつになっている。まるで、私の感受性が、もはや私だけに限定されず事物にまで拡散されたかのようだった。朝の感動が夕べの調べにまで余韻を残した。季節季節のニュアンス、ある匂い、当時私の心をとらえて放さなかった古い旋律、そういったものが、私にとって永遠の誘惑者でありつづけた。というのもそれらはいつも誰か別の人のことを私に語りかけたからだ。やがて、ある朝、彼はもう姿を見せなかった。私の熱が冷めた。目が覚めたときのようだった。なにか譬えるものがあるとすれば、音楽がやんだあとの沈黙に感じる驚きだけだ。

あれこれ思いめぐらさずにはいられなかった。言うまでもなく、私は自分の周囲で容認されている観念によって自分を裁くしかなかった。過ちを犯したことよりも、自分の犯した過ちを憎まないことのほうを、よりおぞましく思うべきだった。それゆえ私は自分を厳しく断罪した。とりわけ私を恐怖に駆りたてたのは、罪の観念に打ちひしがれるまえ、数週間にもわたってそんなふうに生き、幸福を感じることができたという事実だった。私はその行為を産み出した前後の状況を思い出そうと努めた。しかし思い出せなかった。それらの状況は、行為を生きていた瞬間よりもはるかに私を動転させた。というのもそういう瞬間には、自分の生きざまを見つめてはいなかったからだ。時の狂気に負けたのだと自分では思い込んでいた。自己を検証すれば、たちまちより悪質な狂気に突き当たったはずだということが私にはわかっていなかった。私はあまりにも細心であり慎重だったので、できるだけ不幸になろうと努めていた。

寝室には、昔のあの小さな鏡がひとつかかっていた。息を吹きかけられてガラスの艶が消えてしまったかのように、いつもすこし曇っている鏡。自分のなかであれほど重大ななにかが起こった以上、私は変わったはずだ――素朴にもそう考えていた。しかし鏡が送り返してくるのは、いつもとまったく変わらない相貌の、煮えきらない、恐怖におびえた、物思わしげな顔でしかなかった。私は鏡を手で拭った。接触の痕跡を拭い消すためというよりも、むしろそれが間違いなく自分であることを確かめるために。官能があれほど恐ろしいのは、もしかしたら、私たちが肉体を備えた存在であることを教えるからなのかもしれない。それ以前は、肉体はただ生きるのに役立つだけだった。しかしいまではこの肉体が独自の存在と夢と意志をもち、譲歩するにせよ妥協するにせよ、あるいは戦うにせよ、死にいたるまで肉体を考慮に入れなければならないのを感じる。私たちの魂が、肉体の至上の夢にすぎないのを感じる（感じるように思う）。私の苦悶を映し出す鏡の前にひとりいるとき、まるで自分がその肉体に属していないかのように、ふとこう思うことがあった――私は自分のこの肉体や、その快楽や病いと、いったいどんな共通点をもっているのだろう、と。しかし、女友《とも》よ、私はその肉体に属している。これほどひよわに見える肉体のほうが、徳を目ざす私の決心よりも、もしかしたら私の魂よりも、長もちするのだ。というのも魂はしばしば肉体より先に死んでしまうものだから。モニック、この言葉はおそらく、私の告白全体よりももっと貴女を憤慨させるだろう。貴女は不死の魂を信じているから。私が貴女ほどの確信を抱いていないこと、あるいは貴女ほどの誇りをもっていないことを許してほしい。私にはしばしば、魂は肉体のたんなる呼吸にすぎないと思えるのだ。

私は神を信じていた。神について非常に人間的な、言い換えれば、非常に非人間的な概念を抱いていた。そして神をまえにして、自分をおぞましいものと判断していた。人生とはなにかを私たちに教えてくれるのは人生だけだが、その人生はおまけに書物さえ説明してくれる。いい加減に読んでいた聖書のいくつかの条りが、私にとって新たな強烈さを帯びた。私を恐怖に駆り立てたと言ってもいい。ときとして私はこう考えた。そういうことがかつて起こった、それが起こるのを妨げるものはなにもない。私は諦めてそれを容認するしかない、と。そういう考えは劫罰に似ていた。言い換えれば私を落ち着かせた。およそいっさいの大きな無力感の底には、一種の鎮静があるものだ。ただ私は、そういうことは二度とやるまいと心に誓った。神に誓いさえした。あたかも神が誓言を受け容れてくれるかのように。私の過ちは、共犯者以外に証人をもたなかったのだが、その共犯者もいまはいなかった。私たちの行為に一種の現実性を帯びさせるのは他者の意見だ。しかし私の行為を知る者は誰もいなかったから、夢のなかの行為以上の現実性を備えてはいなかった。しまいには、なにも起こりはしなかったと、この私が断言することもありえなくはなかった。疲れ果てた私の心は、そんなことを断言しかねないほど嘘のなかに逃げ込んでいた。過去を否定することは未来を賭けることより馬鹿げているわけではない。

私が感じていたのは、とうてい愛と呼べるようなものではなかった。情熱でさえなかった。いかに無知だったにせよ、私にもそれははっきりわかっていた。それはひとつの訓練であり、私はそれを外面的なものと思い込むことができた。それをただ分かちあっただけの相手に、私は全責任を押しつけていた。彼と別れたのは自分の意志にもとづく行為であり、称賛に値するものだと思い込んでいた。それが本当でないことは私にもよくわかっていたが、しかしとにかく本当でもありうるはずだった。私たちが自分で自分の記憶をだますこともあるのだ。なにをなすべきだったのかとくり返し考えているうちに、最後には、それをしなかったことはありえないと思い込んでしまうものだ。私に言わせれば、悪徳とは罪の習慣にほかならなかった。絶対に屈しないことよりも、屈服を一度にとどめることのほうが難しい。それを私は知らなかった。自分の過ちを状況のなせる業として説明し、そういう状況には二度と身を晒すまいと心に誓っていた私は、その過ちをいわば自分自身から切り離し、もはや一種の事故と見なしたのである。女友《とも》よ、貴女にはすべてを言わなければならぬ。もはや二度と犯すまいと心に誓って以来、一度その過ちを味わったことを後悔する気持ちは、以前よりほんのすこし薄れていた。

自分はなかば有罪であるにすぎないという幻想を私から奪ってしまった新たな違反の物語は差し控えよう。そんな話をしたら、私は楽しんでいるといって貴女は非難するにちがいないから。事実、そう考える貴女のほうが正しいのかもしれない。いまの私は、かつての私がそうであったあの少年から、そしてその少年の思考や苦悩からあまりにも遠く隔たっているので、一種の愛をこめて彼に屈み込む。彼に同情し、ほとんど彼を慰めたいとさえ思う。モニック、そういう感情が私を省察に駆り立てる。他人の青春をまえにするとき、私たちの心をかき乱すのは、私たち自身の青春の思い出なのではないかと思うのだ。あれほど内気で、しかも精神の緩慢な自分が、どれほど容易に共犯関係の可能性を予見できたかを考えると恐ろしかった。自分の過ちを自分に責めるより、状況の卑俗さを責めていた。まるで、さほど下品ではない状況を選ぶことが、自分だけの力でできるかのように。自分には責任がないと信じて心の安らぎを得るわけにはいかなかった。自分の行為はあくまでも自分の意志にもとづくものであることを、私ははっきりと感じていた。しかし私はそれらの行為をなしつつ望んだにすぎなかった。まるで本能が私をとらえようとして意識が消え失せるのを、あるいは目を閉じるのを待っているかのようだった。私は二つの相反する意志にこもごも従った。その二つの意志が衝突することはなかった。というのもそれらは相次いであらわれるのであったから。とはいえ、ときには機会が訪れることもあった。しかし私はその機会をとらえようとしなかった。臆病だったのだ。それゆえ自分自身にたいする私の勝利は、もうひとつの敗北にすぎなかった。私たちの欠点は、ときとして、自分で自分の悪徳に差し向ける最良の敵となるものだ。

助言を求められるような人は誰もいなかった。禁じられた性向のもたらす最初の結果は、私たちが自分の殻のなかに閉じこもってしまうことだ。口を噤《つぐ》まねばならぬ。たとえ話すにしても、相手は共犯者に限られる。自分に打ち勝とうと努力しながら、励ましや憐れみはもちろん、あらゆる意欲の値するあのわずかばかりの敬意さえ期待できないことに、私は大変苦しんだ。兄たちと打ちとけた気持で接したことは一度もなかった。信心深く物悲しげだった母は、私に感動的な幻想を抱いていた。母が息子に抱いていた、とても純粋で甘美な、そしていささか色褪せた観念を奪い取ったりしたら、母は私を恨んだにちがいない。もし勇を鼓して身内に告白しようものなら、彼らにとってもっとも許しがたいのは、まさしく告白そのものだったにちがいない。あの慎重細心な人びとを、それまで無知によって避けていた困難な状況に突き落とすことになったにちがいないから。監視されることはあっても、彼らの助けを得る望みはなかった。私たちが家族生活のなかで果たす役割は、家族の他の成員との関係ではっきりと決められているのだ。人は息子であり兄弟であり夫であり……きりがない。この役割は、私たちの名前、人びとが考える私たちの健康状態、私たちに示すべき、あるいは示してはならぬ敬意の印などと同じく、私たちに特定のものなのだ。それ以外に重要なことはない。要するに私たちの生なのだから。私は食卓についていた。あるいは静かな客間にいた。臨終の苦しみというか、死んでいく自分の姿が見えてくるような瞬間があった。人びとがそれに気づかないのをみて、私は驚いたものだった。そんなとき、私たちと身内を隔てる距離は乗り越えがたくなるように思われた。人は、クリスタルに閉じこめられたかのように、孤独のなかでもがく。結局、そういう人びとは理解こそすれ、差し出口をしたり驚いたりしないだけの叡智を備えているのだと私は思うようになった。よく考えてみれば、この仮説によって神を説明することさえできるのかもしれない。しかし相手がごく普通の人間である場合、彼らを叡智の持ち主と想定するのは所詮益なきことだ。盲なのだと思えば十分なのだ。

私の描写した家族生活に思いを馳せるならば、こういう雰囲気が長い長い十一月のように陰鬱だったことは貴女にもわかっていただけると思う。これほど物寂しくない暮らしは、同時により純粋でもあるはずだと私には思えていた。それに、これは的外れではなかったが、あまりにも分別を弁えた暮らしの規則正しさほど、本能を駆りたてて常軌を逸した状態に陥れるものはないと考えていた。私たちはプレスブルクで冬を過ごした。姉のひとりの健康状態からみて、近所に医者のいる都会に住む必要があったからだ。自分なりに最善を尽くして私の将来に寄与しようとしていた母は、和声学のレッスンをとるようにといってきかなかった。周囲では、私が大変上達したというもっぱらの噂だった。私が、仕事のなかに隠れ家を求める人びとのように勉強したことは確かだ。私に教えてくれた音楽家は（かなり凡庸だったが、意欲だけは欠いていなかった）、私を外国にやって音楽教育を終えさせるよう母に勧めた。外国での暮らしが苦しいだろうことは私にもわかっていた。それでも私は行ってみたかった。私たちを自分の生きた場所に縛りつける係累はいかにも多いので、それらの場所を離れれば身内との別れもより容易に思えるものだ。

私の健康は以前よりはるかに回復していたから、それが障害になることはもはやなかった。ただあまりにも若すぎると母は考えていた。もしかしたら、より自由な生活のなかで私に襲いかかるさまざまな誘惑を恐れていたのかもしれない。家族生活がそういう誘惑から私を守っていたのだと彼女は思い込んでいたのにちがいない。親の多くはそんなふうに考えるものだ。私もすこし金を稼ぐ必要があることは母にもよくわかっていた。しかしおそらく彼女は、もうすこし先でいいと思っていたのだ。彼女の拒否には悲しみがふくまれていたことなど、当時の私には思いも及ばなかった。彼女がもはや余命いくばくもないことも私は知らなかった。

　姉の死後まもないころ、ある晩プレスブルクで、私はふだんよりもっと途方に暮れた気持で家に帰った。私は姉をとても愛していた。彼女の死が度を越して私を悲しませたと言い張るつもりはない。激しく心を揺さぶられるにはあまりにも思い悩んでいた。苦悩は私たちをエゴイストにする。なぜなら苦悩は私たちをすっかり吸い込んでしまうからだ。苦悩が憐憫を教えてくれるのはもっとあと、それが思い出になったときでしかない。私は心に決めていた時刻よりも遅く帰った。しかし何時に帰るつもりか告げてはいなかったので、母は別段私を待っていたわけではなかった。ドアを押し開けたとき、母は暗がりに坐っていた。最晩年の母は、暮れ方になると、なにもせずにじっとしているのを好んだ。無為と暗闇とに自分を慣らそうとするかのように。そのとき、彼女の顔は、私たちが完全にひとりっきりで、周囲が真っ暗なときにみせるあの表情、ふだんより静かな、同時に真率な表情を浮かべていたのだろうと思う。私は入って行った。母は、そんなふうに不意を襲われるのが嫌いだった。たったいまランプが消えてしまって、と彼女は言った。まるで詫び言のように。私はランプに手をあてた。ほやは冷えきっていた。私になにかが起こったことを、母ははっきりと見てとっていた。周囲が暗いとき、私たちの洞察力はより鋭くなるものだ。というのも、そんなとき、目は私たちを裏切らないからだ。手探りしながら、私は母のそばに腰を下ろした。すこし特殊なけだるさを感じていた。

それは知りすぎるほど知っているけだるさだった。意志とは無縁に、溢れ出る涙のように、告白が自分の外に流れ出そうとしているように思われた。もしかしたら、私はなにもかも話したかもしれなかった。しかしちょうどそのとき、女中が別のランプをもって入ってきた。

自分にはもうなにも言えない。私がなにを言おうとしたかわかったときの母の顔に浮かぶであろう表情に、自分は耐えられないだろう——私がそう感じたのはそのときだ。あのごく微かな光が、取り返しのつかない、しかも無益な過ちから私を救ってくれたのだった。女友《とも》よ、打ち明け話はつねに害あって益なきものだ。他の人びとの人生を単純にするという目的でなされるのでないかぎり。

ある程度言いかけていたので、そのまま黙ってしまうわけにはいかなかった。話しつづけなければならなかった。自分のいまの暮らしの悲しさ、際限なく先にのばされる将来の運試し、家族のなかで兄たちが私に押しつける隷属状態などについて、私は縷々《るる》語った。そういう隷属状態はこの先なお悪化するかもしれず、それをまぬがれるには家を離れるしかないと私は考えていた。この哀れな訴えに、私は、もうひとつの、自分にはできなかった告白に込めたはずの悲嘆をすべて混ぜ込んだが、私にとって唯一大事なのは、そのもう一方の告白だった。母はなにも言わなかった。説得に成功したのがわかった。母は立ち上がり、ドアのほうに歩いていった。弱々しく、疲れた足取りで。《ノン》と言わないことが彼女にとってどんなに辛いか、私にもはっきり感じとれた。二人目の子供を失くしたかのようだったのかもしれない。自分がなぜこんなに固執するか、本当の理由を打ち明けられないのが辛かった。母は私をわがままだと思ったにちがいない。できることなら、家を離れたりなんかしないと言ってやりたかった。

翌日、私は母に呼ばれた。私たちは、ずっとまえから話がついていたかのように私の出発について話しあった。家族は月々決まった額を私に送れるほど豊かではなかった。自活を図らなければならなかった。新しい生活のはじまりがすこしでも楽になるように、他の誰にもわからないように、へそくりのなかからいくばくかをそっと私に手渡してくれた。たいした額ではなかったが、そのときの私たちには大金に思われた。返せるようになるとすぐ私はその一部を返したが、母はあまりにも早く世を去った。全額返すことはできなかった。母は私の将来を信じていた。たとえほんのすこしでも私が栄光を欲したとすれば、もっぱらそれは母が喜んでくれるだろうと思ったからだ。そんなふうに、自分の愛した人びとが世を去っていくにつれて、もはやともに味わうわけにはいかない幸福をかちとる理由も減っていく。

私はほどなく十九歳になろうとしていた。出発を誕生日のあとにすることに母は固執した。それで私はいったんヴォロイノに帰った。そこで過ごした何週間かのあいだ、自分を非難しなければならないような行為は一度もしなかったし、ほとんど欲望も感じなかった。素直に出発の準備に没頭していた。復活祭の休みになるまえに出かけたいと思っていた。その季節この土地にはあまりにも多くの外国人がやって来るからだ。最後の晩、私は母に別れを告げた。私たちの別れはあっさりしていた。人と別れるのにあまりの優しさを見せることには、なにかしら非難すべきものがある。それはまるで、別れを惜しむ気持を強要するようなものだからだ。それに官能的な接吻を知ったあとでは他の類のキスの仕方を忘れてしまう。どうやったらいいのかもうわからない、あるいはもうそんな勇気がない。誰にも迷惑をかけずに、翌朝早く出発しようと思った。その夜、自室に引きこもった私は、開け放した窓のまえで自分の将来をあれこれ思いめぐらした。果てしない、明るい夜だった。庭と街道は鉄柵に隔てられているだけだった。夜遅く帰る人びとが押し黙ったまま街道を歩いていた。重そうな足音が次第に遠ざかるのが聞こえた。彼らの悲しげな歌声かたちのぼった。あの哀れな人たちが考えたり苦しんだりするとしても、漠然とでしかないというのもありえなくはない。まるで事物のように。しかし彼らの歌には魂がこもっていた。彼らはただ足取りを軽くするために歌っていただけだった。その歌をうたうことによって、自分がなにを表現することになるのか、彼らにはわかっていなかった。とりわけ女の声はいまでも覚えている。とても澄んだ声で、苦もなく、果てしなく、神にまで届きそうな声だった。人生全体がそれに似た上昇になることも不可能とは思えなかった。いや、そうしなければならぬと厳かに心に誓ったほどだ。星々が現に目のまえにあるとき、感嘆すべき思考を胸に抱くのはさして困難なことではない。日々の卑小さのなかで、そういう思考を抱きつづけるのはもっと難しい。他の人びとのまえで、神のまえの自分でありつづけることはさらに困難だ。

私はウィーンに着いた。母は私に、オーストリアにたいするモラヴィア人の偏見をすべて植えつけていた。最初の一週間はあまりにも苛酷だったので、それについてはなにも言わないほうがいいと思う。私はかなり貧しい家に部屋を借りた。私はよき意図に満ちていた。さまざまなものを家具の抽斗にしまいこむように、自分の欲望や苦痛を組織的に整理できると思い込んでいた。二十歳の諦念には一種の苦い陶酔がある。どの本だったか覚えていないが、思春期の一時期にはある種の動揺も稀ではないと書いてあるのを読んだことがある。自分ではとうに通り過ぎてしまったある時期に限られるひどく月並な出来事にすぎないと自分自身に立証するために、自分で自分の思い出の日付をつけ変えた。他の形の幸福など、思いもしなかった。それゆえ私は、罪深いものとみずから判断していた自分の性向と、完全な諦めのどちらかを選ばなければならなかったが、もしかしたら後者は人間的とはいえないのかもしれない。私は選んだ。二十歳にして私は、官能と心情の絶対的孤独を自分に強いた。数年に及ぶ戦いと偏執と厳しい生活がこうして始まったのだった。自分の努力が感嘆すべきものだったなどと言うのは、私のなすべきことではない。ほかの人なら常軌を逸していると言うかもしれない。いずれにせよ、あれだけ努力したのはなにものかだ。いまになってそれは、より恥ずかしくないものとして自分を受け入れさせてくれる。あの見知らぬ町では、もっと気ままに暮らす機会も見つかるはずだっただけに、その種の機会はすべて退けなければならぬと私は思い込んでいた。私を信頼して旅立たせてくれた人びとを裏切りたくなかった。とはいえ、私たちがどんなに早く自分に慣れてしまうかを見ると妙な気がする。数カ月前まで嫌いだと思っていたものをいまではみずから諦めているのは称賛に値すると私は思った。

　すでに言ったように、私はかなり貧しい家に部屋を借りていた。実際それ以上の望みなどもちようがなかった。しかし貧しさをあれほど苛酷にするのは窮乏ではなく雑居なのだ。プレスブルクにおける私たちの状況は、ともすれば都会生活が私たちに押しつけるおぞましい接触を免れさせてくれた。家族が持たせてくれたさまざまな推薦状にもかかわらず、私の年齢では、長いあいだ家庭教師の口を見つけるのが難しかった。しゃしゃり出るのは嫌いだったので、どうやって見つけたらいいのかわからなかった。劇場で伴奏者の役を勤めるのは辛く思えた。周囲の人びとが、狎れなれしくすることで私を気楽にさせられると思い込んでいたからだ。そこでは、ふつう愛らしいものとされる女性たちについて最良の感想を抱くわけにはいかなかった。不幸にして私は事物の外観にひどく敏感だった。自分の住んでいる家に私は苦しんだ。ときおりそこで出会わざるをえない人びとにも苦しんだ。連中が下品だったことは貴女にも容易に想像してもらえると思う。しかし私はいつも、彼らはあまり幸福ではないのだという考えを支えとしてそういう連中とつきあっていた。事物もあまり幸福ではなかった。

私たちが事物にたいして一種の友情を覚えるのはそのためだ。最初私は自分の部屋に嫌悪を覚えた。物悲しく、一種の贋の優雅さがあって胸を締めつけた。というのも、これ以上よくするのは不可能だったと感じられたからだ。それに、あまり清潔でもなかった。まえに住んでいた人びとの痕跡がはっきり残っていて嫌悪を催させた。しかしやがて私は、前の住人はどんな人たちだったのだろうと思い、彼らの暮らしぶりを想像するようになった。彼らが友達のように思えたが、個人的に知らない以上、仲違いもできなかった。彼らはこのテーブルに腰掛け、苦労して一日の収支を数え、この寝台に身を横たえて眠り、あるいは不眠に悩んだのだ、と私は考えた。私と同様、彼らにも彼らなりの憧れや美徳や悪徳があり、極貧に苦しんでいたのだと考えた。女友《とも》よ、もしそれが憐憫を教えてくれるのでなければ、私たちの欠点がなんの役にたつのか私にはわからない。

私は慣れた。人は容易に慣れるものだ。自分が貧しく孤独であること、誰ひとり私たちのことなど考えてくれないことを知るのは、それなりに楽しいものだ。それは人生を簡単にしてくれる。しかしまた大きな誘惑でもある。毎晩私は遅く帰った。その時刻にはほとんど人気のなくなる町はずれを通って。あまりにも疲れていて、もはやその疲れさえ感じないほどだった。昼間、街で出会う人びとは、なにかはっきりした目的に向かって歩いているような印象を与え、その目的も道理にかなったものに思える。しかし夜になると、まるで夢のなかをさまよっているように見えてくる。道行く人たちも、私と同じように、夢のなかの人影のようにぼんやりとしか見えず、人生全体が、馬鹿げた、人をへとへとに疲れさせる、果てしない悪夢なのではないかどうか、確信がもてなかった。ウィーンの夜のあの味気なさを貴女に長々と話そうとは思わない。ときには建物の入口の敷居のところでさも楽しそうに立ち話を続け、もしかしたら接吻しているのかもしれない恋人たちを見かけることもあった。彼らを取り巻く周囲の暗闇が、二人でわかちあう愛の幻想を、より許せるものにしていた。自分では欲しいと思わないあの平静な満足が羨ましかった。女友《とも》よ、私たちはまったく奇妙だ。生まれてはじめて私は、自分が他人と違っていることに邪悪な楽しみを覚えた。人よりも余計に苦しむとき、自分が人より秀《すぐ》れていると考えないのは難しい。そして、幸せな人びとを眺めていると、幸福というものに吐き気を覚える。

部屋に帰り、ベッドに横になるのが怖かった。眠れないのは確かだった。とはいえそこに帰るしかなかった。自分で自分にした約束に背いて、明け方になってやっと帰ったときさえ（モニック、誓ってもいいがそんなことはごく稀だった）、最後にはやはり自分の部屋に上って行き、ふたたび服を脱ぎ——できることなら自分の身体さえ厄介払いしたいと思っていたが、ちょうどそんなふうに——、そしてシーツのあいだに横たわらなければならなかった。すると今度こそは眠りが襲ってくるのだった。快楽はあまりにもはかなく、音楽が私たちを熱狂させるにしても、熱狂が去ってしまえばもっと悲しくなる。しかし眠りは償いだ。その眠りが去ったときでさえ、ふたたび苦しみはじめるには数秒かかる。そして眠りに落ちるたびに、人は友人に身を委ねるような感覚に襲われる。他のすべての友人と同じく、それが不実な友であることは、私にもよくわかっている。私たちがあまりにも不幸なときには、その友さえ私たちを見捨ててしまう。しかし、おそかれ早かれ彼が戻ってくるのを私たちは知っている。もしかしたら別の名前で。そして結局私たちはそのなかで憩う。夢を伴わないとき、それは完璧だ。毎晩眠りは人生から私たちを目覚めさせてくれると言えるかもしれない。

私は絶対的に孤独だった。いままで私は、自分の欲望がどんな顔に具現したかを言わなかった。貴女とのあいだに私が置いたのは、無名の幻にすぎない。羞恥心のせいだなどとは思わないでほしい。

あるいは、自分自身の思い出にたいしてさえときおり覚えるあの嫉妬のせいでもない。私に愛したことを自慢しようとは思わない。どんなに激しい感動でも、どれほどはかなく消えるかを私は感じすぎるほど感じていたので、どう考えても死に約束されているはかないものたちとの接触から、不朽不滅を自称する感情を引き出そうなどという気持にはなれなかった。自分以外の人のなかで私たちを感動させるのは、ひっきょう人生がその人に貸し与えたものでしかない。魂も肉体と同じく老いるのであり、最良の人間にあってさえ、青春そのものと同じくある季節の開花にすぎず、はかない奇跡でしかないことを、私は感じすぎるほど感じている。女友《とも》よ、ひっきょう過ぎ去るものに拠りどころを求めたところで、いったいなにになろう？

まがいものの同情、官能のまやかし、怠惰な慣れ――そういうものからなる習慣の絆を私は恐れていた。私には完璧な人間しか愛せなかったように思われる。そして、いつかある日そういう人間を見つけることができたとしても、私自身はあまりにも凡庸だったから、彼に受け容れられるに値しないように思われた。それだけではない。女友《とも》よ。私たちの魂と精神と肉体の要求は、多くの場合矛盾している。あるものを卑しめたり他を失望させたりすることなく、あれほど種々雑多な満足を結びつけるのはけっして楽ではないと思う。だからこそ私は愛を切り離したのだ。自分の行為を形而上の説明で飾りたてようとは思わない。要するに内気さが十分な原因だったのだから。執着と苦悩への漠たる恐怖から、私はほとんどの場合、凡々たる馴れあいだけで満足していた。情熱のとりこではなく、本能のとりこになるだけで十分だった。人を愛したことは一度もないと私は心から信じている。

だが、さまざまな思い出がよみがえってくる。怖がることはない。なにも描写するつもりはないから。名前をあげるつもりもない。私は名前さえ忘れてしまった。あるいはもともと知ってさえいなかった。うなじの、唇の、瞼の、独特の曲線が目に浮かんでくる。いくつかの顔を愛したのは、寂しげな表情、倦み疲れてだらりと垂れた唇のひだ、無知で陽気な若者の邪悪さにふくまれるいわく言いがたいもの、肉体の表面に露出した魂のあり方などのせいだった。もう二度と会うことのない、会いたいとも思わない見知らぬ者たちのことを私は考える。彼らはそれゆえにこそ、誠実に思い出を語りあい、あるいは口を噤む。私は彼らを愛さなかった。私にもたらされたごくわずかの幸福を、この手で摑みたいとは思わなかった。彼らの理解を望んだわけではないし、優しさが長く続いてほしいとさえ願わなかった。ただ彼らの生に耳を傾けただけだ。生は人間ひとりひとりの神秘だ。それはまことに感嘆すべきものであり、人はいつでもそれを愛することができる。情熱は声高な叫びを必要とし、愛自体も言葉を楽しむ。しかし共感は静かなものでもありうる。予見される感謝や鎮静の瞬間だけではなく、どんな喜びの観念とも結びつかなかった人びとにたいしてさえ、私はそういう共感を覚えた。親愛感を覚えても口に出しては言わなかった。というのも、その親愛感を抱かせる当の相手が、親愛感のなんたるかを理解しそうもなかったからである。もともと誰かに理解してもらう必要などありはしないのだ。そんなふうにして私は、夢で見た人の姿や平凡な貧しい人びとや、ときには女たちを愛した。しかし女は口では反対のことを言いながら、優しさのなかに愛への道程しか見ようとしないものだ。

　隣室の住人はマリーという名前のかなり若い娘だった。彼女が大変美しかったなどとは想像しないでほしい。ごくありふれた目立たない顔の娘で、女中よりはすこしましという感じだった。とにかく働いていたが、仕事だけで食べていけたとは思えない。いずれにせよ、私が彼女の部屋を訪ねるといつもひとりだった。頃合いを見計って、ひとりでいるようにしていたのだろうと思う。

マリーは頭がよくなかったし、もしかしたらあまり善良でもなかったのかもしれないが、助け合いの必要を知っている貧しい人びとのように世話好きだった。彼らの場合、連帯感は日々の小銭として使われるように思われる。どんなに些細なことであれ好意からなされたことにたいしては感謝しなければならない。私がマリーの話をするのはそのためだ。彼女はおよそ誰にたいしても権威をもたなかった。だから私にたいしてそれをふるうのが楽しかったのだろうと思う。暖かい服の着方や火のとかし方を私に教え、日々の実用的なこまごましたことを代わってやってくれた。マリーが姉たちを思い出させたとまで言う気はない。とはいえ私がそこに、子供のころ自分の好きだった女らしい優しい仕種を見出していたのは確かだ。彼女が上品な物腰を身につけようと努力していることははっきり見てとれた。そしてそれだけでも称賛に値すると言わなければならない。マリーは自分を音楽好きだと思っていた。事実、本当に音楽が好きだった。ただ不幸なことにひどく趣味が悪かった。無邪気なだけに、ほとんど感動的といってもいいほど悪趣味だった。このうえなくありきたりな型どおりの感情が、彼女にはもっとも美しく思えるのだった。まるで彼女の魂が、その身体と同様、まがいものの飾りで満足しているかのようだった。マリーはこのうえなく誠実に嘘をつくかもしれなかった。大部分の女がそうであるように、彼女は、自分が現実にそうであるよりももっと善良であり、もっと幸福でいられる想像の世界で生きていたのだと思う。たとえばもし私が尋ねれば、愛人なんて一度ももったことがないと断言し、信じなければきっと泣き出したにちがいない。彼女は田舎のまことに立派な環境で送った少女時代の思い出と、漠然とした婚約者のそれを胸の底に秘めていた。ほかにも思い出はいろいろともっていたが、語ろうとはしなかった。女たちの思い出は、裁縫台に使うあの古いテーブルに似ている。秘密の抽斗もあれば、ずっとまえに閉め切ってしまって二度と開かない抽斗もある。いまではバラの塵にすぎなくなった押し花や糸のもつれた綛《かせ》、ときにはピンが入れてあったりする思い出はマリーを陶酔させた。自分の過去を刺繍で飾りたてるのに、それが役立っていたのにちがいない。

夕方、寒くなりはじめ、ひとりでいるのが怖くなると私は彼女の部屋に行った。私たちの会話は、たしかにおよそ無味乾燥なものだったが、たえず苦悩にさいなまれている人間にとっては、無意味な話をつづける女の声を聞いていると心が鎮まるものだ。マリーは怠けものだった。私がほとんど働かないのを見ても驚かなかった。私には伝説の王子めいたところはまったくない。女たちは、貧しいときにはとくに、たとえ類似が極度に遠い場合でも、自分たちの夢みた人に出会ったと思い込むものだ。しかし私はそんなこととは知らなかった。私の地位、もしかしたら私の名前が、マリーにとってはまるで小説のような魅力をもっていたのかもしれないが、私には想像しがたかった。言うまでもなく私はいつも慎み深い態度で接した。最初それは自分への細やかな心遣いとして彼女を喜ばせたようだった。そういうものに慣れていなかったから。黙って繕いものをしながらなにを考えているのか、私には見当もつかなかった。それにある種の考えは、ついぞ私の心に浮かばなかった。

すこしずつ私は、マリーが以前よりずっと冷たくなっているのに気づいた。言葉の端々に一種攻撃的な慇懃さが感じられた。あたかも、自分のそれよりはるかに高いものと彼女が判断していた環境から私が一歩も出ようとしないことに、突然気づいたかのようだった。彼女が腹を立てているのが感じられた。マリーの愛情が消え去ったのを見ても私は驚かなかった。いずれにせよ、すべては消え去るものだ。私にはただ彼女の寂しげな様子が見えていただけだった。素朴にもそのわけを推し測ろうとさえしなかった。彼女が私の生活のある面を疑うなどということはありえないと思っていた。たとえ知っても私自身ほど憤慨しなかったかもしれないとは思いもしなかった。やがて状況が変わり、その部屋でさえ高すぎるようになり、私はもっと貧しい家に間借りしなければならなくなった。マリーにはその後二度と会わなかった。どんなに用心しても、人を苦しめずにすませるのはなんと難しいことだろう……。

私は戦いつづけた。もし美徳が一連の努力から成るのであれば、私には非の打ちどころがなかった。私はあまりにも早く諦めることの危険を知った。完璧さは誓いの彼方にあると信じるのをやめた。人生と同じく叡智は絶えまない進歩とやり直しと忍耐から成っているように思われた。より緩慢な快癒のほうが、まだしもはかなくないように思われた。貧しい人びとのように、私は哀れな小さな稼ぎで満足した。発作の間隔を広げようと努力し、月や週や日々を病的に数えるようになった。度を越して厳しく身を持《じ》したこれらの時期には、自分でそう認めていなかったとはいえ、ふたたび過ちを犯す瞬間を待つ気持に支えられて生きていた。あまりにも長いあいだ自分にそれを禁じていたという、ただそれだけの理由で、結局私は最初の誘惑に負けるようになった。次に抵抗できなくなるときを、あらかじめほぼ自分で決めていた。それより早く諦めてしまうのがつねだったが、惨めな幸福が待ち切れないためではなく、むしろ発作を待つ恐怖、待つことに耐える恐怖を避けるためだった。私がどれほど慎重に自分自身に用心したか、貴女に長々と語るのは控えよう。いまになってみれば、そういう用心のほうが、過ち自体よりもっと品位を落とすものだったように思われる。それは罪を犯す機会を避けることなのだと最初は思い込んでいた。しかしほどなく私は、私たちの行為には徴候としての価値しかないことに気づいた。自分の本性をこそ変えなければならないのだ。私はさまざまな出来事を恐れていた。いまでは自分自身の肉体が恐ろしかった。しまいには本能が魂にまで伝わり、私たちにすっかり滲み込むことを認めざるをえなかった。してみれば避難所はもはや残されていないのだった。

どんな罪のない考えにも私は誘惑のきっかけを見出した。長いあいだ健全でありつづける思考は、ただのひとつも見出せなかった。思考は私のなかで損なわれていくように思え、私の魂は、知れば知るほど肉体と同じく嫌悪の種となった。

ある種の時期、たとえば週末や月のはじめはとりわけ危険だった。もしかしたらそれは懐にいくぶん余裕があり、暗黙の了解を金で買うような習慣が身についていたからかもしれない（女友《とも》よ、そういう惨めな理由もあるのだ）。祭りの前日も恐れていた。孤独な暮らしをしているものたちが閑をもてあましていたし、とりわけ寂しかったからだ。そんな日は部屋に閉じこもった。なにもすることがなく、ただ部屋のなかを行ったり来たりするだけで、鏡に映る自分の顔を見ていると疲れた。私自身の存在を否応なく押しつけてくる鏡を私は憎んだ。物影さだかならぬ黄昏が部屋を満たしはじめていた。影が事物のうえに落ちかかり、まるでいっそう汚れたように見えた。息が詰まりそうで、窓は閉めなかった。外の騒音に疲れ果て、もうなにも考えられないほどだった。私は腰をおろし、なにかあることに精神を集中しようと努めた。しかしひとつの考えはつねに別の考えに人を導くものだ。しかもどこへ連れて行かれるのか見当もつかない。身体を動かし歩きまわるほうがまだましだった。夕暮れどき外出したからといって、なにも非難されることはない。しかしそれは敗北であり、もうひとつの敗北の予言だった。私は、都会の熱気が脈打っているようなあの時刻が好きだった。幻覚に駆り立てられたような快楽の追求や失望の可能性、そして過ちを犯したあと、どんな心の平静もそれを償いにきてくれなかったときの、なおいっそうひどい精神的屈辱の苦さ、そういったものをこまごまと描写するつもりはない。夢遊病を思わせる欲望、他のあらゆる決心を一掃してしまう突飛な決心、そして結局、もはやそれ自体にしか従おうとしない肉の帯びる活気についても、なにも言うまい。私たちはしばしば肉体を脱却した魂の幸福を描く、しかし肉体が魂を追い払う瞬間も人生にはあるのだ。

いとしき神よ、私はいつ死ぬのか？……　モニック、貴女もこの言葉を覚えておいでだろう。古いドイツ語の祈りの冒頭の言葉だ。未来もなく、未来への信頼もないこの凡庸な人間、自分をそれから引き離すことができない以上、私が《私》と呼ばざるをえないこの存在に、私は疲れ果てていた。彼の悲しみの数々、苦しみの数々が、心にまとわりついて離れない。彼の苦しむ姿が見える――しかし私には彼を慰める力さえない。たしかに私は彼よりはましな人間だ。赤の他人でもあるかのように、彼について話すこともできるだろう。どんな理由があって私が彼の囚人になっているのか、私にはわからない。もしかするともっとも恐ろしいのは、他の人びとが知っている私は、人生を相手に戦っているその人物だけだということなのかもしれない。彼が死ぬときには私もともに死ぬのである以上、その人物の死を願う必要さえない。ウィーンであの内面の戦いを続けていた年々、死にたいと思うことがよくあった。

人が自分の悪徳に苦しむことはない。諦めてそれを受け入れることができないからこそ苦しむのだ。私は情熱の詭弁をすべて知った。同時に、良心の詭弁をもあますところなく知った。人びとがある種の行為を非難するのは道徳に反するからだと彼らは思い込んでいる。しかし実は本能的な嫌悪に駆られてのことなのだ（彼らはそういうものに駆られる幸せをもっている）。悔恨によって長く引き伸ばされることがなければもっとも重大な過ちもどんなに無意味か、私たちの人生でどんなにわずかな場所しか占めないかをみて、私はわれ知らず驚いたものだった。肉体は、魂と同じように忘れてしまうものだ。私たちのなかのある種の人びとの場合、罪も穢れもない状態が何度となく回復されるのは、それによって説明されるのかもしれない。私は忘れようと努めた。そしてほとんど忘れた。しかしやがてその記憶喪失が私を不安に駆り立てた。いつも不完全に思える思い出が、なおいっそう私をさいなんだ。ふたたび生きようとして私はそれらの思い出に身を投げた。しかしそれらが色褪せていくのを見て絶望した。みずから諦めていた現在や未来を償うものといえば、自分の思い出しかなかった。これまであれほど多くのものを自分に禁じてきた私には、自分の過去まで自分に禁じる勇気は残っていなかった。

私は勝った。惨めな転落とさらに惨めな勝利をくり返しながら、できれば一生そんなふうに生きたいと思うような形で、まるまる一年間生きるのに成功したのだった。女友《とも》よ、笑ってはいけない。私は自分の功績を誇張しようとは思わない。過ちを控えることによって功績をあげても、有罪であることに変わりはない。自分の行為は、ときには意のままに変えることができる。思考となるとより困難だが、夢を意のままに操るのはまったく不可能だ。私は数々の夢をみた。澱み水の危険を知った。行動が私たちの罪を浄めてくれるように思える。たとえ罪深い行為にせよ、私たちがそれについて抱く想念に比べれば、どこか純粋なところがある。もしそのほうがよければより不純でないものといってもいいが、それは、現実につねに含まれるなにかしら凡庸なもののせいだと言っておこう。貴女に誓ってもいいが、非難されるようなことをなにひとつ犯さなかったその一年間、他のどんな年より多くの、しかもより卑しい強迫観念に心を乱されていた。まるで、あまりにも早くふさがった生傷が、魂のなかでふたたび傷口を開き、結局魂を毒で染めたかのようだった。悲劇的な物語をつくり上げようとすればいとたやすいことだろう。しかし貴女も私も悲劇には興味がない――それに、沈黙を守ることによってよりよく表現することになるものが多々ある。そういうわけで、もともと私は人生を愛していた。自分から自分を奪還しようと努力したのは、人生の名において、言い換えれば自分自身の未来の名においてだった。しかし苦しんでいるときには人生を憎むものだ。私は自殺の強迫観念に取りつかれ、他のもっと忌まわしい数々の妄想にも取りつかれた。私はもはや、日々の生のもっとも目立たない器物を見ても破壊の道具になりうることしか考えなかった。結ぶことができるという理由で私は布を恐れた。鋏は尖っているから怖かったし、なかでも刃物をもっとも恐れた。一方そういう荒々しい形の解放に惹かれる気持もあった。自分の狂気と自分のあいだに、私は施錠した。

私は厳しくなった。それまでは他人を裁くのを控えていた。もしそんな力があったら、自分自身にと同様、他の人びとにも情け容赦ない判断を下すようになっていたかもしれない。隣人のどんな小さな違反も許さなかった。他者にたいして寛大にすれば、自分の良心をまえにして、自分の過ちを許すことになりはしまいかと恐れた。甘美な感覚のもたらす意志のたわみを恐れた。春の甘美さのゆえに自然さえ憎んだほどだ。感動的な音楽はできるだけ避けた。目のまえの鍵盤に置かれた自分の手が愛撫を思い出させ、心を乱した。社交の出会いに不意をつかれるのを恐れ、人間の顔の危険を恐れた。孤独だった。やがてその孤独が私を怖がらせた。人はけっして完全に孤独になることはない。不幸なことに人はつねに自分自身といっしょなのだ。

強者の歓びである音楽は弱者の慰めでもある。音楽は私にとって、口を糊するために従事する職業になっていた。子供たちに音楽を教えるのは辛い試練だ。というのも技巧が彼らを魂から逸らせてしまうからである。まず第一に音楽の魂をこそ味わわせなければならないと私は思う。しかし世の習慣はその反対であり、生徒たちも家族も習慣を変えようとは思っていなかった。あとで私のところに来るようになった年輩の連中より、子供たちのほうがまだよかった。というのも大人たちは是が非でもなにかを表現しなければならぬと信じ込んでいるからだ。それに子供相手なら、あまり気後れすることもなかった。そうしようと思えばレッスンをふやすこともできただろう。しかし現に教えている数だけでも口を糊するには十分だった。それだけでも働きすぎだったほどだ。結果が自分自身にしか関わりをもたぬとき、私は別段、労働を崇める気持などもっていない。自分を疲れさせることが自分を抑える方法のひとつなのは確かだ。しかし肉体の疲労は、結局魂まで鈍らせてしまう。そのうえでお知らなければならないのは、モニック、不安にさいなまれる魂が、眠り込んだ魂より多くの価値をもつかどうかということだ。

私には宵から夜にかけての時間が残されていた。毎晩私は自分だけのための音楽の一刻を自分に許した。たしかにこの孤独な楽しみは不毛な快楽だ。しかしそれが私たちの存在と人生との協和を生み出してくれるとき、どんな快楽も不毛とは言えない。音楽は私をある世界に連れて行ってくれる。そこでは苦悩の存在がやむわけではないが、広がり、静まり、より静かな、そして同時により深いものになる奔流が湖に成り変わるように。夜遅く帰ったときなど、あまりにも騒々しい音楽を奏でるわけにはいかない。もともとそんな音楽が好きになったことは一度もなかった。その家の人びとが私の音楽を大目に見ているだけだということは、私にもはっきりと感じられた。それにおそらく、疲れた人びとの眠りは、どんな可能な旋律よりも価値をもっているのにちがいない。女友《とも》よ、私はそんなふうにして、ほとんどいつも弱音で弾くすべを覚えた。まるでなにかを目覚めさせるのを恐れていたかのように。沈黙は人間の言葉の無力さを償うだけではない。凡庸な音楽家にとってそれは、和音の貧しさをも償ってくれる。私にはこれまでいつも、音楽は沈黙でしかあってはならず、自らを表現しようとする沈黙の神秘でなければならぬと思われた。たとえば泉を見るがよい。物言わぬ水が水路に溜まり、それを満たし、やがて溢れ出る。そしてそこから落ちる真珠は響き高い。音楽は溢れ出た沈黙以外のなにものでもあってはならぬ――私にはこれまでいつもそう思われた。

子供のころ私は栄光を望んだ。その年ごろには愛を望むように栄光を望むものだ。自分がどんな人間なのかを自分自身に証すには、他の人びとが必要だ。野心が無益な悪徳だと言うつもりはない。魂を鞭打つのに役立ちうるのだから。ただそれは魂を枯渇させてしまう。なかば嘘まじりで買い取られないような成功を私は知らない。そしてなにかを省き、なにかを誇張することを私たちに強制しないような聴衆を私は知らない。私はしばしばこう考えて悲しくなったものだ――本当に美しい魂が栄光を知ることはない、なぜならそれは栄光を望まないはずだから、と。私を栄光の夢から目覚めさせたこの考えは、同時に天才の夢からも覚まさせた。天才などというものは、特殊な雄弁というか、騒々しい表現の才にすぎない、としばしば考えた。たとえ私がショパンでありモーツァルトでありペルゴレージだったとしても、私はただ、しかも不完全に、田舎の音楽家が毎日このうえなく謙虚な気持で最善を尽くしたときに感じるはずのことしか言わないだろう。私は最善を尽くした。最初のコンサートは不成功よりなお悪く、いわば中途半端な成功だった。そのコンサートを開こうと決心するためには、ありとあらゆる物質的理由のほか、社交界の人びとが手を貸すときに私たちにたいして振りまわす権威が必要だった。ウィーンには遠い親戚がたくさんいた。私にとって彼らはほとんど保護者といってもいい存在で、血のつながりは全然感じられなかった。私の貧しさに彼らはすこし屈辱を感じていた。私の話が出ても、もはや気詰まりを覚えずにすむという理由から、彼らは私が有名になることを望んでいた。私が彼らに会うことは滅多になかった。援助を断わる機会さえ与えなかったので、もしかしたら彼らは私を恨んでいたのかもしれない。それでも彼らは助けてくれた。もっとも金のかからない形でであったことは私もよく知っている。しかし、女友《とも》よ、どんな権利があって私たちが善意を強要できるのか、私にはわからない。

最初のコンサートで舞台に出ていったときのことを覚えている。聴衆はごくわずかだったが、それでも私には多すぎるほどだった。息が詰まりそうだった。芸術が必要不可欠な虚栄にすぎないあの聴衆と、魂を包みかくしている、というよりは魂の不在を包みかくしているあの取りすました彼らの顔が、私は嫌いだった。あらかじめ払われた報酬とひきかえに、決まった時刻に見知らぬ人びとの前で演奏する——私にはそんなことができるとはとうてい思えなかった。彼らが会場を出ながら口にするのを義務と思い込んでいる出来合いの評価は、およそ見当がついた。無駄な誇張への好みや、自分たちと同じ世界の人間だからという理由で彼らが私に抱く関心や、女たちの服装や化粧の、まがいもののけばけばしさを私は憎んでいた。夕方、いかにもみすぼらしい広間で行なわれる民衆音楽会の聴衆のほうがまだ好きで、ときにはそういう演奏会への無料出演を引き受けることもあった。その種の音楽会に来る人びとは知識を得たいという希望を抱いていた。他の連中より頭がよいわけではないが、より意欲的であることは確かだった。食事をすませたあと、一帳羅を着込んできたのにちがいなかった。たっぷり二時間、ほとんど真っ暗な広間の寒さも我慢する覚悟ができていたのにちがいない。劇場に足を運ぶ人びとは自分を忘れようとするものだ。音楽会に行く人びとはむしろ自分を取り戻そうとする。昼日中《ひなか》の散漫さと眠りへの溶解のあいだに、真実の自分にふたたび浸ろうとするのだ。夕方の聴衆の疲れた顔、夢のなかで緊張をほぐし、夢のなかに浸ろうとしているように思える顔。そして私の顔……。私もやはり非常に貧しいのではないだろうか？　愛も信仰も、告白できるような欲望もなく、あてにできるものといえば自分自身しかなく、しかもほとんどつねに自分に不実なこの私も？

次の冬は雨が多かった。私は風邪を引いた。少々具合が悪いのはいつものことで、すっかり慣れきっていた私は、本当に病気になってもあまり心配しなかった。いま話しているその年、私は子供のころ悩まされた神経障害にふたたびとりつかれた。風邪を引いても手当しなかったので、それがいっそう私を衰弱させた。私は病いに臥し、今度はひどく重かった。

そのとき私は独り居の幸福を理解した。もしそのとき死んだとしても、心を残すような人は誰もいなかった。それは絶対的超脱だった。ちょうどそのころ、兄のひとりから手紙が来て母の死を知らされた。もう一カ月もまえに死んでいたのだった。私は悲しかった。とりわけ、母の死をもっと早く知らされなかったのが悲しかった。数週間の悲嘆と苦悩を盗みとられたような気がした。私は孤独だった。結局町医者が呼ばれたが、その医者も程なく姿を見せなくなり、隣人たちが疲労をおして看病してくれた。私はそれで満足だった。まったく平静だったので、諦める必要さえ感じなかった。自分の肉体がもがき、窒息し、苦しむのを私は眺めていた。肉体は生きることを望んでいた。そこには生命への信仰があり、自分でも感嘆せずにはいられなかった。これまで肉体を軽蔑し、落胆させ、残酷に罰したことを、ほとんど後悔したほどだった。病状が快方に向かい、ベッドに起きあがれるようになっても、まだ衰弱していた精神は、長いあいだあれこれ思考を重ねることはできなかった。最初の歓びが訪れたのは肉体を介してだった。ほとんど聖化されたといってもいいパンの美しさや、顔を温めてくれるつつましい日の光がふたたび目に映り、私は生命に目まいを覚えた。やがて、開いた窓に肘をついて眺められる日がきた。私が住んでいたのはウィーンの街はずれの灰色の街路にすぎなかったが、壁から梢をのぞかせている一本の木を見るだけで、森の存在を思い出すような瞬間があるものだ。その日私は、蘇ったことに驚いている自分の肉体全体で、世界の美しさの二度目の啓示を得たのだった。最初の啓示がどういうものであったかは、貴女も知っている。最初のときと同じく私は泣いた。

しかし幸福や感謝のせいではなかった。人生がこれほどにも単純であり、もし私たち自身が、あるがままの生を受け容れるほど単純でありさえすれば、人生は容易なはずだと考えて涙したのだ。

私が病気にたいして非難する点があるとすれば、それは諦めをあまりにも容易にすることだ。人は欲望から癒《なお》ったと思い込む。しかし回復期は一種のぶり返しでもあり、歓びがいまなお私たちを苦しめうることに気づいて、いつも同じように驚きのあまり呆然とする。その後何カ月か私は、病人の無関心な目で人生を眺めつづけられるものと思っていた。もしかしたら自分の生命もあまり長くないかもしれぬと考えることに私は固執した。みずから自分の過ちを許した。死後おそらく神が私たちを許してくれるであろうように。人間の美しさに、度を越して心を動かされる自分を責めようとはもはや思わなかった。そういった軽い心の戦《おのの》きに、回復期の病人の弱さを見、いわば生をまえにしてふたたび新しくなった肉体の、十分許されてよいはずの惑いを見ていた。私は個人授業と演奏活動を再開した。どうしてもそうしなければならなかった。病気で出費がひどく嵩んだから。私の病状をたずねようと思う人はほとんど誰もいなかった。教えていた家の人びとも、私がまだひどく衰弱していることに気づかなかった。といって彼らを恨んではならない。彼らにとって私は、要するにとても温厚な、明らかに分別をよく弁えた若者にすぎなかったのだ。私のレッスン料はけっして高くなかったのだから。彼らはひたすらそういう観点からしか私を見なかったし、私の不在はひっきょう思いがけない故障でしかなかった。すこし長い散歩ができるようになると、私はカテリーネ大公妃の邸に足を向けた。

フォン・マイナウ大公夫妻は、当時、冬の何カ月かをウィーンで過ごすのがつねだった。女友《とも》よ、私は恐れるものだ、昔日のあの人たちのいかにも社交人的なちょっとした欠点が、彼らのなかの類いまれなものへの私たちの評価を妨げたのではないかと。あれは、私たちの世界より軽やかだつたがゆえに、より分別を弁えていた世界の生き残りの人びとだった。大公夫妻は、こまごましたことに関する限り十分真の善良さの代わりになる、あの気安い愛想のよさを備えていた。私たちは母方の遠い縁続きといってもいい間柄だった。大公妃は私の母方の祖母といっしょに、ドイツの律修修道会の尼僧たちの許で育てられたことを覚えていた。それほど遠い昔の親しさの思い出を、彼女は好んで語った。というのも彼女は、年齢を重ねることはそれだけ高貴さを増すことにほかならないと考える女性のひとりだったから。もしかしたら彼女の唯一の媚態は、自分の魂を若返らせることにあったのかもしれない。カテリーネ・フォン・マイナウ大公妃の美しさは、もはやひとつの思い出にすぎなかった。彼女は鏡のかわりに、部屋の壁に昔の自分の肖像を飾っていた。しかし彼女がかつて美しかったことは誰知らぬもののない事実だった。数々の激しい情熱を掻きたてたともいわれる。彼女自身熱情に駆られたこともあった。苦しみも何度となく味わった。しかし彼女はそれをけっして長いあいだ心に抱いてはいなかった。彼女の悲しみは舞踏会のドレスに似ていたのにちがいない。一度しか身につけないのだ。しかしそれを全部しまっておいた。そういうわけで、彼女は思い出の衣裳棚をもっていた。女友《とも》よ、貴女はよく言うものだった、カテリーネ大公妃はレース編みのような魂の持ち主だ、と。

親しい人びとだけを招いて催す彼女の夜会に私はめったに行かなかったが、行けばかならず歓迎してくれた。彼女が私に抱いているのは本当の愛着などでは全然なく、寛容な老婦人のうわのそらの優しさにすぎないことは、私にもはっきり感じられた。それでも私はほとんど彼女を愛していた。むくみかげんで指輪に締めつけられていた彼女の手、疲れたような目、そして清澄なアクセントが私は好きだった。大公妃は私の母と同じく、ヴェルサイユの世紀の、あの甘く流れるようなフランス語を話したが、それはどんな単語ひとつにも、時代後れになった死語の優雅さを与えていた。それからしばらくして貴女の家で見出したように私は彼女の館で、いわば故郷の言葉を見出したのだった。私を社交界向きの人間に育てようとして彼女は最善を尽くした。詩人の本を貸してくれたが、彼女が選ぶのはいつも、優しく皮相な、そして難解な詩人たちだった。フォン・マイナウ大公妃は私を分別のある人間だと思い込んでいた。そしてそれは彼女の許そうとしない唯一の欠点だった。彼女は笑いながら、館で出会った若い女性たちについて私にいろいろと訊ねた。そのどのひとりにも私が夢中にならないのを見て彼女は驚いていた。そういう単純な質問が、私には拷問の苦しみだった。言うまでもなく大公妃もそれに気づいていた。彼女は私が内気であり、年に比べて幼いのだと思ってくれた。そんなふうに見てくれたことを私は彼女に感謝した。不幸に苦しみ、自分を罪深いものと思っているとき、どうということもない子供として扱われると、なにかしら心が安まるものだ。

大公妃は私が大変貧しいことを知っていた。彼女にとって貧乏は病気と同じく醜いものであり、彼女はそういうものから目を逸らすのがつねだった。この世のなにと引き替えられるとしても、彼女は六階まで階段を登ることには同意しなかったにちがいない。女友《とも》よ、彼女をあまり性急に非難してはいけない。限りなく細やかな心遣いを見せてくれたのだから。およそ実用性のない贈り物しかしなかったのは、もしかしたら私を傷つけまいと思ってだったのかもしれない。そしてもっとも実用性に欠けるものが、もっとも必要なのだ。私の病気を聞き知ると、大公妃は花を届けてくれた。住まいがどんなにみすぼらしくても、花なら顔を赤らめずにすむ。もともと私は誰にもなにも期待していなかったので、それは思いのほかのことだった。私に花を届けさせようと思うような優しい人が、この世にただのひとりでもいるとは思っていなかった。当時、大公妃は薄紫のリラに夢中だった。彼女のおかげで私は芳香に包まれた回復期を過ごすことができた。私の部屋がどんなにうらさびしかったか、もう貴女に話したとおりだ。もしカテリーネ大公妃のリラがなかったら、治ろうとする勇気さえもてなかったかもしれない。

　お礼を申し上げるために館を訪れたとき、私はまだひどく弱っていた。いつものように彼女は刺繍のひとつにとりかかっていたが、辛抱強く仕上げることはめったになかった。私がお礼を申し述べると彼女は驚いた。花を贈ったことなど、もう忘れていたのだ。女友《とも》よ、私は憤慨した。贈り主自身が贈り物を重視していないとき、その美しさは減ってしまうように思われる。カテリーネ大公妃の館の鎧戸は、ほとんどいつも閉じられたままだった。たえず薄暗がりのなかで暮らすのが彼女の好みだった。それでも埃っぽい街の臭いが部屋に入り込んできていた。もう夏がきているのが感じられた。その夏の四カ月を耐えなければならぬと考えただけで、疲労に圧し潰されそうだった。以前より減っていた個人教授、わずかな涼気を求めても空しい夜の外出、苛立ち、不眠、その他数々の危険を私は思い描いた。またしても病気になってしまうのではないか、病気よりもっと悪い状態に陥ってしまうのではないかと恐れた。しまいには口に出して、こんなに早く夏がきてしまったことに不平を鳴らした。

フォン・マイナウ大公妃は、身内から相続したヴァントの古い領地で夏を過ごすのがつねだった。私にとってヴァントは、自分たちがそこで暮らすことはけっしてあるまいと思えるすべての土地と同じく、漠然としたひとつの名前にすぎなかった。大公妃が私を招待しているとわかるまでに、しばらく時間がかかった。彼女は憐れみから私を招いてくれたのだった。陽気に振る舞い、あらかじめ私のための部屋を選んだりして、いわば次の秋まで私の人生を取り込んでしまうような感じだった。それで私は、まるでなにかを期待しているかのように不平を並べたてた自分が恥ずかしくなった。私は招待を受けることにした。断って自分を罰する勇気などなかったし、そもそも、貴女も知ってのとおり、カテリーネ大公妃にさからえるものではない。

ヴァントに出かけたときは、せいぜい三週間ぐらいのつもりだった。しかし何カ月も居ついてしまった。じっと動かない長い月日だった。月日はゆっくりと、機械的に、いつのまにか流れていった。まるで自分でもそれと知らずになにかを待っているかのようだった。あそこでの暮らしはまったく簡素ではあったが、どこかしら格式ばってもいた。私はふだんより安楽な、心静かな生活を存分に味わった。ヴァントがヴォロイノを思い出させたとはいえない。しかし、古めかしさと時の流れの静けさの印象は似通っていた。私たちの家に貧しさが住みついていたように、あの家には昔から豊かさが住みついているように思われた。フォン・マイナウ大公家は、これまでつねに裕福だった。だから一門の裕福さに驚く人はおらず、貧しい人びともその富に苛立つことはなかった。大公夫妻は大ぜいの人を客に招いた。最近フランスから届いたばかりの本、開きっ放しの楽譜、車を引く馬の小鈴などに取り巻かれた生活だった。教養のある、とはいえ軽薄なこういう環境では、知性はさらにもうひとつの賛美に思えるものだ。たしかに私にとって大公夫妻は友人ではなく、庇護者にすぎなかった。大公妃は笑いながら《私の並外れた音楽家》と私を呼ぶのがつねだった。夕方になると、私がピアノの前に坐らずにはすまなかった。こういう社交界の連中を前にしては、たったいま交わされたばかりの言葉のように月並な、うわべだけの音楽しか演奏できないのがはっきり感じられた。しかし忘れられたあれらの小曲にも、それなりの美しさはあるものだ。

ヴァントで過ごしたあの数カ月は長い午睡だったように思える。そのあいだ私はけっしてなにも考えまいと努めていた。大公妃は、私が演奏会活動を中断するのを望まなかった。ドイツの大都会で催される演奏会のため、私は何度か館を留守にした。大都会では、よく知られた誘惑に出会うこともあつたが偶発的なものでしかなく、いったんヴァントに帰れば、その思い出まで拭い消されてしまった。またしても私は持ち前の恐るべき忘却能力を発揮したのだった。社交界の人びとの生活はうわべに止まり、いくつかの快い想念、すくなくとも礼儀にかなった想念に限られている。それは偽善でさえなく、要するに口に出すのが憚られるようなことをほのめかすのは努めて避けるのだ。いろいろと屈辱的な現実があることはよくわかっている。しかしそんな現実とはまるで関わりがないかのように生きるのだ。身につけた衣裳を肉体そのものとみなすに至ったかのように。たしかにそれほどひどい思い違いをすることはありえなかったし、私は素っ裸の自分に見入ることさえあった。ただ目を閉じていた。貴女が来るまで、ヴァントでの私は幸せではなかった。まどろんでいただけだった。そして貴女が来た。貴女の傍にいても幸せではなかった。ただ幸福の存在を想像しただけだった。それは夏の午後の夢だった。

　私は貴女について、人が若い娘について知りうることはすべて、貴女の来るまえから知っていた。つまり、ごくわずかな、ひどくこまごましたことを。貴女がとても美しくしかも裕福であること、まったく申し分ない人であることは人づてに聞いていた。しかしどんなに優しく善良な人かは聞いていなかった。大公妃もそれは知らなかった。もしかしたら優しさや善良さは彼女にとって余計な資質でしかなく、愛想さえよければそれで十分だったのかもしれない。とても美しく若い娘はたくさんいる。裕福で申し分のない娘もいる。しかし私にはそういうものに興味を抱く理由が全くなかった。女友《とも》よ、あれほど言葉を費やした描写がなんの役にも立たなかったことに驚いてはいけない。あらゆる完璧な人間の底にはなにかしらその人固有のものがあって、讃辞を口にしようとする気を挫いてしまうのだ。私が前もって貴女に感嘆するよう、大公妃は望んでいた。だから私は貴女を、実際の貴女より複雑な人だと思っていた。それまでは、ヴァントで、非常に控え目な客の役割を演じるのがけっして不愉快ではなかった。しかし人びとは私に、貴女のまえで才気を発揮させようと努めているように思えた。そんなことができるとはとても思えなかったし、新しい顔にはいつも気後れを覚えた。自分ひとりで決められるのだったら、貴女の到着以前に館を発っていたにちがいない。しかし、そんなことは不可能だった。どういうつもりで大公夫妻が私を引きとめたのか、いまになってわかったような気がする。不幸にして私は自分の周囲に、私の幸福を準備したがっている二人の老人をもっていたのだ。

女友《とも》よ、貴女にカテリーネ大公妃を許していただかねばならぬ。彼女は私をあまりよく知らなかったために、貴女にふさわしいものと思い込んでしまったのだ。貴女が非常に敬虔な信仰の持ち主であることを大公妃は知っていた。私はといえば、貴女を知るまでは、引っ込み思案で子供っぽい信仰心しかもっていなかった。たしかに私はカトリックであり、貴女はプロテスタントだった。しかしそんな教派の違いはどうでもよかった。非常に古い家名が私の貧しさの償いになると大公妃は思っていた。貴女の身内の人びとも同じように考えた。もしかしたらカテリーネ・フォン・マイナウは、私の孤独な、そしてしばしば困難な生活を誇張して憐れんでいたのかもしれない。一方貴女のためには下品な求婚者どもを恐れていた。いわば貴女のためにも私のためにも母親がわりにならねばならぬとみずから思い込んでいたのだ。それに彼女は遠縁に当たっていたから、私の身内を喜ばせたいとも考えていた。フォン・マイナウ大公妃は感傷的な人だった。ドイツ人の婚約時代の、いささか色褪せた雰囲気のなかで暮らすのが好きだった。彼女にとって結婚自体は、やさしい言葉や微笑をちりばめたサロンのお芝居であり、幸福は第五幕になってやっと訪れるのだった。私たちの場合、幸福は訪れなかった。しかしモニック、もしかしたら私たちは幸福になる能力を欠いているのかもしれない。そしてそれはカテリーネ大公妃の罪ではない。

フォン・マイナウ大公が貴女の話をしてくれたことは、もう貴女にも言ったと思う。むしろ貴女のご両親の話と言うべきかもしれない。なぜなら若い娘の話はまったく内面的なものだからだ。彼女たちの生は、ドラマになるまえにまず一篇の詩なのだ。私はその話を、あまり身を入れずに聞いていた。大公が夕方、長い食事のあとではじめる、あのいつ終わるともない狩や旅の話のように。事実それは旅の話でもあった。大公は、すでに遠い昔の、フランス領アンチーユ諸島への長旅の途中で貴女のお父上と知りあったのだったから。チエボー博士は有名な探険家だった。もう若いとはいえない年で父上は結婚なさり、貴女は向こうで生まれたのだった。やがて寡夫となった父上は島を離れた。貴女はフランスの田舎の、父方の親戚の家で暮らした。厳しい、しかし愛情深い環境で貴女は成長した。貴女の幼年時代は幸福な少女のそれだった。たしかに、女友《とも》よ、この私が貴女に貴女の話をする必要はない。貴女のほうが私よりよく知っているのだから。貴女にとってそれは、一篇の詩篇のように一日また一日、一節また一節と過ぎていった。貴女にはそれを思い出す必要さえない。それがいまの貴女を作りあげたのであり、貴女の身ぶりも仕種も声も、貴女のすべてが、あの静かな過去を証言しているのだから。

貴女がヴァントに着いたのは、八月末のある日、黄昏時のことだった。あの出現の細部は正確には覚えていない。貴女が、あのドイツ風の家だけではなく、私の人生にも入ってきたのだとは知らなかった。もう暗くなっていたのに、玄関を入った広間のランプはまだ点《とも》されていなかった――私が覚えているのはそれだけだ。貴女のヴァント滞在はそれがはじめてではなかった。だから貴女にとって、事物は親しげな顔をしていた。事物のほうも貴女を知っていた。もう暗すぎて、貴女の顔立ちは見分けられなかった。私はただ、貴女がとても落ち着いていることに気づいただけだった。女友《とも》よ、落ち着いた女性は稀れなものだ。多くは無感動であるか、さもなければまるで熱に浮かされたように興奮している。貴女はランプのように澄んでいて静かだった。客たちと話を交わすときも、まさに言うべき言葉しか口にせず、なすべき仕種しか見せなかった。そしてそれは完璧だった。あの晩、私はいつもよりひどい気後れを覚えていた。貴女の善意まで挫きかねなかった。といって貴女を恨んでいたわけではない。貴女に感嘆していたわけでもなかった。貴女はあまりにも遠い存在だったから。要するに貴女の到着は、最初私が恐れたほど不快ではなかった――それだけのことだ。女友《とも》よ、おわかりだろう、私は貴女に真実を言っている。

私たちを婚約にまで導いた数週間を、できるだけ正確に生き直そうと努めている。しかしモニック、それは容易ではない。幸福とか愛とかいう言葉を私は避けなければならぬ。というのも、とどのつまり私は貴女を愛さなかったからだ。ただ貴女は私にとって大事な人になったのだった。私が女性の優しさにどれほど敏感だったかは、貴女にももう言ったはずだ。貴女のそばで私は、信頼と心の平和という、それまで知らなかった新しい感情を覚えたのだった。私と同じく貴女も、どこに行きつくわけでもない田園のなかの長い散歩が好きだった。どこかに行きつく必要などなかった。貴女のそばにいるだけで、私は平静な気持になれた。思慮深いあなたの性質が私の内気な性質とよく合っていた。私たちはいっしょに沈黙を守っていた。やがて、すこしこもった、美しい低い声、沈黙に浸された貴女の声が、優しく、私の芸術や私自身についてあれこれ尋ねた。貴女が私にたいして、一種の優しい憐れみを感じていることは、私にももうわかっていた。貴女は優しく善良だった。そして苦しみというものをよく知っていた。何度となくそれを癒し、慰めたことがあったから。私のなかの若い病人ないし若い貧乏人を貴女は見抜いていた。事実私は本当に貧しかったので、貴女を愛してはいなかった。ただ、貴女をとても優しい人だとは思っていた。もし貴女のものになれたら幸せだろうなと思うこともあった。私が言いたいのは、貴女の兄弟になれたらということだが。それ以上のことは考えなかった。それ以上のことを考えるほど僭越ではなかった。もしかしたら私の本性が口を噤んでいたのかもしれない。いま考えてみると、それが口を噤んでいただけでもすでにたいしたことだった。

貴女はとても信仰深かった。あのころは貴女も私もまだ神を信じていた。私が言いたいのは、あれほど多くの人びとが、まるで個人的に知っているかのように描写するあの神のことだ。とはいえ、貴女はけっして神の話はしなかった。もしかしたら貴女は、神についてはなにも言えないと考えていたのかもしれない。あるいは神が現に目の前にいるように感じていたからこそ、なにも言わなかったのかもしれない。人は自分の愛する人びとについて、とりわけその人たちがいないときに好んで話すものだから。貴女は神のなかで生きていた。貴女は私と同じく、クリスタルを通して生と死を見つめていたような、あの神秘思想家たちの古い書物が好きだった。私たちはおたがいに書物を貸しあった。そしていっしょに読んだ。しかし音読はしなかった。口に出して言った言葉がつねになにかを断ち切ってしまうことを、私たちはあまりにもよく知っていたから。それは和音を奏でる二つの沈黙だった。各頁を読み終わるのを私たちはおたがいに待っていた。貴女の指は、始められたお祈りを、行に沿って辿っていたが、それはまるで行くべき道を私に指し示しているかのようだった。私にはいつもより勇気があり、貴女はいっそうの優しさを見せてくれたある日、私は地獄落ちがこわいと白状した。貴女は私を安心させようとして厳粛な微笑を浮かべた。すると突然、地獄落ちがこわいというその思いが、卑小で惨めな、そしてとりわけひどく遠いものに思えた。あの日、私は神の寛大さを理解した。

だから私にも愛の思い出はあるのだ。たしかにあれは真の情熱ではなかったかもしれない。しかし真の情熱が私をよりよい人間にしてくれたかどうか、あるいは、単純により幸福な人間にしてくれたかどうか、私には確信がもてない。とはいえ、そういう感情に含まれるエゴイズムは私にも見えすぎるほど見えている。私は貴女に執着していたのだ。執着――不幸にして、この場合にふさわしい言葉はそれしかない。数週間が流れ去った。大公妃は来る日ごとに、なおも貴女を引きとめる理由を見つけ出した。貴女自身、私に慣れはじめていたのだと思う。私たちは幼いころの思い出を語り合うようになっていた。貴女のおかげで私は幸せな思い出を知った。私のために貴女は悲しい思い出を知った。それはまるで、私たちの幼年時代を二つに分けたかのようだった。一刻一刻がこのおずおずした兄妹のような親密さになにかを付け加えていき、私たちが婚約したものと見なされているのに気づいて、私は恐怖に駆られた。

私はカテリーネ大公妃に胸の内を打ち明けた。しかしすべてを言うわけにはいかなかった。私の家族が赤貧に喘いでいることを私は強調した。不幸にして、貴女は私にとってあまりにも裕福すぎた。二世代前から学界で著名だった貴女の姓は、オーストリアの貧乏貴族より価値があるのかもしれなかった。最後に私は勇を鼓して、かつて犯した過ちをほのめかした。それは非常に重大な性質のものであり、貴女の愛を私に禁じる態《てい》のものだが、もちろんどんな類いの過ちかをはっきりさせるわけにはいかなかった。そんなふうに、なかば告白するだけでもすでに辛かったが、私は人びとの微笑を誘うのに成功しただけだった。モニック、人びとは私の言うことを信じてさえくれなかったのだ。私は軽薄な人びとの頑固さに突き当たっていた。私たちを結びつけようとひとたび心に決めた大公妃は、その考えをけっして変えようとしなかった。彼女は私に好意を抱き、もはやそれを変えなかった。ときとしてあまりにも厳しすぎる世界は、その厳しさを不注意によって償うものだ。要するに私たちを疑おうとしないのだ。「経験が私を軽薄にしたのよ」——フォン・マイナウ大公妃はよくそう言った。彼女も彼女の夫も、私の言うことを真に受けようとしなかった。彼らには私の慎重さが正真正銘の愛の証しに見えた。私の不安を見て、私が無欲なのだと彼らは思い込んだ。

他のすべてと同じく、美徳にもそれなりの誘惑がある。そしてそれは他の誘惑よりはるかに危険だ。というのも美徳の誘惑となると私たちはおよそ警戒しないからだ。貴女と知り合うまえは、私もときおり結婚を夢みた。非の打ちどころのない生活を送っている人びとは、もしかしたら他のことを夢みるのかもしれない。そんなふうにして私たちは、たったひとつの性質しかもたないこと、幸福というものの一面しか生きないことの埋め合わせをする。ただの一度も、完全に心を許している瞬間さえ、私は自分の状態を決定的なものとは考えなかった。それが長続きするとさえ思わなかった。私は自分の家族のなかに、女性の優しさの感嘆すべき実例をもっていた。自分の宗教思想から、結婚というものを、純粋無垢な許された唯一の理想と考えていた。いつかある日、とても優しく愛情深い、とても真面目な乙女が、愛するすべを私に教えてくれるかもしれない——そんなふうに想像することがあった。しかし、家の外でそんな娘と知り合ったことは一度もなかった。古い書物の頁のなかで、蒼ざめた微笑を浮かべている娘たち、ジュリー・フォン・シャルパンティエやテレーズ・ド・ブランスヴィックのことを私は考えた。それはいささか漠然とした、しかも不幸なことにまったく純粋な想像だった。そもそも、女友《とも》よ、夢は希望ではないのだ。夢みるだけで人は満足する。それが不可能に思えるときには、なおいっそう甘美にさえ感じられる。というのもそんなときには、いつかある日その夢を実際に生きることになるかもしれぬという不安がないからだ。

どうすべきだったのだろう？　若い娘になにもかも打ち明ける勇気はなかった。たとえその娘がすでに成熟した魂の持ち主だったとしても。私には言葉が見つからなかったにちがいない。自分の行為を描写するにも、イメージは生気を欠き、あるいは逆に極端すぎただろう。すべてを言うことは、貴女を失うことにほかならなかった。それでもやはり貴女が私との結婚に同意したとすれば、それは私にたいする貴女の信頼に影を投げることだった。私にはその信頼が必要だった。いわばそれを裏切らないよう自分に強いるためにも。人生が私に与えてくれた唯一無二の救いの好機を退けない権利（というよりはむしろ義務）があると私は思った。もはやひとりでは治らないことがわかっていた。そしてあのころ私は治りたいと思っていた。人間の幸福の、人目を忍ぶ、軽蔑された形だけで生きるのは疲れるものだ。この暗黙の婚約は、そうしようと思えばただのひと言で解消できたはずだ。口実を見つけてもよかったし、そんなことをしなくても、貴女を愛していないと言うだけで十分だった。私はそうするのを差し控えた。唯一の保護者である大公妃が私をけっして許さないだろうからではなく、貴女に希望をつないでいたからだ。私は滑るがままにまかせた。その幸福のほうへとは言うまい（女友《とも》よ、私たちは幸福ではない）。むしろその犯罪のほうへ。うまくやりたいという欲望が、もっとも邪悪な計算よりもっと私を卑劣にした。私はあなたの未来を盗んだのだ。私が貴女にもたらすものはなにもなかった。貴女があてにしていたあの大きな愛さえもたらさなかった。私のもっていた美徳は、まさにその嘘の共犯者なのだった。しかも私のエゴイズムは、それ自体正当なものだと信じ込んでいただけに、なおのことおぞましかった。

貴女は私を愛していた。私に恋していたと思い込むほどうぬぼれてはいない。貴女が私に夢中になったと言うつもりもない。ただ、いまでも私は、貴女がどうしてあんなふうに私を受け入れることができたのか、不思議に思わずにはいられない。私たちはおたがいに、世の人びとが普通理解しているような意味での愛をあまりよく知らない。貴女にとっては、もしかしたら、愛は情熱的な善意でしかなかったのかもしれない。さもなければ、要するに私は貴女の気に入ったのだ。気の弱さ、優柔不断、巧妙さなど、まさしくあまりにもしばしばもっとも重大な欠点のかげで育つ資質によって、私は貴女の気に入ったのだ。なによりもまず貴女は同情したのだった。不用心だったために、貴女に憐憫の情を抱かせてしまったのだ。数週間優しい気持になったために、その気持を一生もちつづけるのが当然と貴女は考えた。完璧でありさえすれば十分幸福になれると貴女は信じた。私のほうは有罪でさえなければ幸福になれると思い込んだ。

十月のある雨もよいの日、私たちはヴァントで結婚した。モニック、もしかしたら私は婚約時代がもっと長いほうがいいと思っていたのかもしれない。時間に引きずられるのではなく、自然に時が実るのが私は好きなのだ。いま新しくはじめられようとしている生活に不安がないわけではなかった。思ってもみてほしい、私は二十二歳、そして貴女は私の人生を占める最初の女性だった。しかし貴女のそばにいると、すべてがいつも単純明快だった。ほとんどたじろぎを覚えずにすむようにしてくれた貴女に、私は感謝していた。館の客人たちは次々に帰っていった。私たちも暇乞いをしようとしていた。いっしょに。私たちは村の教会堂で結婚した。貴女のお父上は遠い探険旅行に出発してしまわれたから、周囲には何人かの友人と私の兄しか残っていなかった。旅は相当の出費だったにもかかわらず、兄が来てくれたのだった。兄は、感激を抑えかねた面持ちで私に礼を言った。兄に言わせれば、この私が一族を救ったのだった。そのとき、彼が貴女の財産をほのめかしているのに気づいて、私は恥ずかしかった。私はなにも答えなかった。とはいえ女友《とも》よ、貴女を私自身の犠牲にするよりも、家族の犠牲にするほうが罪深いことになっただろうか？　いまでも覚えているが、あの日は照ったり降ったりで、空模様が人間の顔のように変わりやすい日だった。空は晴れようと努力し、私は幸福になろうと努めているように思えた。なんということだろう、私は幸福だった。おずおずと幸福だった。

そしていまは、モニック、沈黙が必要なのにちがいない。私自身との対話は、ここでやまなければならない。そしてここで、結ばれた二つの魂、二つの肉体の対話が始まるのだ。結ばれた、あるいはたんに合わされたと言うべきかもしれない。なにもかも言ってしまえば、女友《とも》よ、私が自分に禁じているような大胆さが必要なのだ。とりわけ貴女と同じように女であることが必要だろう。私はただ自分の思い出を貴女のそれと比較し、もしかしたら二人があまりにも性急に生きすぎた悲しみのとき、辛い歓びのときを、いわばスローモーションで生き直してみたいだけだ。ほとんど消え失せた思考のように、小声でささやかれるおずおずした打ち明け話のように、聞きとるには耳を澄まさなければならないとてもひそやかな音楽のように、それは私に立ち戻ってくる。しかし、小声で書くことが果たして可能かどうか、試みることにしよう。

あいかわらず不安定な私の健康状態が貴女を不安にした。私がこぼそうとしなかっただけになおのことだった。最初の数カ月を、これほど気候の厳しくない土地で過ごそうと貴女は言い張った。それで私たちは、結婚式をあげたその日メランへ発った。やがて冬が来て、私たちをさらに温暖な土地へ追いやった。私ははじめて海を見た。陽光に輝く海を。しかしそんなことはどうでもいい。私としては逆に、自分が生きたいと思い、かつ生きようと努力する暮らし方に調和した、もっと寂しく厳しい土地のほうがよかったほどだ。気楽さと肉体的官能の幸福に満ちた土地は、私に、警戒心と同時に一種の不安を感じさせた。歓びには罪がひそんでいるのではないか——いつもそう疑っていた。自分の振舞いが非難さるべきものに思えれば思えるほど、ますます私は、自分の行為を断罪する厳格な道徳観念に執着した。私たちの理論というものは、モニック、私たちの本能の産み出した解決法でないときには、逆に本能を閉じこめるための防備なのだ。バラの花の、あまりにも赤い花芯、彫像、通りかかった子供の陽焼けした美しさなどに目を向けさせる貴女を、私は恨んだ。そういった罪も穢れもないものにたいして、私は苦行者のような嫌悪を感じていた。それと同じ理由で、貴女がこれほど美しくなければよかったのにという気持に駆られた。

一種暗黙の了解によって、私たちは、身も心も完全におたがいのものになる瞬間を先送りしていた。あらかじめその瞬間を考えるとき、私はいささかの不安と同時に嫌悪をも感じていた。あまりにも親密になりすぎると、なにかが損なわれ堕落するように思われたのだ。それに肉体の親愛感ないし反感から、二人の人間のあいだに突然なにが生じてくるか、私には見当もつかなかった。もしかしたらあまり健全な考えではなかったのかもしれない。しかしとにかく私はそう考えた。毎晩私は、勇を鼓してでも貴女のそばに行こうかと考えた。女友《とも》よ、私にはその勇気がなかった。しかしやがてそうせざるをえなかった。おそらく貴女にはわけがわからなかったのにちがいない。他の人だったら、貴女自身というこの贈り物——あれほどさりげなくなされた贈り物の美しさ（優しさ）をもっともっと高く評価しただろうと考えるとすこし悲しい。貴女を憤慨させるようなこと、ましてや貴女の微笑を誘うようなことはなにも言いたくない。しかしそれは母親からの贈り物だったように思える。もっとあとになって私は貴女の子供が身体をまるくして貴女の胸に寄り添っている姿を見た。そして考えた。すべての男がそれと知らずに女性のなかに探し求めるのは、とりわけ、自分を胸に抱き締めてくれた母の思い出なのだと。すくなくとも私に関する限り、それは本当だ。私は限りない憐れみをもって思い出す。私を安心させ、慰め、もしかしたら私を陽気にしようとして貴女がいささか不安げに努力してくれていたことを。私自身が貴女の最初の子供だった——ほとんどそんな気がする。

私は幸福ではなかった。幸福の欠如にいささか失望したのは確かだが、しかしとにかく私は諦めていた。いわば幸福を諦め、すくなくとも歓びを諦めていた。それにこう考えていた——結ばれた最初の数カ月がもっとも甘美だというのはめったにあることではない、人生によって急に結びつけられた二人が、それほど早くお互いのなかに溶け込み、真に一体になるなどということがありうるはずはない、と。大変な辛抱強さと意欲が必要なのだ。私たちは二人ともそれをもっていた。私たちが歓びをうるのは当然とは言えない、不平を言うのは間違っているとも私は考えたが、そのほうがさらに正しい考えだった。私たちが分別を弁えてさえいれば、すべては等価値のはずだし、もしかしたら幸福はよりよく耐えられた不幸にすぎないのかもしれないと私は思う。そう考えたのは、自分の手で事物を変えることができないとき、事物のほうが正しいと認めることこそ本当の勇気だからだ。とはいえ、不足が人生のなかにあり、あるいはただたんに私たちのなかにあるからといって、それはより小さくなるわけではないし、私たちがその不足に苦しむことにも変わりはない。それに女友《とも》よ、貴女自身も幸福ではなかった。

貴女は二十四歳だった。つまりほぼ姉たちの年齢だった。しかし姉たちとは違って、貴女は控え目でも内気でもなかった。貴女のなかには感嘆すべき活力があった。小さな苦労や小さな幸福から成る暮らしのために生まれてきたのではなかった。貴女はあまりにも力強かった。少女時代の貴女は、妻としての生活について、非常に厳しく厳粛な考えを抱いていた。恋というよりは愛情に満ちた優しさを理想としていた。とはいえ、貴女によれば未来全体を形作るはずの、退屈な、そしてしばしば困難な義務の緊密な連鎖のなかに、貴女は自分でもそうと知らずになにか別のものを滑り込ませていた。習慣は女性たちに情熱を許さない。それは愛を許すだけだ。女性があれほど完全に愛するのは、もしかするとそのせいかもしれない。貴女は快楽の人生を送るために生まれてきたのだと言い切る気になれない。この言葉のなかには罪深いなにか、すくなくとも禁じられたなにかがある。女友《とも》よ、私としてはむしろ、貴女は歓喜を知るために、歓喜を与えるために生まれてきたのだと言いたい。幸福の晴れやかな形である歓喜の無垢さを理解するためには、ふたたび純潔な自分に戻ろうと努めなければならぬ。歓びを人に与えさえすれば、お返しに自分でも歓びを手に入れることができると貴女は思い込んでいた。貴女は失望させられたと断言したくはない。ひとりの女性のなかで感情が思考に変わるまでには多くの時間が必要なのだから。貴女はただ悲しかっただけだ。

そういうわけで、私は貴女を愛していなかった。貴女もその大きな愛を私に求めるのは諦めてしまっていた。貴女にたいしてさえ感じなかった以上、私にそういう愛を感じさせる女性はひとりもいないのにちがいない。しかし、そんなことは貴女は知らなかった。貴女はあまりにも分別に富んでいたから、諦めてこの出口のない生活を受け入れることはできなかったし、あまりにも健全だったから、苦しまずにはいられなかった。自分が他人のなかに惹き起こす苦しみは、人が一番最後に気づく苦しみなのだ。それに貴女は隠していた。最初のころ、貴女は幸福なのだとほとんど思い込んだほどだ。私の気に入ろうとして、貴女はいわば自分を消すことに努めていた。美しさを隠してしまうような、暗い色の分厚い服を貴女はまとった。というのも、どんなにわずかであれ身を飾るための努力は、愛の申し出と同様、私をたじろがせたからだ（貴女にもうそれはわかっていた）。愛してもいないのに、私は貴女にたいしてこのうえなく不安に満ちた愛着を覚えはじめていた。一瞬の不在が、その日一日私を悲しませた。貴女と離れていることに苦しんでいたのか、それともひとりになるのを恐れていただけなのか、人には知るすべもなかったにちがいない。私自身にもわかっていなかった。それに貴女といっしょにいるのがこわかった。二人いっしょにいながら孤独であることが恐ろしかった。私は苛立たしい優しさの雰囲気で貴女を押し包んだ。二十回もたて続けに、私を手放したくないかどうか尋ねたりした。そんなことがありえないのはわかりすぎるほどわかっていたのに。

私たちは教会詣でに熱中しようと努めたが、それはもはや真の信仰に応えるものではなかった。すべてを欠いた人間は神に支えを求めるが、そんなときには神もまた彼らに欠けるものだ。私たちはしばしば、人が旅の途中で訪れるあの古い教会、暗く入りやすい教会に長く足をとめた。いつのまにかそういう教会で祈りを捧げる習慣さえ身についていた。夕方、私たちは腕を組み、すくなくとも共通の厚い信仰に結ばれて帰った。あれこれと口実を見つけては、街のなかでできるだけ遅くまで、他人の人生を眺めていた。他人の人生はいつも楽しそうに見えるものだが、そう見えるのは自分で生きるわけではないからだ。私たちは知りすぎるほど知っていた、私たちの部屋がどこかで私たちを待っていること、それが冷たく、なんの飾りもなく、数日泊まるだけの部屋、イタリアの夜の温かさに開かれていても空しく、孤独にはなれないのに親密さも欠けている部屋であることを。というのも私たちは部屋を共にしていたからだ。私がそう望んだのだった。毎晩私たちはランプを点すのをためらった。明かりが気詰まりだったからだ。とはいえそれを吹き消す勇気もなかった。私が蒼ざめた顔をしていると貴女は言った。それは貴女も同じことだった。貴女が風邪を引くのではないかと心配だった。貴女は貴女で、やさしい口調ではあったが、あんなに長くお祈りしたら疲れるじゃないのと言って私をとがめた。私たちはおたがいに絶望的に気を遣いあった。あのころ貴女は耐えがたい不眠に悩まされていた。私もなかなか寝つけなかった。おたがいに憐れみあわざるをえなくなるのを避けるために私たちは眠ったふりをした。さもなければ貴女は泣いていた。私に気づかれまいとして、できるだけ声を押さえて泣いていた。そんなとき、私は聞こえないふりをした。慰めることができないときには、人の涙に気づかないほうがいいのかもしれない。

私の性格は次第に変わっていった。気まぐれで気難しく、なにかにつけてすぐ苛立つようになった。ひとつの美徳が他のすべてを免除してくれたように思えた。あてにしていた落ち着きを与えるのに成功しなかった貴女を私は恨んだ。実際その落ち着きが得られればそれにこしたことはなかった。私はなかば打ち明ける習慣を身につけていた。中途半端だっただけにますます不安をかき立てる告白で、私は貴女を苦しめた。私たちは涙のなかに一種惨めな満足を見出していた。二重の悲嘆が、最後には幸福と同じように私たちを結びつけた。貴女のほうも徐々に変わっていった。かつての貴女の晴朗さを私が奪い取ってしまったかのようだった、とはいえそれを自分のものとして取り込むこともできなかった。私と同じように貴女も突然苛立ったり悲嘆にかき暮れたりするようになった。そしてそれを理解するのは不可能だった。私たちはもはや、おたがいに寄りかかっている二人の病人にすぎなかった。

私は音楽を完全に放棄してしまっていた。音楽は、私がもう二度とそこでは生きまいと思い定めた世界に属していた。音楽は魂の宇宙だと人は言う。女友《とも》よ、それもありえないことではない。しかしそれはただ魂と肉体が不可分であること、鍵盤が音を含んでいるように、一方が他方を含んでいることを証すだけだ。和音のあとの沈黙は、普通の沈黙とはまったく質を異にする。それは注意深い沈黙だ。生きた沈黙だ。この沈黙を利用して、私たちのなかでは思いもかけなかったさまざまなつぶやきが交わされる。そしていま終わろうとしている音楽がなにを語りかけようとしているのか、私たちにはけっしてわからない。絵や彫像は、いや一篇の詩でさえ、明確な観念を提示する。それらが私たちをそれ以上遠くまで連れて行くことはまずない。しかし音楽は私たちに無限の可能性を語りかける。実人生のなかで芸術を断とうと決心した人間が、芸術の惹き起こす感動に身を晒すのは危険だ。だから私はもう演奏もしなければ作曲もしなかった。私は、快楽の償いを芸術に求める類いの人間ではない。いっさいの人間的欲望のうち、いささか悲しいこれら二つの形が、私は両方とも好きだ。一方のために他方が好きなのではない。私はもう作曲しなかった。人生にたいする私の嫌悪は、次第次第に、理想的人生というあの夢にまで広がっていった。というのも、モニック、傑作とは夢想された人生にほかならないからだ。作品の完成がおよそあらゆる芸術家に与えるあの単純な喜びさえ、私のなかで乾いてしまうのだった。いや、凝固するというほうがいい。もしかしたらそれは、貴女が音楽家ではなかったせいなのかもしれない。貴女の入って来ないハーモニーの世界に毎晩私が閉じこもるとしたら、私の諦念、私の忠実さは完全なものとはいえなかったはずだから。私はもう働こうとしなかった。私は貧しかった。結婚するまで私は生きるのに苦労した。いまは貴女に従属していること、さらに言えば貴女の財産に頼って生きることに一種の官能的快楽を見出していた。いささか屈辱的なこの状況は古い罪を防いでくれる保証だった。モニック、私たちはみんな、いくつかひどく奇妙な偏見をもっているものだ。私たちを愛している女性への裏切りはただ残酷なだけだが、暮らしを支えるお金を出してくれる女性をだますとなれば、おぞましい所業というしかない。一方あれほど勤勉な貴女は、私の完全な無為をあえて声高に咎めようとはしなかった。そういう言葉のなかに、私が貧しさへの非難を見てとりはしまいかと貴女は恐れたのだ。

冬が過ぎ、春が過ぎて行った。度を越した私たちの悲しみは、まるでひどい遊蕩のように私たちをへとへとに疲れさせた。私たちは、涙を流しすぎたあとのあの心の渇きを覚え、私の失意は一種の落ち着きに似ていた。自分がこれほど落ち着いていることに、ほとんど恐怖を覚えたほどだった。私は自分を克服したのだと思い込んだ。しかし、ああ！　自分の征服にもたちまち嫌気がさすものだ。これほど打ちひしがれた気持になるのは旅の疲れのせいだと私たちは考えた。私たちはウィーンに居を構えた。かつて孤独な生活を送ったこの町へ帰るのに私はある嫌悪を覚えたが、貴女はこまやかな心遣いから、私を故郷からあまり遠ざけまいとした。昔に比べればさほど不幸でもないウィーン生活が送れるはずだと、私は努めて信じようとした。しかし私がとりわけ強く感じたのは、昔より不自由なことだった。家具や部屋の壁布の選択は貴女に任せた。二人の生活が閉じこめられることになる、まだ裸の部屋部屋を貴女が行ったり来たりするのを、私はいささか苦々しい思いで眺めていた。日焼けした、しかし物思わしげな貴女の美しさは、ウィーンの社交界を夢中にさせた。二人とも社交生活に慣れていなかったので、自分たちがどんなに孤独なのかを、しばらくは忘れることができた。しかしまもなく社交生活にも疲れた。さまざまな器物は私たちにとって思い出がなく、鏡も私たちを知らなかったこの新しすぎる家の退屈さに、私たちは一種の忍耐強さをもって耐えた。徳を目ざす私の努力も、貴女の愛の試みも、おたがいの気を紛らせることにさえ成功しなかった。

すこしでも明敏な精神の持ち主にとっては、すべてが――欠陥さえ――それなりの利点をもつものだ。それはより因習的ならざる世界観をもたせてくれるからだ。私の生活が孤独の度合いを減じ、数々の書物を読んだおかげで、外面的礼儀と内面的モラルのあいだにどれほど相違があるかを私は知ることができた。人はなにもかも口に出して言うものではない。しかし私のように、あることについて意識的に口を噤む習慣を身につけざるをえないとき、その種の意識的沈黙が普遍的であることに人はすぐ気づく。隠された悪徳ないし弱さを見抜く奇妙な能力を私は身につけていた。自分自身の意識を素っ裸にしてみると、他者のそれがはっきりと目に映ってくるのだった。私がわが身と引きくらべてみた人びとは、おそらく、そんなふうに比較されることに憤慨したにちがいない。もしかしたら彼らの悪徳がひどくありふれていたからこそ、彼らは自分を正常だと信じ込んだのかもしれない。とはいえ、自分自身にしか至り着くことがなく、多くの場合子供を望まない快楽だけを追い求める彼らを、自分よりはるかに秀れていると判断することが私にできただろうか？　私の唯一の間違いは（というよりむしろ唯一の不幸は）、万人より劣っていることではないのは言うまでもないとして、要するに人と違っていることだけだ——私は結局そう考えるようになった。それどころか私のそれに似た本能で満足している人は大ぜいいるのだ。それはさほど稀有ではないし、ましてや奇妙でもない。私は、あれほど多くの例によって否定される教訓を悲劇的なほど真に受けていた自分を恨んだ。そもそも人間の道徳などというものは大変な妥協の産物なのだ。いや、私は誰も非難しようとは思わない。誰もが秘密や夢を胸に秘めており、口を噤んだまま、人にはおろか自分にさえ白状しようとしない。しかし人が嘘をつきさえしなければ、すべては理解できるはずだ。してみると私はおよそ取るに足らぬことのために自分を苦しめていたのかもしれなかった。いまやもっとも厳格な道徳律に従っていた私は、自分には逆にそれらの道徳律を裁く権利があるはずだと考えた。そして人生におけるいっさいの自由を諦めて以来、私の思考はあえてより自由になったかのようだった。

貴女がどんなに男の子を欲しがったか、私はまだ言っていなかった。私もそれを熱望していた。しかしやがて子供が生まれると知ったとき、私はさほどうれしくもなかった。たしかに、子供のない結婚生活に許された放蕩にすぎない、女性への愛が敬意に値し、もうひとつの愛がそれに値しないとすれば、もしかしたら、それはただ前者が未来を含むからだけなのかもしれない。しかし生が馬鹿げたものに思え目的も欠いているように思えるときには、生の永続を喜ぶわけにはいかない。私たちが相共に夢みたその子供は、おたがいに無縁な二人の人間のあいだに生まれてこようとしているのだった。子供が彼は幸福の証《あかし》でもなければそれを補うものでもなく、要するにひとつの償いにすぎなかった。子供が生まれればなにもかもまるくおさまるだろう――私たちは漠然とそう期待していたし、私が子供を欲しがったのも、貴女が寂しそうだったからだ。最初貴女は私にその話をするのに、すこし気後れさえ見せた。それは、他のなににもまして、私たちの生がどんなに遠くかけ離れていたかを証しているにもかかわらず、その小さな存在が私たち二人に力を貸しはじめていた。私がその子のことを考えるときの気持は、誰か別の人の子供を考えるときのそれにすこし似ていた。もはや情熱のはいり込む余地はなく、ふたたび姉と弟のようになった甘美さを私は味わった。貴女がほとんど妹のように思えた。あるいは私の手元に預けられたごく近い身内のように思われた。私はその身内を世話し、安心させ、あるいはもしかしたら誰かがいない寂しさを慰めなければならないのかもしれなかった。貴女も最後にはその小さな被造物を心から愛するようになったが、その子はすでにすくなくとも貴女のために生きはじめていた。告白しても何ら恥じるところはないが、私の満足はエゴイズムを完全に捨て去ったものともいえなかった。というのも貴女を幸福にするすべを知らなかった私は、子供にその務めを押しつけるのが当然だと思っていたからだ。

ダニエルは六月にヴォロイノで生まれた。つまり私自身の生まれたモンターニュ・ブランシュ*というあの寂しい土地で。その子が、昔の面影を残すあの土地で生を享《う》けることを貴女は望んだのだった。

そうすれば私の息子をより完全に私に与えることになると考えたのだ。修繕され新しく塗りかえられたとはいえ、家の造りは昔のままだった。ただ住む人の数が減ったので、家が大きくなったように思えた。兄が（私にはもはや兄がひとりしかいなかった）兄嫁といっしょにその家に住んでいた。まったくの田舎者で、孤独が彼らを無愛想にし、貧乏暮らしは彼らをおどおどした人間にしていた。彼らはいささか無器用に、しかしいそいそと貴女を迎えた。貴女が旅で疲れていたので、彼らは歓迎の意を表わすために、大寝室を貴女に提供した。母が息を引きとり、私たちが生まれた部屋だった。真っ白なシーツの上に置かれた貴女の手は、母の手によく似ていた。毎朝、母の寝室に入っていったころのように、あのひよわな長い指が私の頭のうえに置かれ、祝福してくれるのを私は期待していた。しかしそんなことを貴女に求める勇気はなかった。私はただその指に口づけするだけで満足した。にもかかわらず、私にとってその祝福がとても必要だったことに変わりはない。部屋は薄暗く、ひどく分厚いカーテンのあいだに遺体安置用の豪華な寝台が置かれていた。一門の遠い日々、多くの女たちがそこに身を横たえて子供を待ち、死を待っていたのだろうと思う。そして死は、もしかしたら魂の出産にすぎないのかもしれない。

貴女の懐妊期の最後の数週間は痛々しかった。ある日の夕方、兄嫁が私のところに来て、お祈りをしなさいと言った。私は祈らなかった。貴女はきっと死んでしまうのだとくり返し心の中で考えただけだった。本心からの絶望を十分に感じないことを私は恐れ、あらかじめ一種の後悔を覚えた。それに貴女は諦めていた。生きることにさほど執着しない人びとのように諦めていた。貴女のそういう落ち着きのなかに、私はひとつの非難を見てとっていた。もしかしたら貴女は、私たちの結びつきは生涯続くようには作られておらず、いずれ誰か別の人を愛するようになると感じていたのかもしれない。

未来を恐れる気持は死を容易にする。私は、あいかわらず熱っぽい貴女の手を握りしめていた。私たちは二人とも同じことを考えていたが——もしかしたら貴女が、この世から消えてしまうのかもしれないと考えていたが、口に出しては言わなかった。それに貴女の疲れはあまりにもひどく、子供がどうなるかさえ考えられないほどだった。自然はそのもっとも明らかな掟に従う人びとにたいして不当だと私は思い、憤慨を抑えることができなかった。というのも新しい生命の誕生はそのたびに二つの生命を危険に晒すからだ。人はみな、生まれるときに人を苦しめ、死ぬときにはみずから苦しむ。しかし人生がむごいからと言って、それだけならどうということもない。もっと悪いのはそれが空しいこと、美しくないことだ。誕生の荘厳さも死の荘厳さも、それに立ち会う人びとにとっては、嫌悪すべき細部、あるいはただたんに卑俗な細部にまぎれ込み、かき消されてしまう。私はもう貴女の寝室に入れてもらえなかった。女たちの手当と祈りのなかで貴女はもがいていたが、ランプが一晩じゅう点《つ》いたままだったので、人が誰かを待っているのが感じられた。閉ざされた扉ごしに聞こえてくる貴女の叫びには、なにかしら非人間的なものが感じられ、私をぞっとさせた。完全に動物的というしかないこういう形の苦痛にさいなまれる貴女をあらかじめ想像するなどということは、ついぞなかったので、私は貴女にこんな叫び声を上げさせる子供を恨んだ。モニック、だからすべては関連しあっているのだ。人生だけではなく、ひとつの魂のなかにあっても。貴女を失われたものと思い込んだあの何時間かの思い出が、もしかしたら、もともと本能が傾いていた方向へ私を連れ戻すのに、あずかって力があったのかもしれない。

私は貴女の寝室に呼ばれ、子供を見た。いまではすべてがふたたび穏やかになっていた。貴女は幸福だった。しかしそれは、とりわけ疲労と解放から成る肉体的な幸福だった。ただ、赤子は女たちの腕のなかで泣いていた。寒さ、人びとの話し声の騒がしさ、自分をいじる手、産着の感触、そういうものに彼は苦しんでいたのだろうと思う。生命が、温い母体の暗闇から彼を引き離したばかりだった。彼は恐ろしかったのだろうと思う。彼にとってはなにものも――夜でさえ、死でさえ――真に始源的なこの避難所の代わりにはなりえなかった。なぜなら死と夜に含まれる闇は冷たく、心臓の鼓動に生気づけられてはいないからだ。抱き締めなければならないこの子供をまえにして、私は気後れを覚えた。彼を見て私が覚えたのは優しさでもなければ愛情でさえなく、むしろ深い憐憫だった。というのも、新生児をまえにするとき、その未来にどんな悲嘆の理由が待ち構えているか、見当さえつかないからだ。

モニック、私はこう考えていた――この子は貴女のものになるだろう、私の子というより、はるかに貴女の子供になるだろう、と。彼は、ヴォロイノにあれほど昔から欠けていた財産を貴女から相続するだけではなく（女友《とも》よ、たしかに財産が幸福を与えるということはない。しかし、しばしばそれを可能にしてくれる）、貴女の落ち着いた美しい仕種、知性、そして私たちをフランス絵画のなかに迎え入れてくれるかのようなあの明るい微笑を受け継ぐはずだ。すくなくとも私はそう願っている。義務という盲目的な感情から、私はその子供の生命にたいする責任を背負いこんだのだったが、彼が私の息子である以上、その生は幸福なものにはならぬ危険をはらんでいた。私にできる唯一の弁解は、その子にすばらしい母親を与えたことだけだった。とはいえ、私は内心こう考えた――この子はジェラ家の人間だ、金色《こんじき》の橇《そり》や宮廷用の馬車のように、いまでは使われなくなってしまった古い思想を、親から子へと伝える家系に属しているのだ、と。私と同じく彼は、ポーランド、ポドリア、ボヘミアの祖先たちの後裔であり、突然襲ってくる情熱と失望、悲愁と奇妙な快楽への好みなど、祖先たちの宿命をすべて担ったうえに、私自身の宿命まで背負い込むはずだった。なぜなら私たちはまことに奇妙な人種であって、世紀から世紀へと黒い目と青い目が交互にあらわれるように、狂気と憂愁にこもごもとらわれるからだ。ダニエルと私の目は青い。子供はいま、寝台のそばの揺籃で眠っていた。テーブルの上のランプがぼんやりと器物を照らしていた。そして、しじゅう目に映るあまり、ふだんは目を向けようともしなくなっていた家族の肖像が、たんなる現前であることをやめて、幻出《あらわれ》になっていた。先祖たちの肖像の表明する意志が、こうして実現された。私たちの結婚が、その子供に辿り着いたのだった。彼によって、この古い血筋は未来につながるはずだった。いまや私が生きつづけるかどうかはほとんど問題ではなかった。私が死者たちの関心を引きつけることはもはやなく、今度は私が姿を消してもかまわなかった——死ぬにせよ、新規まき直しを図るにせよ。

ダニエルの誕生も私たちを近づけてはくれなかった。愛と同じく、それは私たちを失望させた。私たちがふたたび一緒の部屋で暮らすようにはならなかった。夕方、暗闇をこわがる子供のように、貴女の胸に顔を埋めて丸くなるなどということはもはやなく、十六歳のころ使っていた部屋が、ふたたび私の寝室になった。そのベッドのなかで、昔日の夢の数々とともに、かつて私の身体によって作られた窪みをふたたび見出したとき、自分を自分自身に結びつけるような感じがした。女友《とも》よ、私たちは人生が私たちを変えると思い込んでいる。しかしそれは間違いだ。人生は私たちをすり減らすのだ。そして私たちのなかですり減らされるもの、それは習い覚えたことだけだ。私は変わってなどいなかった。ただ私と私自身の本性とのあいだに、さまざまな出来事がはいり込んできていただけなのだ。私はかつての私のままだった。もしかしたら昔よりもっと深く私自身だったといえるかもしれない。なぜなら幻想や思い込みがひとつまたひとつと消え去るにつれて、私たちは真の自分をよりよく知るようになるからだ。あれほどの努力と意欲にもかかわらず、結局私は昔のままの自分をふたたび見出しただけだった。つまり、いささかの惑いを残しているとはいえ、二年間に及ぶ純潔な生活によっていっさいの幻想から醒めきった魂。モニック、こういうことは人の気を挫くものだ。それに、貴女のなかで成し遂げられた長い仕事――母親になるという長い仕事が、貴女の性質を、根源的な単純さに連れ戻したように思われた。貴女は、結婚前のように、幸福を希求する若い女《ひと》になっていたが、ただ以前より堅実で落ち着きがあり、魂をもてあましているようには見えなかった。貴女の美しさは、一種静かな豊饒さを獲得していた。自分は病気だと知っているのがいまでは私のほうであり、それを喜んでいた。これから先も羞恥心に妨げられて、あの夏の数カ月間に私が幾度死を願ったか、貴女にはけっして言わないだろう。それに、より幸福な女性たちと自分を引き比べて、貴女の未来を台無しにしてしまった私を貴女が恨んでいたかどうか、知りたいとは思わない。とはいえ私たちは愛しあっていた。おたがいへの情熱なしに愛せるだけは愛しあっていた。北国ではいつもそうだが、私たちの結婚いらい二度目の美しい季節が、いささかせわしなく終わりを告げようとしていた。それなりの実を結び、もはや死に絶えるしかない夏と愛情とのこの終焉を、私たちは押し黙ったまま味わい了《お》えようとしていた。音楽がふたたび私の許に立ち帰ったのは、そういう物悲しさのなかでだった。

九月のある夕方、それは私たちがウィーンへ帰る前夜だったが、それまで閉じられっ放しだったピアノの魅力に、私は勝てなかった。ほとんど真っ暗なサロンに、私はひとりだった。貴女にもう言ったように、それはヴォロイノで過ごす最後の夜だった。もう何週間も前から、一種の肉体的不安が私のなかに忍び込んでいた。熱があり、眠ることができず、私はそれを秋のせいにしながら、熱や不眠と戦っていた。渇きを癒してくれる爽やかな音楽があるものだ。すくなくとも私はそう考えていた。

私は弾きはじめた。私は弾いた。最初は、まるで自分のなかの魂を眠り込ませなければならないかのように、慎重に、静かに、そっと弾いた。ドビュッシーやモーツァルトなど、知性の純粋な鏡ともいえる、このうえなく静かな曲を選んで。昔ウィーンにいたころもそうだったように、私は濁った音楽を恐れていたといえるかもしれない。しかし、モニック、私の魂は眠ろうとしなかった。あるいは、もしかしたらそれは魂でさえなかったのかもしれない。私は漠然と弾いていた。音のひとつひとつを沈黙のうえに浮かべ漂わせながら。それは（もう言ったように）ヴォロイノで過ごす最後の夜だった。私の手があの鍵盤に結びつけられることはもう二度とない、この部屋が、私のおかげで和音に満たされることももうけっしてない――それは私にもわかっていた。私は自分の肉体的苦痛を不吉な予言として解釈していた。そして近づく死に身を委ねようと決心していた。波がふたたび下ろうとするときの、その上に置かれた肉体のように、アルペッジョの絶頂に魂を委ねて、間近に迫った深淵と忘却への落下を音楽が容易にしてくれるのを私は待った。打ちひしがれた気持で私は弾いた。自分の人生をやり直さなければならない、なにものも、快癒そのものさえ癒しはしない――私は心の中でそうひとりごちた。あまりにも倦み疲れていたので、たえまなく続き、同様に人を疲れさせる再犯と努力の連続にはもはや耐えられない気持だったが、一方音楽のなかではすでに、自分の弱さと放棄とを楽しんでいた。昔は情熱的な生に恐れを抱きながら、同時に軽蔑も覚えていたのだが、私にはもうそんなことはできなかった。私の魂はより深く肉に食い込んでしまっていた。想念から想念へ、和音から和音へと、このうえなく内密な、もっとも胸深く秘めた自分の過去へとさかのぼりながら、私が悔恨を覚えずにはいられなかったもの、それは自分の犯した過ちではなく、自分が自分の手で退けた喜びの可能性だった。あまりにもしばしば誘惑に負けたことではなく、あまりにも長いあいだ、あまりにも激しく戦ったことだった。

私は弾きつづけた。絶望的に。人間の魂は私たちより緩慢なものだ。それゆえにこそ魂のほうがより永続すると考えられるのだ。魂はいつも、私たちの現在の生より一歩下がっている。私が自分のなかで窒息させていたあの内面の音楽、歓喜と荒々しい欲望の音楽の意味を、私はやっと理解しはじめたばかりだった。自分の魂を、たったひとつのメロディー、単調な嘆きの旋律に圧し縮めてしまったのだった。自分の人生を、聖歌以外にはなにも立ち昇ってはならない沈黙にしてしまったのだった。女友《とも》よ、私は自分を聖歌だけに限定してしまうほどの信仰はもっていない。そしてもし私に後悔があるとすれば、後悔したことへの後悔だけだ。モニック、形が空間のなかに展開されるように、音は時間のなかで繰り広げられる。そしてひとつの音楽は、それがやんでしまうまでは、部分的に未来に潜り込んだ状態を保つ。即興で演奏する人間にとって、次の音の選択にはなにかしら感動的なものがある。それ自体の展開の法則にしか従わない芸術と生の自由を、私は理解しはじめていた。リズムは内面の惑乱の増大に従う。心臓があまりにも速く脈打つとき、この聴診は恐ろしい。二年間私が自分のすべてを閉じこめていたその楽器からいま生まれつつあるもの、それはもはや犠牲の歌でもなければ、欲望やすぐ間近に迫った歓喜の歌でさえなかった。憎悪だった。あれほど長いあいだ私をねじ曲げ圧し潰していたものすべてにたいする憎悪だった。貴女が貴女の部屋から、私が弾いているのを聞いているのだと考えて、私は一種残酷な快楽を覚えた。告白ないし説明としてこれで十分だと内心考えていた。

自分の手が目に映ったのはそのときだった。私の手、指輪も結婚指輪もつけていない裸の両手が鍵盤に置かれていた――それはまるで二倍も生き生きした自分の魂を目のあたりにしているかのようだった。私の手は（私はそれについて語ることができる。というのもそれは私の唯一の友達だからだ）突然異常なまでの敏感さを帯びたように思われた。じっと動かずにいてさえ、それは沈黙をかすかに愛撫し、沈黙が和音となって立ち現われるのを促しているように思われた。私の手は、まだかすかにリズムに打ち震えながらそこに置かれていた。そして、あらゆる可能な音がこの鍵盤のなかで眠っているように、その手のなかには未来の仕種がすべて含まれていた。私の手は肉体のまわりで、抱擁のたまゆらの喜びを結び、響き高い鍵盤のうえで、目に見えぬ楽の音の形を撫でていた。眠り込んだ肉体の輪郭を、愛撫する手で闇のなかに閉じこめていた。しばしば私は祈りを捧げるときのように、両の手を持ち上げたままでいた。私はまた、しばしば両手で貴女の手を握りしめたが、しかしそういったことすべての記憶はもう残っていなかった。それはいまや無名の手、ひとりの音楽家の手なのだった。音楽を通して、私たちが神と呼びたい思いに駆られるあの限りなきものと私を結びつける仲立であり、愛撫を通じて他者の生命との接触を保つ手段だった。影が薄く、それを支えている象牙のように白かった。というのも私はその手から太陽と仕事と喜びを奪い去っていたからだ。とはいえそれが私の忠実な召使いであることに変わりはなかった。音楽が私にとって口を糊するための仕事であったとき、この手が私を養ってくれた。そして私は、芸術で生計をたてることに含まれるある種の美しさを理解しはじめていた。というのもそれは芸術以外のすべてから私たちを解放してくれるからだ。モニック、私の手が貴女から私を解放してくれようとしていた。ふたたびそれはなんの拘束もなく差しのべられるはずだった。解放者である私の両手が、出発の扉を開いてくれた。女友《とも》よ、包み隠さずすべてを言ってしまうのは、もしかしたら馬鹿げているのかもしれない。しかしその晩私は、まるで自分自身との契約書に捺印するかのように、自分の両の手にぎごちなく唇を押しつけた。

その後の日々についてごく手短かにしか触れないのは、それらの日々の感覚がひたすら私にしか関わりがなく、誰か感動を覚えるものがいるとすればこの私でしかありえないからだ。貴女を前にして、恥辱にも似た羞恥心からくる慎重さをもってしか語りえない以上、胸底の思い出は自分だけのためにとっておくほうがいい。というのも、もし悔恨を見せたりすれば嘘をつくことにもなるからだ。決定的とわかっている敗北の甘美さに比べられるものはなにもない。ウィーンで、秋の日が最後の輝きを見せていたあれらの日々、私は自分の肉体をふたたび見出して驚嘆し狂喜した。肉体こそが、魂をもつことから私を癒してくれたのだった。それまで貴女が私のなかに見てとったのは、ひたすらに恐れであり後悔であり良心の慎重さだった。しかも私自身の良心でさえなく、他人のそれであって、私は他人の良心を指針と見なしていた。肉体の美と神秘がどれほど熱烈な讃美の念を抱かせるか、そのひとつひとつが目に映じるとき、どれほど人間の若さの断片をもたらすように思えるか、私は貴女に言うすべを知らなかったし、またそんな勇気もなかった。女友《とも》よ、生きることは難しい。私はあまりにも数多くの道徳理論を打ちたてたので、さらに他の、しかも相矛盾する理論をも構築せずにはいられなかった。幸福は過ちの周縁にしか存在しないなどと信じ込むには私はあまりにも分別を弁えすぎており、悪徳も美徳に劣らず、おのずからそれを身につけているわけではない人には、喜びを与えることができない。ただ私としては、あれほど狂気に近い自己否定よりは、過ちのほうがまだましだと考えている（もしそれが過ちなのであれば）。人生は私を、いまあるがままの私にした、つまり（もしこう言ってよければ）本能のとりこにした。その本能は私が選んだのではない、ただ諦めて受け容れるだけだ。そしてこの受容が、幸福とはいわないまでも、せめて晴朗さを得させてくれるものと期待している。女友《とも》よ、貴女はすべてを理解する力をもっている。私はいつもそう信じてきた。それはすべてを許す力よりはるかに稀有なものだ。

さて、貴女に別れを告げる時がきた。貴女の女性的な、というよりは母性的な優しさを思うとき、私は限りない甘さを覚える。後ろ髪を引かれる思いで私は貴女の許を去る。そして貴女の子供を羨ましく思う。貴女は、その人を前にして私が自分に有罪判決を下した唯一の存在だった。しかし自分の生涯を書き綴ってみて私は自分自身の裏付けを得た。最後には、自分を厳しく断罪するのではなく、貴女がかわいそうに思えるほどだ。私は貴女を裏切った。しかし貴女をだましたくはなかった。貴女は、義務感に駆られて、もっとも狭くもっとも困難な道を選ぶ人間のひとりだ。貴女に憐れみを乞うたりして、このうえさらに自己犠牲の口実を貴女に与えるようなことはしたくない。正常な道徳に従って生きるすべを知らなかった以上、せめて自分自身の道徳には悖《もと》らぬようにしたい。あらゆる原則を退ける瞬間にこそ、人は慎重さを身につけなくてはならぬ。私は貴女に軽率な約束をしたために人生の抗議を受けなければならなかった。このうえなく慎ましい気持で、貴女に許してほしいと思う――貴女の許を去ることではなく、こんなにも長く貴女の傍にとどまったことを。

ローザンヌ

一九二七年八月三十一日―一九二八年九月十七日

とどめの一撃

LE COUP DE GRACE

序

一九一四年の戦争とロシア革命の動乱を背景とするこの短い小説『とどめの一撃』は、一九三八年ソレントで書かれ、翌三九年、第二次世界大戦勃発の三カ月前に刊行された。語られた事件のほぼ二十年後ということになる。その主題は私にとって非常に遠く、同時にごく身近にも感じられる。非常に遠いのは、この二十年間に起きた無数の内戦の挿話がその上に積み重ねられているからであり、身近に感じられるのは、この小説に描かれた精神的混乱が依然として私たちの陥っている混乱、いやむしろこれまで以上に私たちをまき込んでいる混乱にほかならないからだ。この書物は実際に起こった事件に想を得ている。ここでそれぞれエリック、ソフィー、コンラートと呼ばれている三人の登場人物は、ほぼ主人公の友人のひとりが描写してくれたとおりに描かれている。

この物語に私は感動する。読者も同様な感動を覚えるよう期待している。文学的見地にかぎってみても、この事件自体が悲劇というジャンルのあらゆる要素をふくんでおり、したがってフランスの伝統的な物語という枠にみごとにはまり込むように思われた。というのもこの物語は悲劇の特性をいくつかそなえているように思えるからだ。時間と場所の単一性、およびかつてコルネイユが独特の巧みな表現によって定義した危険の単一性。話の筋は二人か三人の人物にかぎられており、しかも、すくなくともそのうちのひとりは自己を知ることに努め、自分を裁こうと試みるだけの明知を備えている。最後に、激情がつねにそう仕向けるとはいえ、ふつう日常生活にあってはよりひそかな、目につきにくい形をとるはずの悲劇的結末の避けがたさ。革命と戦争によって孤立したバルト海沿岸の片田舎という舞台そのものが、『バジャゼ』への序文でラシーヌがあれほど完璧に述べたのと同じ理由から、悲劇を成り立たせるもろもろの条件を満たすように思われた。というのもそれは、ソフィーとエリックの物語をありふれた些事《さじ》にすぎぬものから解放し、昨日の現実に、時のへだたりとほとんど同価値の空間的距離を与えるからである。

この書物を書くにあたって私が意図したのは、ある環境ないし時代を再創造することではない。たとえそういう意図があったとしても、副次的なものにすぎなかったと言うべきかもしれない。しかし私たちの探し求める心理的真実は、あまりにも個人的なもの、特殊なものを経由するので、私たち以前に、範とすべき古典時代の先達たちがやったように、ある冒険を条件づける外的現実を無視し隠蔽しながら平然としているわけにはいかない。私がクラトヴィツェと呼んだ場所は、たんなる悲劇の玄関にはとどまりえなかったし、血にまみれた内戦中の挿話も、ある愛の物語の、漠然とした赤い背景にとどまることはできなかった。それらの挿話は登場人物たちのなかに、ある種の恒常的な絶望状態を生み出していたのであり、それなしに彼らの行状を説明することはできないのである。私は彼らの身の上に起こった事件を、手短な要約によって知っているにすぎないが、この若者と娘の存在がほんとうらしく思えるためには、それぞれにふさわしい照明をあて、できるだけ正真正銘の歴史的状況のなかに彼らを据えなければならない。その結果、情念と意志のほとんど純粋な葛藤を提供してくれるからこそ選ばれたこの主題は、結局、参謀本部の地図を広げ、他の目撃者たちの証言からさまざまな細部を収集し、古い絵入り新聞を探して、辺鄙《へんぴ》な土地の国境付近で行なわれた実体の捉えがたい軍事作戦について、西欧まで届いたかすかな反響、わずかな反映を見出す試みを私に余儀なくさせた。のちに二度か三度、かつてバルト海沿岸のある国の同じ戦争に加わった人たちが、『とどめの一撃』は自分たちの記憶に似ていると自発的に保証してくれた。その保証はどんなに好意的な批評よりも、この書物の実質について私を安心させた。

物語は一人称で書かれ、主人公の口から語られる。私はこれまでしばしばこの手法を用いた。というのもそれは作者の視点を、すくなくとも作者による解説を書物から排除してくれるからであり、自分の生を直視し、多かれ少なかれ誠実に説明しよう、まず第一に思い出そうと試みるひとりの人間の呈示を可能にしてくれるからだ。とはいえ、おとなしく黙って聞いている聴衆をまえにして、小説の中心人物が長々と語りつづけるという形は、やはりひとつの文学的黙契にすぎないことを指摘しておきたい。主人公が明確な細部と推論的論理性をもって自分の過去を語るのは、『クロイツェル・ソナタ』や『背徳者』の場合でこそあれ、実人生ではおよそありえない。真の告白は、ふつう、もっと断片的でくり返しが多く、もっと訳がわからず、捉えどころがないものだ。いうまでもなくこれらの留保は、『とどめの一撃』の主人公が、ほとんど聞いてもいない仲間たちを相手に、待合室で語ってきかせる物語にもあてはまる。とはいえ、最初のこの黙契がひとたび受け入れられれば、この種の物語に、ある人物全体——彼自身の言葉遣いの癖によって表わされる資質や欠点、正誤にかかわらずその判断、自分では意識していない偏見、告白にほかならぬ嘘、嘘にほかならぬ告白、故意の沈黙、忘却等々もふくめて、ある人物全体を書き込むかどうかは、もっぱら作者の自由にゆだねられる。

しかしこのような文学形式の欠点は、他のどんな形式よりも読者の協力を必要とすることである。水を通して眺める事物のように、《私》と称する人物を通して眺められた出来事や人びとのゆがみを、読者自身が修正しなければならない。多くの場合、一人称の物語という方策は、こうして自己を語っているとみなされる個人に有利に働く。しかし自己を語るさいには避けがたい歪曲が、『とどめの一撃』では逆に語り手を犠牲にする形で起こる。エリック・フォン・ローモンのようなタイプの人間は、自己にさからった考え方をするものだ。

だまされることを極度に嫌う彼は、疑惑が生じた場合、むしろ自分自身の行為に最悪の解釈を下そうとするのである。弱点をさらけ出すのを恐れる彼は、本当に無情な人間なら装うはずもない無情さの甲冑に閉じこもる。そして気位の高さは彼の誇りをたえず抑えつける。その結果、粗野な人間は人を苦しめた思い出につきまとわれることなど全然ありえないのを忘れて、素朴な読者がエリック・フォン・ローモンを誤解してしまう危険が生じる。彼のことを、自分の思い出のむごたらしさを眉ひとつひそめず正面から見つめようと決心した人間ではなく、サディスティックな男、金モールで身を飾った粗野な男なのだと思い込む危険、あるいはまた、ユダヤ人にたいする嘲笑が自分の属する階級の習慣への盲従の一部をなしているとはいえ、ユダヤ教徒の女質屋の勇気にたいする感嘆の念を隠そうとはせず、グリゴリ・レーヴを、世を去った友人や敵から成る英雄たちのひとりに数えるこの人物を、職業的反ユダヤ主義者と見なしてしまう危険である。

話者によるこの自画像と、あるがままの彼、あるいはかつてあったがままの彼とのへだたりがもっとも際立つのは、容易に想像できるように、愛と憎しみの複雑な関係においてである。エリックはコンラート・ド・ルヴァルをあまり目立たない場所に追いやってしまい、熱愛した友人であるにもかかわらず、かなり漠然とした肖像しか描き出していないように思える。というのも、まず第一に彼は、もっとも強烈に自分の琴線にふれるものを執拗に述べたてるような人間ではないからであり、第二に、自己を確立するまえに、あるいは自己を形成するまえに世を去ったこの友人については、無関心な連中にまで話して聞かせるほどのことがあまりないからだ。鋭敏な耳の持ち主なら、もしかしたら、この友人へのほのめかしのいくつかに、いわばわざと無造作をよそおった口調、あるいはあまりにも愛しすぎたものにたいする、あるともない苛立ちの口調を聞きわけるかもしれない。逆に彼がソフィーを前景に押し出し、彼女の弱さや惨めな身持ちの悪さまで美しく描き出しているとすれば、それはただ、この若い娘の愛が彼の自尊心をくすぐり、彼を安心させるからだけではない。エリックの規範が、自分の愛していない女という敵さえ敬意をもって遇するよう命じるからでもある。他の種類の回りくどさは、彼の意志とはかかわりがない。他面において洞察力に富むこの男は、ごく若かったころの衝動と拒否を、別段そう望みもせずに体系づける。もしかしたら彼は、口でいう以上にソフィーを愛していたのかもしれない。虚栄心が許容する以上に彼女に嫉妬していたのは確かだ。他方、若い娘の執拗な情熱への嫌悪と憤激は、彼が思うほどまれなものではなく、男がはじめて恐ろしい愛に出会ったときに受ける衝撃の結果として、ほとんど月並でさえある。

身をまかせようとする娘と、心を許そうとしない若者の挿話である以上に、『とどめの一撃』の中心主題は、なによりもまず、同じ窮地に立たされ同じ危険にさらされたこれら三人に見られる種族の共通性であり、運命の連帯性なのだ。なかでもエリックとソフィーは、自分自身の極限まで行き着こうとする一徹さと情熱的な趣味によって似通っている。ソフィーが過ちを犯すのは、誰かに身をまかせたい、誰かの気に入りたいという欲望よりもはるかに、身も心も捧げつくしたいという欲求からなのである。コンラートにたいするエリックの愛着は、肉体的行動以上のものであり、感情的態度を越えるものとさえ言える。彼の選択は真に、ある厳格さの理想ないし英雄的友愛という幻影に呼応しており、ある人生観の一部をなしている。彼にあっては性愛さえ規律の一側面をなしている。書物の末尾でエリックとソフィーが再会するとき、彼らにとって交わす価値のあったごくわずかな言葉を通して私が示そうと努めたのは、官能的情熱や政治的忠誠の葛藤よりも強い、いや、満たされなかった欲望や傷ついた虚栄心からくる恨みよりもなお強いあの親密さ、あの類似、さらには、彼らがなにをしようとあれほど固く二人を結びつけ、それだけに彼らの受けた痛手の深さをよりよく説明するあの兄妹のような絆なのである。彼らの辿り着いた地点では、二人のうちどちらが死を与え、どちらが死を受けるかはほとんど問題にならない。二人が憎みあったのか愛しあったのかさえ問題ではない。

『とどめの一撃』の執筆を私に選ばせた理由のひとつは、これらの登場人物に内在する高貴さであったとつけ加えれば、自分が時勢にさからうことになるのは十分承知している。この言葉の意味については誤解のないようにしておかなければならない。私にとって高貴さとは、利害打算の完全な不在を意味する。三人の登場人物が特権階級に属しており、その最後の代表者であるような書物のなかで高貴さを云々することが一種危険な曖昧さをふくむことは、私も知らないわけではない。精神の高貴さと階級としての貴族という二つの概念がかならずしも重なりあわないこと、いやそれどころではないことを、私たちは知りすぎるほど知っている。他方、貴族の家に生まれたものの理想が、いかにそれが不自然であれ、ときとして、ある種の性質の持ち主の場合、自立心、誇り高さ、忠誠心、無私無欲など、本来高貴なものを育《はぐく》むのに幸いしたことを否認すれば、現在世にはびこっている偏見にみずから陥ることになるだろう。一種のしきたりから、現代文学が登場人物にたいしてしばしば拒んでいるこの本質的品位は、社会的出自とはおよそ無縁なので、エリック自身、数々の偏見の持ち主であるにもかかわらず、グリゴリ・レーヴにはそれを認める一方、同じ環境、同じ陣営の人間である悪賢いフォルクマールにたいしては否認しているほどなのだ。

もともと自明の理であるはずのことを、こうして強調しなければならなかったのは残念だが、最後にもうひとつ、『とどめの一撃』の目的は、いかなるものであれ、ある集団や階級、ある国や政党を宣揚したり、その信用を失墜させたりすることにあるのではないことを申し述べておかなければならないと思う。私がエリック・フォン・ローモンに、決然としてフランス人の名前と先祖を与え、とくにゲルマン民族の特性とはいえないあの辛辣なまでの明敏さを付与できるようにしたこと自体、この人物を、貴族あるいはドイツ士官のある種のタイプの、理想化された、あるいは諷刺をこめた肖像とみなす解釈を禁じるものである。『とどめの一撃』が書かれたのは、人間的ドキュメントとしての価値(もしそれがあるとすれば)のゆえでこそあれ、けっして政治的ドキュメントとしての価値のせいではなく　この書物にたいする判断も　そのような見地から下されなければならない。

一九六二年三月三十日

朝の五時、雨が降っていた。サラゴサをまえにして負傷し、イタリアの病院船で手当を受けたエリック・フォン・ローモンは、ピサ駅の軽食堂で、自分をドイツに連れ戻してくれるはずの列車を待っていた。四十がらみという年齢にもかかわらず美しく、一種厳しい若さに凝り固まったようなエリック・フォン・ローモンは、フランス人の祖先やバルト海沿岸生まれの母、それにプロシア人の父から、ほっそりした横顔、薄青の目、高い背丈、ごくまれにしか見せない微笑の尊大さ、そして踵を打ち鳴らす癖を受け継いでいた。もっとも、いまはもうそんなこともできなかった。足を骨折し、包帯でぐるぐる巻かれていたからだ。感じやすい人びとが内心を打ち明け、罪を犯した連中が白状し、もっとも口数の少ない人びとさえ、四方山話《よもやま》、思い出話のたぐいで眠気と戦う時刻、犬と狼の区別もつかぬあの時刻になっていた。これまでずっと頑固にバリケードの右側に身を置きつづけたエリック・フォン・ローモンは、一九一四年には若すぎて危険をかすめること以外なにもできなかった人びとのひとりであり、戦後ヨーロッパの陥った混乱や個人的不安や、満足することも諦めることもできない状態のために、なかば失われ、なかば勝ちとられたすべての大義に奉仕するにわか仕立ての兵士に変身したタイプの人間のひとりだった。彼は、中央ヨーロッパで、結局はヒトラーの政権掌握に至り着いたさまざまな運動に参加していた。チャコ*でも満州でも彼の姿は見られたし、かつてクールランドでは、反ボルシェヴィキ戦闘に加わった志願兵軍団のひとつを指揮したこともあった。フランコ麾下《きか》の軍隊に入るまえのことである。産着に包まれた赤児のような傷ついた足をはすかいに椅子にのせ、話をつづけながら、巨大な金時計の流行後れのバンドをうわの空でいじくりまわしていた。その金時計の趣味の悪さは相当なもので、これ見よがしに手首につけているのは勇気の証拠として感嘆するしかなかった。ときどき彼は食卓を叩いた。そのたびに二人の同志をびくっとさせる癖なのだが、それも拳ではなく、紋章入りの重い指輪をはめた右手を開いて叩くのだった。ぶつかりあうグラスの音が、カウンターのかげでうたたねしている、頬のふくらんだ、縮れ髪のイタリア人給仕をたえず目覚めさせた。まるで雨樋《とい》のようにだらだら汗を流している片目の御者が、相手の都合など委細かまわず、夜の町を斜塔まで辻馬車で散歩しないかと十五分ごとに言い出すので、手厳しくはねつけるために何度か話を中断しなければならなかった。二人の兵の一方は、話がそれた合間を利用してブラックコーヒーのおかわりを注文した。シガレットケースをパチンと閉める音が聞こえた。突然打ちひしがれたドイツ人は、力尽きたように肩を落とし、結局は自分自身に向けたものでしかない、いつ終わるともない告白を一瞬中断し、ライターに屈み込んだ。

死者はたちまち遠ざかる、しかし生者もまた、と歌ったドイツの民謡《バラード》がある。私自身、十五年の歳月をへだてては、リヴォニアやクールランドの反ボルシェヴィキ闘争というあの複雑にからみあった挿話がいったいなんだったのか、あまりよく思い出せない。あの内戦の片隅では、まるで消え残った火や皮膚病のように、それが突然激化したり、表面にあらわれないまま紛糾したりしていた。そもそも各地域がその土地だけの戦争をもっているものだ。ライ麦やじゃがいもと同じように土地の特産物なのだ。私の人生でもっとも充実した十カ月は、あの辺鄙な片田舎で軍団を指揮することに明け暮れたが、その地域のロシア名、ラトビア名、ドイツ名をみても、ヨーロッパその他の新聞の読者はなにも思い浮かべられないだろう。白樺林、湖、甜菜《てんさい》畠、みすぼらしい小さな町々、兵隊たちがときおり思いもかけず、血をしぼってご馳走にできる小豚とか、内部は掠奪され、外壁には所有者とその家族を射ち殺した弾痕が残っている古い領主の館などを見つける、虱だらけの村々、ひと儲けしたい気持と銃剣で突き刺される恐怖とに引き裂かれているユダヤ人の高利貸、たちまちばらばらになり、ごろつきの群れになり変わる軍隊。そういう群れでは兵より士官のほうが多いのがつねで、幻想家や偏執狂や賭博師もいれば、礼儀正しい連中や善良な若者もおり、白痴同様の愚か者やアルコール中毒の連中も欠けてはいなかった。つまり普通のスタッフは全部揃っていた。こと残酷さに関するかぎり、赤軍の死刑執行人たち——それを専業とするラトビア人たち——は、偉大なるモンゴルの伝統を忠実に守り、《苦しめる技術》を完璧に仕上げていた。伝説的な白手袋のゆえに、中国流の手の拷問を受けるのは士官だけだったが、そうはいっても私たち皆が陥っていた悲惨な状態、屈辱さえ受け入れざるをえない状態では、白手袋など思い出にすぎなかった。憤怒に駆られた人間がどれほど手の込んだことをするようになるかをわかってもらうために、拷問を受ける人間は、生きたまま剝ぎとられた自分の手の皮膚で頬をひっぱたかれたとだけ言っておこう。もっと身の毛のよだつ細部を語ることもできるんだが、いずれにせよこの種の話は、サディズムと弥次馬根性のあいだで揺れ動くものだ。このうえない狂暴さの例をいくら挙げても、せいぜい聞く者の神経をさらに何本か硬くするだけで、けっしてそれ以外の役には立たないし、人間の心の柔らかさがすでに石のそれにほぼ匹敵する以上、話をそちらに向ける必要があるとも思えない。指揮下の兵たちもたしかに作り話にたよる必要などなかったが、こと私に関するかぎり、もっともしばしば、駄弁を要しない死に満足していた。麻薬や絹のシャツと同じく、残酷さは閑人の贅沢なのだ、愛に関してもやはり私は単純な完璧さに与《くみ》する。

　おまけに、しばしば冒険者は（それが私の成れの果てにほかならないが）、みずから選んで直面した危険がどんなものであれ、とことん憎悪に身をゆだねることはできないと感じるものだ。もしかしたら私は、完全に個人的な不能の症例を一般化しているのかもしれない。私の知っているあらゆる人間のうち、私ほど、同類への恨みや愛情に、観念の刺激剤を求めようとしない人間はいない。そして私が危険を冒すことに同意したのは、ひたすら自分では信じてもいない大義名分のためだった。ボルシェヴィキにたいして私は階級的敵意を抱いていたが、カードが今日ほどしばしば、またあれほど巧妙なからくりを駆使してかき混ぜられていなかった時代には、そんなことは自明の理だった。しかし白系ロシア人の不幸にも、私はおよそ薄っぺらな懸念しか感じないし、ヨーロッパの運命を思って眠れないなどということもまったくない。バルト海沿岸諸国の歯車装置にまき込まれた私は、そこでもっともしばしば金属の車の役割を果たしただけであって、圧し潰される指の役割などはなるべく演じないようにしていた。父親がヴェルダンの戦いで死に、遺産として遺されたのが鉄十字勲章と、せいぜいアメリカ女との結婚に役立つにすぎない称号と借金、それに仏教の福音書やラビンドラナート・タゴールの詩を読んで日を過ごしている、なかば狂った母親だけという少年にとって、ほかにどうしようがあったろう？　こうしてたえず向きを変える暮らしのなかで、すくなくともコンラートだけはひとつの定点であり、結び目であり、中心だった。彼はロシアの血の混じったバルト人だった。私はバルトとフランスの血の混じったプロシア人だった。二人とも、隣りあう二つの国籍にまたがっていた。私は彼のなかに、私のなかで育てられ、しかも同時に抑圧されてもいた能力を認めていた。つまりなにものにも執着せず、すべてを味わいながら同時にすべてを軽蔑する能力である。しかし、精神と性格と肉体の自然発生的な相互理解にすぎないものを、あれこれと心理的に説明するのはやめておこう。私のいう肉体には、心臓と呼ぶしかない、あの説明しがたい肉塊もふくまれるのだが、その打ち方は私にくらべると彼のほうがすこし弱かったとはいえ、私たちの胸のなかで、感嘆すべき同時性をもって打ちつづけていた。ドイツに親近感を抱いていた彼の父は、ロシア兵の捕虜が何千人も、憂鬱と蚤や虱に食われて腐っていたドレスデン近郊の強制収容所で、チフスに倒れたのだった。フランス名前とフランス人の血統を誇りにしていた私の父は、アルゴンヌの塹壕《ざんごう》のなかで、フランスに奉仕する黒人兵に頭を打ち割られた。こんな誤解のせいで、私はやがて、自分自身で感じとったもの以外、確信というものをすべて嫌悪するようになる。さいわい一九一五年には、戦争のみならず喪《も》さえ、ひたすら長い休暇という相貌をもって立ち現われた。宿題や試験など、少年期の悩みごとをいっさい免れていた。クラトヴィツェは国境に接し、一種の袋小路に位置する町で、戦時下の規律がすでにゆるみはじめていたそのころには、ときとして親愛感や親戚関係が旅券に押されたスタンプの役を果たしてくれた。母はバルト人であり、ド・ルヴァル伯爵たちの従姉妹だったにもかかわらずプロシア人の未亡人なので、ロシアの官憲が彼女の再入国を認めるはずはなかった。しかし十六歳の子供の存在には長いあいだ目を閉じてくれた。私の若さが通行許可証の役目を果たし、人里はなれたあの私有地の奥でコンラートといっしょに暮らすことができた。というのも私は彼の叔母に預けられたのだが、私を世話することになったその叔母というのがほぼ白痴に近い老嬢で、一門のロシア側を代表していたからだ。実際に世話してくれたのは、優秀な番犬の本能をそなえた庭師のミシェルだった。夜の明け方、湖の淡水や、塩水のまじった河口で水浴びしたり、砂の上の全く同じ足跡が、やがて海に深々と吸い込まれるように消えていったのを覚えている。干し草に寝ころんで昼寝したり、煙草《たばこ》だろうと草の葉だろうとかまわずに噛みながら時事問題を議論しあったことも。年上の連中よりはるかにうまくやっていると自信満々だった。私たちを待ち受けているのが破局であり、さまざまな狂気だなどとはつゆ思わなかった。スケート競走のことも、腕を振りまわしながら雪の上に身を投げて、そこに翼の跡を残そうとするあの奇妙な天使遊びで過ごした午後のことも、食糧不足のあの時代に、十六歳の私たちの食欲をみてほろりとし、同時に恐れもなした百姓女たちの最上の羽根布団に包まれて、ラトビアの農家の客間で深々と眠った夜のことも、いまなおまざまざと目に浮かんでくる。

戦争の真っ只中で孤立したこの北国のエデンには、娘たちさえ欠けていなかった。もし私がその種の熱中を軽蔑していなかったら、コンラートは喜んで娘たちの色とりどりのスカートにしがみついたことだろう。彼は、軽蔑が心に突きささったり恋人や友人に馬鹿にされたりすると、自分にとってもっとも大切な偏愛さえ疑いはじめる、あの慎重かつ繊細な人間のひとりだった。こと精神面に関するかぎり、コンラートと私の違いは、大理石と雪花石膏《せっかせっこう》のそれのように絶対的であり、しかも微妙だった。コンラートの優柔は年齢の問題として片付けられるものではなかった。柔らかくしなやかな美しいビロードのように、どんな襞でもつけられ、しかもその襞があとまで残る性質の持ち主だった。三十歳の彼を想像すると、農場の娘や若者たちをものにすることしか頭にない愚かしい田舎地主とか、優雅で内気で乗馬に長《た》けた若い近衛士官とか、ロシアの体制に従順な官吏などになっているかもしれなかった。あるいはまた戦後の雰囲気も手伝って、ベルリンのバーに足しげく通う詩人、T・S・エリオットやジャン・コクトーの模倣に憂き身をやつす詩人になっているかもしれなかった。もっとも私たちの違いは精神面のそれにかぎられており、肉体的には瓜二つだった。すらりとして引き締まり、しなやかで、肌の色も目のニュアンスも同じだった。しいていえばコンラートの金髪のほうが色が薄かった。しかしほんのすこしだった。田舎では兄弟だと思われていたが、熱烈な友情への感覚をもたない連中のまえでは、そのほうがなにかにつけ好都合だった。文字どおりの真実への情熱に突き動かされて私たちが抗議しても、血がつながっているとしか思えない私たちの関係を、まるでベルトをゆるめるように穴ひとつ分だけずらすのがせいぜいで、つまり従兄弟ということにされてしまうのだった。眠りや快楽に、あるいはただたんに孤独に捧げることもできたはずの夜を、カフェのテラスで、絶望に陥ったインテリたちとおしゃべりして過ごすようなことがあると、私はいつもこう断言して彼らを驚かす――僕は幸福を知っている、ほんとうの、正真正銘の幸福、銭ならひと握りほど、戦後のマルクなら分厚い札束と引き替えられるとはいえ、いつでもそれ自体に似ており、どんな平価切り下げにも影響されない金貨のような幸福を知っている、と。事物のそういう状態の思い出は、人をドイツ哲学から癒してくれる。それは生の単純化に力を貸し、その反対物まで単純化してくれる。その幸福がコンラートに由来していたのか、それともたんに私の青春時代が発散するものにすぎなかったかは、さほど重要ではない。というのもコンラートは私の青春といっしょに死んでしまったからだ。だから、時代の厳しさも、プラスコヴィ叔母の顔をゆがめる恐ろしい痙攣《けいれん》も、クラトヴィツェが、禁断もなければ蛇もいない大きく静かな楽園の一種であることを妨げなかった。若い娘はどうかといえば、いつももじゃもじゃ髪で取るに足らず、リガの小柄なユダヤ人学生の貸してくれる本をむさぼるように読み、おまけに若い男たちを軽蔑していた。

それでも、国境をすりぬけてドイツへ赴き、軍事教練を受けなければならない時期がやってきた。そうしなければ、なにはともあれ私のなかのもっともまともな部分にそむくことになるはずだった。私は、気持のよい連中も何人かまじっている仲間たち、しかしすでに戦後の乱痴気騒ぎの序曲を奏でているような仲間に囲まれて訓練を受けたが、私たちを見つめる軍曹たちは、飢えと腹の病気に弱っており、彼らの頭にあるのはパンの配給券を集めることだけだった。もう二カ月つづいていたら、連合軍の砲兵隊によって大きく開けられたわが方《ほう》の隊列の裂け目を埋めに行かされたかもしれない。もしそうなら、いまごろはこの私も、フランスの大地、フランスのブドウ酒、そしてフランスの子供たちが摘みに行く黒イチゴの実に、平和に溶けこんでいたことだろう。しかし私は、わが軍の全面的敗北と相手側の勝利ともいえない勝利にちょうど間に合ったのだった。休戦と革命とインフレの美しい

郵　便　は　が　き

おそれいりますが切手をおはりください。

101-0052

東京都千代田区神田小川町3-24

白　水　社　行

購読申込書

■ご注文の書籍はご指定の書店にお届けします．なお，直
ご希望の場合は冊数に関係なく送料300円をご負担願いま

書　名	本体価格	部

★価格は税抜き

(ふりがな)
お　名　前　　　　　　　　　　(Tel.

ご　住　所　(〒　　　　　　　)

ご指定書店名（必ずご記入ください） Tel.	取次	（この欄は小社で記入いたしま

『アレクシス―あるいは空しい戦いについて／とどめの一撃』について　(9592)

■その他小社出版物についてのご意見・ご感想もお書きください。

なたのコメントを広告やホームページ等で紹介してもよろしいですか？

はい（お名前は掲載しません。紹介させていただいた方には粗品を進呈します）　2. いいえ

主所	〒　電話（　）		
がな） 名前	（　歳） 1. 男　2. 女		
または 名		お求めの 書店名	

本を何でお知りになりましたか？
広告（朝日・毎日・読売・日経・他〈　〉）
広告（雑誌名　）
（新聞または雑誌名　）　4.《白水社の本棚》を見て
で見て　6. 白水社のホームページを見て　7. その他（　）
求めの動機は？
翻訳者に関心があるので　2. タイトルに引かれて　3. 帯の文章を読んで
見て　5. 装丁が良かったので　6. その他（　）
案内ご入用の方はご希望のものに印をおつけください。
ブックカタログ　2. 新書カタログ　3. 辞典・語学書カタログ
ッシャーズ・レビュー《白水社の本棚》（新刊案内／1・4・7・10月刊）

ただいた個人情報は、ご希望のあった目録などの送付、また今後の本作りの参考にさせていた
の目的で使用することはありません。なお書店を指定して書籍を注文された場合は、お名前・
お電話番号をご指定書店に連絡させていただきます。

季節がはじまっていた。いうまでもなく私は全財産を失っていたし、完全な未来の欠落を六千万人の人びととわかちあっていた。右翼にせよ左翼にせよ、学説ないし主義主張という感傷的な釣り針に食らいつくのによい時代だったが、私は虫けらのような言葉を鵜呑みにできた試しがない。君たちにも言ったことがあるはずだ、いっさいの口実が欠けているなかで、私に働きかけるのは人間的決定要因だけだと。私が意を決するのは、いつもしかじかの顔、しかじかの肉体のせいだった。いままさに爆発しようとしているロシアのボイラーは、新思想として通用していたものの煙をヨーロッパじゅうに吹き散らしていた。クラトヴィッツェは赤軍の参謀本部を抱え込んでおり、ドイツとバルト海沿岸との通信は途絶えがちだった。それにコンラートはもともと手紙を書くような男ではなかった。私のほうは、自分は大人だと思い込んでいた。それが青年時代の唯一の幻想だった。いずれにせよクラトヴィッツェの少年たちや年老いた狂女にくらべれば、経験と成熟の年齢を代表しているのは言うまでもなく私のほうだった。責任という全く家族的な感覚に目覚め、保護しようという心遣いを例の若い娘や叔母にまで広げたほどだった。

どちらかといえば平和主義を好んでいたにもかかわらず、母は、私がエストニアとクールランドで反ボルシェヴィキ闘争に参加していた将軍フォン・ヴィルツ男爵の志願兵部隊に入るのを認めてくれた。あの哀れな女がこの国にもっているいくつかの私有地は、ボルシェヴィキ革命の余波に脅かされていた。しかも、ますます不安定になるそれらの土地のあがりが、洗濯屋のアイロン係あるいはホテルの掃除婦という運命から彼女を守ってくれる唯一の保証なのだった。とはいえ、東の共産主義とドイツのインフレが、彼女にとって、いわば時宜よく起こったことに変わりはなかった。なぜなら、ドイツ皇帝とロシアとフランスがヨーロッパを戦乱に引きずり込むよりはるか以前に私たちが破産していたことを、友達に隠し通すことができたのはそのおかげだからだ。パリでは女どもに、モンテ＝カルロでは胴元に、思いのまま金を倦き上げられた男の寡婦であるよりは、大破局の犠牲者を装うほうがはるかにましだった。

クールランドに友人が何人かいた。私はその土地も言葉も知っていたし、そのあたりの方言さえいくつか操ることができた。できるだけ早くクラトヴィッェに辿り着こうとあらゆる努力を払ったにもかかわらず、リガとその町をへだてる百キロほどの道のりを踏破するのに三カ月かかった。湿気が多く、靄《もや》に包まれた夏の三カ月、それはニューヨークからやって来て、ロシアの亡命者から宝石類を安く買い叩こうとするユダヤ商人たちの、騒々しい掛け声にみちた三カ月だった。それはまた、軍律こそ依然として厳しかったとはいえ、参謀本部は喧騒にみち、軍事作戦は支離滅裂で、煙草の煙が立ちこめ、不安が鈍くのしかかり、あるいは激しい歯痛のようにうずく三カ月でもあった。第二週のはじめ、ラシーヌの悲劇『アンドロマック』の第一行から登場するオレストのように蒼ざめ心を奪われたコンラートが、ふたたび姿をあらわしたのを私は見た。彼は、叔母の手元に残っていた最後のダイヤモンドがそのために消えたにちがいない制服に凛々《りり》しく身を包んでいたが、唇に小さな傷痕があり、まるでスミレをなにげなくゆっくり嚙んでいるようにみえた。子供のような無邪気さと若い娘のような優しさはすこしも変わっていなかった。昔、牡牛や波の背に乗るときに見せたあの夢遊病者のような勇敢さも。彼の宵は、リルケをまねた下手な詩句をひねり出すのに費やされた。私の留守のあいだ彼の人生が歩みを止めていたのは一目瞭然だった。外観とは無関係に、私にとってもそれは同じことだと認めざるをえないのは、もっときつかった。コンラートとはなれていたあいだ、私の人生は旅のようなものだった。彼のなかのすべてが絶対的信頼を覚えさせた。その後ほかの誰かにそういうものを感じたことは一度もない。彼のそばでは精神的にも肉体的にもやすらぎを覚えずにはいられなかった。あれほどの気取りのなさと率直さに安心できたし、しかもまさにそれゆえに、ほかのことには自由に、最大の効率をもって励むことができるのだった。子供のころ理想的な仲間であったように、彼は戦友としても理想的だった。友情とはなによりまず確信なのであって、そこが愛とはちがうのだ。それはまた敬意であり、ひとりの別の存在を全面的に受け入れることである。私が彼の名前の下に書き入れていた尊敬と信頼の貸し方を、彼が最後の一スーまで返してくれたことは、死によって証明された。コンラートの多彩な天賦の才をもってすれば、革命や戦争という荒れ果てた背景でさえなかったら、私よりもっとうまく切りぬけていたにちがいない。彼の詩句は人びとの気に入ったことだろう。その美貌も。パリなら芸術を庇護する女性たちに絶大な人気を博しただろうし、ベルリンならやはり芸術界で道に迷ったかもしれない。あらゆる幸運が不吉な側に傾いていたあのバルト海沿岸地方の混乱のなかで、私が身を賭ける気になったのは、結局彼のためでしかなかった。彼があの土地にとどまったのもひたすら私のためだったことが、やがて明らかになった。クラトヴィツェがごく短期間赤軍に占領されたこと、しかし奇妙なことに攻撃してこなかったことが彼の話でわかった。もしかしたらあの小柄なユダヤ人グリゴリ・レーヴのおかげなのかもしれなかった。というのも、かつてリガの本屋のセールスマンで、読むべき本についてソフィーに馬鹿丁寧な助言を与えていたあの男は、いまや赤軍中尉になり変わっていたからだ。そのとき以来わが方《ほう》の部隊によって奪還された館は戦闘地帯の真ん中にあり、いつ不意に機関銃掃射を受けるかわからなかった。最後の警報のあいだ女たちは地下室に避難したのだが、ソーニャは——悪趣味にも人びとは彼女をそう呼んでいた——犬を散歩させたいから外に出るといってきかなかった。まさに気ちがいじみた勇気というしかなかった。

わが方《ほう》の部隊が館に陣取っていることは、すぐ近くにいる赤軍とほとんど同じくらい私を不安にした。それは宿命的に、私の友に残された最後の財産まで吸い上げてしまうにちがいなかった。解体しつつある軍隊のなかで、私は内戦の裏側を知りはじめていた。抜け目のない連中が冬の宿営地を設営するのに選んだのは、いうまでもなく、ブドウ酒も娘もほとんど手つかずで残っている魅力たっぷりな土地だった。この土地を破滅させたのは戦争でもなければ革命でもなく、救い主を称する連中だった。もっともそんなことはほとんど気にもならなかったが、私にとってクラトヴィッツェだけは大事だった。そのあたりの地形や資源に詳しいことが役立つかもしれないと私は言い立てた。さんざんためらったあげく、人びとは誰の目にも明らかなことにやっと気づいた。そして私は、この国の南東部に赴き志願兵部隊の再編成にあたるべしという命令を受けたのだが、それさえ人びとの共謀や気転のおかげだった。この哀れな任務を与えられたとき、私たち、コンラートと私の置かれていた状態はなおいっそう哀れだった。全身泥まみれで、とうてい人に見分けられる気遣いはなく、夜の闇がもっとも濃くなる季節の夜の終わりにクラトヴィッツェまで辿り着いたとき、犬たちが吠え立てたほどだった。土地に詳しいことを証明してみせるつもりだったのにちがいないが、私たちは赤軍の前哨に間近い沼地のぬかるみのなかを夜明けまで歩いた。戦友たちは食卓から立ち上がり――というのも彼らはまだ朝食のテーブルについていたからだが――、気前よく二着の部屋着を取り出して私たちに羽織らせてくれた。それはよりよき時代のコンラートの持ち物だった。いまではあちこちにしみがあり、葉巻の焼け焦げで穴があいていた。プラスコヴィ叔母は感動のあまりいっそうひどく顔を引きつらせていた。そのしかめづらを見たら、敵も隊列を乱したにちがいない。ソフィーはどうかといえば、少女時代のふっくらした感じが消え失せていた。そのころ流行《はや》っていた短い髪が美しく、よく似合った。ただでさえ陰鬱な顔なのだが、口元の皺のせいでいっそう苦々しく見えた。もう本を読むこともなく、宵は狂ったように客間の暖炉に薪をくべるのに費やされていた。そしてこの世のすべてに嫌気のさしたイプセンの女主人公のように、ときおり、さもうんざりしたようなため息をつくのだった。

　話が先走りしすぎた。私たちが帰還した瞬間を正確に描写するほうがいいだろう。兵隊ズボンにお仕着せという異様ないでたちのミシェルが開けてくれたあの扉、もうシャンデリアをともすこともなかった玄関で、高く上げた腕の端に光っていた馬小屋用の角燈。白大理石を張りつめた内壁は、あいかわらず凍《い》てついたような感じで、エスキモーの住いの、雪から直接切り出したルイ十五世様式の壁面装飾を連想させた。ほとんど無疵のまま残っていたとはいえ、まさにそれゆえにこそ、正面階段の鏡の、銃弾によって生じた不規則な大きな星型のひび割れから、各扉の把っ手に残った指痕まで、どんな小さな破損や汚れも、まるで侮辱のように感じられたその家に帰り着いたとき、コンラートの顔に浮かんだあの感動にみちた優しさと深い嫌悪の表情を、どうして忘れることができよう？　二人の女は二階の婦人用の居間に、ほとんど閉じこもって暮らしていた。二人が敷居のところまで出てみようと決心したのは、コンラートの明るい声を聞きつけたからだった。階段の上に、金髪を逆立てた顔の現われるのが見えた。ソフィーは手すりを一気に滑り降りた。犬がきゃんきゃん鳴いて、踵にじゃれながらついてきた。彼女は弟の首にしがみつき、やがて私のこともきつく抱きしめた。歓声をあげ、ぴょんぴょんとび跳ねながら。

「お前なの？　あなたなの？」

「そのとおり」とコンラートは言った。「いやそうじゃない、トレビゾンド大公だ！」

　そして彼は姉をつかまえ、ワルツのステップを踏みながら、玄関ホールをひとまわりした。しかしほとんどすぐパートナーに放り出されると――というのもコンラートは両手を差し伸べながらある同志のほうに歩み寄ったからだが――彼女は、舞踏会が終わったときのように顔を真っ赤にして私の前に立ち止まった。

「エリック！　なんて変わったんでしょう！」

「でしょう？」私は言った。「見・分・け・も・つ・か・な・い。」

「いいえ」かぶりをふりながら彼女は言った。

「放蕩兄弟の健康を祝して！」ブランデーのグラスを手に食堂の入口に姿を現わした小柄なフランツ・フォン・アーラントが言い、グラスをもったままソフィーを追い回しはじめた。「さあ、ソフィー、ほんのひと口でいいんだから！」

「あたしをからかおうっていうのね、あなたは！」嘲《あざけ》りにみちた渋面を作って若い娘は言い、若い士官の突き出した腕の下をさっと潜り抜けると、調理場に通じる細目に開いたガラス張りのドアのかげに姿を消しながら叫んだ。

「なにか召し上がるものを用意させるわ！」

その間、二階の手すりに肘をつき、溢れ出る涙をそっと手で拭《ぬぐ》っていたプラスコヴィ叔母は、私たちのためにお祈りをかなえてくれたギリシア正教のありとあらゆる聖人に感謝しながら、老いて病む鳩のように、喉をごろごろさせていた。蠟と死の臭いでむっとする彼女の部屋は、蠟燭の煤に黒ずんだ聖人像でいっぱいだった。そのなかのひとつはとても古いもので、銀の瞼に二粒のエメラルドが象嵌《ぞうがん》されていた。ごく短期間だったとはいえ町がボルシェヴィキに占領されたとき、兵隊のひとりが宝石を抜きとってしまい、プラスコヴィ叔母もいまでは盲目の守護聖女に祈っているのだった。しばらくすると魚の燻製の皿をもって、ミシェルが地下室から上がってきた。コンラートが姉を呼んでも無駄で、フランツ・フォン・アーラントは肩をすぼめながら、今夜は二度と姿を現わす気遣いはないと断言した。結局私たちは彼女ぬきで食事した。

翌日すぐ私は、弟の部屋にいる彼女を見かけた。しかしそのたびに彼女は、野性に戻った若い牝猫のようにすばやく姿を消すすべを心得ていた。とはいえ私たちが帰った最初の夜は、感動のあまり唇いっぱいに接吻してくれたのだった。私にとってそれが若い娘からはじめて受けた接吻であったことや、父が私に姉妹を与えてくれなかったことを思うと、一種のメランコリーに襲われずにはいられなかった。私ができるだけソフィーに心を配ったのは言うまでもない。戦争の合間のお城暮らしがつづいた。傭い人は年老いた女中と庭師のミシェルだけになっていたが、逆に、いつ終わるともない退屈な狩の招待客のような、クロンシュタットから脱走してきたロシア士官が何人かいて、ざわざわした暮らしだった。二度か三度、遠い砲声に目を覚まされて、私たち三人に死者をひとり加えたトランプ遊びで果てしない夜の長さをまぎらせた。ブリッジのために仮定したその死者には、ほとんどいつも、敵の銃弾に生命を落としたばかりの兵隊の苗字や名前をつけることができた。ふたたび春がめぐってきても冬の厳しさが残る土地のように、ソフィーの無愛想さがときおり溶けることもあった。しかし険しく人を寄せつけない優雅さにはなんの変化もなかった。用心のため一カ所に集中して照らすようにしたランプの明かりのせいで、彼女の顔と手の蒼白さが燐光を放っているように見えた。ソフィーは私とちょうど同じ年齢だった。私はその点に一種の警告を見てとるべきだったが、肉体が熟しきっていたにもかかわらず、とりわけ私に強い印象を与えたのは傷ついた青春の化身のような風貌だった。その顔立ちの特徴ひとつひとつを頑固で悲愴なものに変えるのに、いかに戦争だったからとはいえ、たった二年で足りるはずがないのは明らかだった。たしかに、白いドレスを着て舞踏会に明け暮れてもいいような年ごろに彼女は砲火の危険にさらされ、暴行や拷問の話におじけをふるい、ときには飢えに苦しみ、いつも不安に胸を締めつけられていた。リガに住む従兄弟たちは、家の壁のまえに立たされて赤軍の分隊に銃殺されたのだった。とにかく若い娘の夢とこれほどかけはなれた光景に慣れようとして払った努力だけでも、どんなに苦しかろうと、彼女の目を大きく見開かせるのに十分だったはずだ。要するに私がひどい思いちがいをしているか、ソフィーがもともと優しくなかったか、どちらかだった。しかし彼女はかぎりなく寛い心の持ち主だったのだ。人はしばしば、隣りあったこれら二つの病気の兆候を混同するものだ。祖国や世界の転覆よりもっと本質的ななにかが彼女の身に起こっている──私はそう感じた。そしてアルコールやたえまない危険の過度の刺激によって、異常な状態に突き落とされたあれらの男たちとの数カ月におよぶ雑居が、彼女にとってなんであったかを理解しはじめていた。二年前だったらせいぜいワルツのパートナーにすぎなかったはずの野獣たちが、愛のささやきのかげにかくされた現実を、あまりにも早く彼女に教えてしまったのだった。深夜、若い娘の寝室の扉が何度叩かれたことか。何人の男の腕が彼女の腰を抱き締めたことか。その種の抱擁からは、荒々しく身をふりほどかなければならなかった。さもなければ、すでにすり切れた哀れなドレスがくしゃくしゃになり、若い乳房が……。私の目の前にいるのは、欲望の影にさえ侮辱を覚える娘なのだった。とにかく私のなかには、女をものにすればもうけものと考える月並な色事師と自分とをもっとも明確に区別する部分があり、ソーニャの絶望を全面的に認めずにはいられなかった。ある朝私はついに、ミシェルが馬鈴薯の苗を植えかえていた庭で、誰ひとり知らぬもののない秘密を知った。しかし慎みをわきまえた同志たちは最後までその秘密を口にしなかったから、コンラートには知られずにすんだ。ソフィーはリトアニア人の軍曹に凌辱されたのだった。やがて男は負傷し後方に送られたという。男は酔っていた。翌日彼は広間で、三十人の兵隊たちの前でひざまずき、めそめそ泣きながら許しを乞うた。その場景は、悪夢のような前夜の十五分よりもっと少女の胸をむかつかせたにちがいない。何週間ものあいだ若い娘はその記憶を胸に秘めて、しかも妊娠の可能性におびえながら暮らしたのだった。その後私はソフィーとどんなに親密になっても、その不幸な出来事をほのめかす勇気はついにもてなかった。私たちのあいだでそれは、いつも避けてはいるが、けっして心から消えることのない話題だった。

とはいえ、奇妙なことにその話が私たちを近づけたのだった。完全に無垢であり完全に見守られていたならソフィーは、ベルリンで私が母の女友達の娘たちに覚えたような感情、つまり漠然とした退屈とひそかな気詰まりしか感じさせなかったにちがいない。汚辱にまみれた彼女の体験は私のそれとさほどへだたってはおらず、軍曹との挿話も、ブリュッセルの娼家の、ただ一度だけのおぞましい記憶と奇妙に釣り合っていた。それに、いわばなお悪い苦しみに気がまぎれて彼女は、私の思いがたえず立ち戻らずにいられないその出来事を完全に忘れ去っているように思えたし、それほど深くおたがいの気持が行きちがっていたことが、もしかしたら、彼女に与えた懊悩《おうのう》の唯一の言い訳になるのかもしれない。私がおり弟がいるという事実によって、彼女はすこしずつクラトヴィッツェにおける女主人の地位を取り戻した。というのも彼女は、その地位を完全に失っていたばかりではなく、自分の家にいながら恐怖におののく囚われの女にすぎなくなっていたからだ。人を感動させずにおかないような大胆さで、彼女は食卓の女主人役を務めることに同意した。士官たちは彼女の手に唇を押しあてた。彼女の目は、ほんの一瞬ではあったが崇高な魂の輝きにほかならぬ無垢なきらめきを取り戻した。しかしすべてを物語るその目はすぐにまた曇ってしまい、その後彼女の目が感嘆すべき清澄さをもって輝くのを見たことはたった一度しかない。そのときの状況はいまなお生々しすぎるほどはっきり記憶に残っている。

女たちが、まさしく自分には向いていない男に夢中になるのはなぜなのだろう？　そのために彼女たちは、もって生まれた性質をゆがめるか、男たちを憎むか、どちらかになってしまう。クラトヴィツェに帰った翌日、ソフィーが顔を真っ赤に染めたこと、突然姿を消したこと、まっすぐな性格にも似合わず目をそらしがちだったことなどを、私は、新来者に素朴に心を引かれてどぎまぎしたからだろう、若い娘ならごくあたりまえのことだと思い込んだ。彼女の身にふりかかった災難をあとから知って、弟の前でも同じように見られた極端な屈辱の徴候に、より正しい解釈を下せるようになった。しかしその後も私はあまりにも長いあいだ、この第二の説明で満足しつづけたのだった。それだってまちがいではなかったし、クラトヴィツェじゅうの人びとが、私にたいするソフィーの情熱を話題にしてはほろりとし、あるいは座を賑わすのがつねだったから、私のほうもまだ、不安におののく若い娘という神話で満足していたのだ。蒼ざめるかと思うと急に桃色に染まるあの頬、震えているかと思うとたちまち自制心でその震えを抑え込む顔や手、それにあの沈黙、かと思うと突然勢い込んで話し出す言葉の波、そういったものが恥とはちがうなにか、ましてや欲望などとは縁もゆかりもないなにか別のものを意味していることに気づくまで数週間かかった。私はうぬぼれ屋ではない。女性を軽蔑している男、しかもまるで自分の女性観を裏付けようとしているかのように、えりにもえって最低の女たちとしかつきあわない男にとって、それはかなり容易なことだった。すべてがソフィーを誤解するようあらかじめ私を仕向けていた。優しいかと思うとたちまち険しくなる彼女の声、短く切った髪、小さなブラウス、いつも泥にまみれているどた靴などのせいで、彼女がいつも私の目には、まるで彼女の弟の兄のように映っていただけになおさらだった。その点私はまちがっていたし、やがて自分の誤りを認めもしたのだが、ある日のこと、ついに私は、まさしくその同じ誤りのなかに、生涯かけて理解した実質的真実の唯一の部分を見出したのだった。ありていに言って、それまで私がソフィーに抱いていたのは、ひとりの男が、愛してもいない若者に感じる安易な仲間意識にすぎなかった。私と同じ週、同じ星のもとに生まれたソフィーが、こと不幸に関するかぎり後輩であるどころか、むしろ先輩だっただけに、こういうあいまいな立場はいっそう危険だった。あるときを境に、彼女のほうが主導権を握るようになった。彼女は生命を賭けていたから、その勝負は手堅かった。おまけに、私の注意が必然的に分散せざるをえなかったのにたいして、彼女のそれは一点に集中していた。私にはコンラートもいれば戦争もあり、その後棄ててしまったとはいえいくつかの野心も抱いていた。しかし彼女にはほどなく私しか存在せず、私たちをとりまく人類全体が、まるで悲劇の小道具になり変わったかのようだった。台所仕事や家禽の世話をする女中を手伝ったのは、私に腹いっぱい食べさせようと思ってのことだったし、男をつくるのは私を憤慨させるためだった。たとえ彼女を喜ばせるような意味ではなかったにせよ、私は宿命的に負ける運命にあり、いわば慣性の力のすべてをかき集めても、自分の性向に完全に身をゆだねた人間の重みに耐えることはできなかった。

　すこしでも思慮深い人間なら大部分は逆なのだろうが、私の場合、自己を軽蔑する習慣より自尊心のほうが強い。一瞬前にはどんなに思いがけない行為でも、また一瞬後にはすでに乗り越えられてしまっている行為でも、そのひとつひとつが完全であり必然的であり不可避であることを私は感じすぎるほど感じる。動物と同じく一連の完全に最終的な決定に捉えられて、自分が自分自身の目に問題として映るような暇は私にはなかった。しかし、もし青春時代が事物の自然な秩序に適応できない時期であるのなら、私は自分で思っている以上に青春期にとどまったままであり、適応能力も欠いていたと言わなければならない。というのも私はソフィーの愛を発見しただけで呆然とし、憤慨さえしたからだ。当時私が置かれていた状況では、不意を突かれることは危険に陥ることにほかならず、危険に陥れば立ち向かわなければならなかった。私はソフィーを憎むべきだったのだ。私のほうから憎しみに類したものをいっさい見せなかったこと自体にふくまれる美点など、彼女はただの一度も考慮に入れようとしなかった。しかし無視された恋人はすべて、相手の誇りをかなり卑劣な形で脅迫する利点をもつものだ。自分自身に抱く過度の寛大さと、つねにそうありたいと望んでいたとおりにやっと判断されたことに覚える驚嘆の念が、そういう結果を生むのに力を貸し、人は結局あきらめて神の役割を果たすことになる。ソフィーのうぬぼれが、一見そう思えるほど無分別ではなかったことも言っておかねばならぬ。あれほど打ちつづいた不幸のあとで、彼女はやっと、自分と同じ環境に育ち少女時代をともに過ごした男に再会したのだった。しかも彼女が十二歳から十八歳にかけて読んだ小説はいずれも、兄弟への友情は姉妹への愛情となって成就すると教えていた。予測不可能な特異性を考慮しなかったからといって彼女を責めるわけにはいかない以上、この漠然とした本能的計算は正しかったと言わなければならない。生まれもまずまずなら、かなり美貌でもあり、どんな期待をかけられても不思議ではないほど若かった私は、それまで何人かの取るに足らぬ乱暴者や、およそ兄弟のなかでもっとも魅力的な弟とに囲まれていた娘の、とはいえ近親相姦に心引かれているとはまったく思えなかった若い娘の憧れを、一身に引きつけるよう作りなされていたのだ。いや近親相姦さえ欠けていないように、思い出の魔術が私を兄に変えていたのだ。手札が全部揃っているとき、勝負を避けるわけにはいかない。もっとも私にできるのはせいぜいパスすることだけだったが、それでも勝負であることに変わりはない。ほとんど即座にソフィーと私のあいだには、犠牲者と首斬り役人の関係にも似た親密さが生まれた。私が残酷だったのではない。責任を負わなければならないのは状況のほうだった。もっとも、そういう状況を私が楽しんでいなかったかどうか断言はできない。兄弟の鈍感さは、夫たちのそれに劣らない。というのもコンラートはそんなこととは思ってもいなかったからだ。彼は夢の塊のような性格の持ち主で、このうえなく幸福な本能から、現実の苛立たしくゆがめられた側面をいっさい無視し、夜の明証と昼の単純さにふたたびどっしり落ちこむのがつねだった。姉の心を固く信じ、その奥底や片隅を探ろうなどとは思いもしなかった彼は、眠り、読み、自分の生命を危険にさらし、休息もせずに通信係を引き受け、その合間に、あいかわらず魅力的な魂の退屈な反映にすぎない詩句を走り書きしていた。数週間のあいだにソフィーは、自分の気持が全く通じていないと思い込み、そんな状態に激しく苛立つ恋する女の苦悩をすべてなめつくした。やがて、勝手に私の鈍さと思い込んだものに苛立って、彼女は、せいぜいロマネスクな想像力にしか気に入るはずのない状況に飽きてしまった。しかも彼女は一本のナイフ以上にロマネスクな女とは言いがたかった。内心をすべて私に打ち明けたつもりでいたが、その実彼女の告白は、崇高なほど言外の意味に満ちているのだった。

「ここはなんて気持がいいんでしょう!」ふつうなら恋人同士の場合にしか考えられないような策略を弄して、やっと手に入れた二人だけの短い逢瀬に、庭のなかの小屋のひとつに落ち着くと、彼女はそう言いながら、農婦の使う短いパイプの灰を、容赦なく周囲にまき散らすのだった。

「そうだね、気持がいいね。」音楽の新しい主題が人生に導入されたかのような、この生まれたばかりの優しさに酔いしれて、私はおうむ返しに言った。そして私の前、庭テーブルの上の引き締まった腕を、まるで人にもらったきれいな犬や馬をあやすように、ぎこちなく軽くさすった。

「私を信じてくださる？」

「日の光もあなたの心の底ほど澄みきってはいないよ。」

「エリック、」彼女は組んだ両手に重々しく顎をのせた。「いますぐはっきり言うほうがいいわ、私はあなたに恋してしまったの……。いつでもお好きなときに。わかる？　本気でなくてもかまわないの……」

「あなたとはいつだって本気だよ、ソフィー。」

「いいえ」と彼女は言った。「私を信じていないのね。」

どんな愛撫よりも甘美な、いかにも挑戦的な動きで、不満そうな顔を後ろにそらしながら、

「でも、私が誰にでもこんなに愛想がいいなんて思っちゃいやよ。」

二人とも、さりげなくふるまうにはあまりにも若すぎたが、ソフィーは呆れるほど正直だったから、まちがいを犯す可能性もそれだけ大きかった。はっきり身をゆだねようというその女と私とを、樹脂の匂う樅《もみ》の木のテーブルがへだてており、私はといえば、すり切れた参謀本部の地図に、ますます不確かになりつつある点線をインクで描き込みつづけた。私のなかに共犯者を求めているのではないかという嫌疑さえ避けたいと思っているかのように、ソフィーは一番古いドレスを選び、化粧もせず、丸太の腰掛けが二つ、しかもすぐ近くの中庭ではミシェルが薪を割っているという状況を選んだのだった。まさに自分では厚顔無恥のきわみと思い込んでいた瞬間のこの率直さは、あらゆる母親を心から喜ばせるはずだった。それに、これほどの無邪気さは最悪の手練手管さえ巧妙さに変えずにはいなかった。もし私がソフィーを愛したとすれば、女性とは正反対のものを認めてうれしく思っていた人

物の、その率直なひと言のせいだったろう。生まれてはじめて真実を忌まわしいものと感じたたなんでもかまわずに思いついたことを口実に私は退却した。誤解のないように言っておきたいのだが、真実が忌まわしく思えたのは、まさしく、その真実ゆえにソーニャへの嘘を余儀なくされたからだ。そのときを境に、彼女を避けるのがおそらく賢明な策だったにちがいない。しかし敵に包囲された生活のなかでは彼女を避けるのもさほど容易ではなかったし、酔ってはいけないと固く心に決めていたにもかかわらず、私自身ほどなくアルコールなしではいられなくなってしまった。自分自身へのこれほどの寛大さが足蹴《あしげ》に値することは私も認める。しかしソフィーの愛は、私の人生観が正しいのかどうか、はじめて疑念を抱かせたのだった。彼女の完全な献身は、逆に、男としての私の自尊心ないし虚栄心を、いっそうあおりたてた。事の成り行きで滑稽だったのは、まさに、彼女が私を愛したのは冷淡さと拒否という私の特質のせいだったということだ。いまの彼女が死ぬほど見たいと思っている光を、会ったばかりのころ私の目のなかに認めていたら、彼女はおじけをふるってはねつけたにちがいない。誠実な人間はつねに自責の念に駆られやすいものだが、彼女はそういう自責の念から、あの大胆な告白のせいで自分は破滅したのだと思い込んだ。それは、肉と同じく誇りにもそれなりの自己主張があることを考慮しないやり方だった。一足跳びに逆の極端に走った彼女は、昔の女たちがコルセットの紐を英雄的にきつく締めあげたように、そのときを境に自己拘束を選んだのだった。私の前にあるのはもはや、筋肉を張りつめ震えを抑えようとしてひきつっている顔にすぎなかった。彼女は一挙に軽業師の、あるいは殉教者の美しさを見せた。少女は腰をひとひねりして、希望もなければ留保も問題もない愛という、ごく狭い舞台に跳び乗ったのだった。そんなところに長いあいだ立ったままでいるわけにはいかなかった。それは確かだ。勇気ほど私を感動させるものはない。これほど完全な犠牲は、このうえなく全面的な信頼を寄せるに値した。他の人間にたいする私の不信がどれほど根深いか思いもしなかった彼女は、私が彼女だけは全面的に信頼していたことをけっして信じようとしなかった。外観はどうであれ、できるかぎりソフィーに心を許したことを、私は悔いていない。最初の一瞥で彼女のなかに、けっして変わるはずのない本性を認めたのだった。そしてその本性となら、自然界の基本要素とのように、まさしく危険にみちた、しかし確実な契りを結ぶことができた。炎の掟が死であり焼かれることだと知っていれば、人は火に身をゆだねることもできるものだ。

いっしょに暮らした生活が、私のそれに劣らぬほど美しい思い出を、せめていくつかはソフィーにも残してくれたよう願っている。もっともそんな願いはしょせん空しい。彼女は自分の過去を貯め込むほど長生きはしなかったのだから。聖ミシェルの日*にはもう雪がちらついた。一度は解けたものの、やがてまた雪になった。夜、明かりという明かりを全部消してしまうと、館はまるで浮氷の群れに取り囲まれ、見捨てられた船のようだった。コンラートは塔にひとり閉じこもって働いていた。私はテーブルにちらかった電報に注意を集中した。ソフィーは、まるで盲人のように用心深く手探りしながら私の寝室に入ってきた。ベッドに腰を下ろし、分厚い毛の靴下でくるぶしまで包んだ脚を揺すっていた。たがいに同意した条件にそむくことを、彼女はひとつの罪として自ら責めていたはずだが、にもかかわらず、バラがバラ以外のものではありえないように、ソフィーは女以外のなにものでもありえなかった。彼女のすべてが欲望の叫びをあげていた。その欲望には、肉より魂のほうが千倍もかかわっていた。時はいたずらに流れていき、会話は弾まず、罵《ののし》りに変わることさえあった。ソフィーはさまざまな口実をもち出して、私の寝室から立ち去ろうとしなかった。二人きりになると、彼女はそうと望みもせずに、女たちの凌辱にほかならない機会を探すのだった。私が苛立っていたのは確かだが、それでも私は、自分のほうは面をつけていながら相手の顔はむき出しの、くたくたに疲れるあの一種のフェンシングが気に入っていた。くすぶりがちなストーヴの匂いに汚され、寒くて息の詰まりそうなその部屋は、たえずおたがいに身構えている若者と娘が、興奮のあまり夜の明け方まで闘いつづける体育室に変わるのだった。下校する子供のように疲れているとはいえ、いかにも満足しきったコンラートを、明け方の微光が私たちのもとに連れ戻した。私といっしょに前哨に出発する準備を整えた同志たちが、細目に開いたドアから頭だけ突き出して、その日最初のブランデーをいっしょに飲みたいと言った。コンラートはソフィーのそばに腰を下ろし、皆が吹き出すのもかまわず、口笛で吹くイギリスの歌の何小節かを彼女に教えていた。彼女の手が震えるという単純な事実を、彼はただアルコールのせいにした。

　私はよく考えたものだ、私が最初に拒んだとき、もしかしたらソフィーは内心ほっとしながらその拒否を受け入れたのではなかったか、身をまかせてもいいと言い出したのは、犠牲《いけにえ》としてわが身を差し出すような気持からではなかったかと。ただ一度の悪夢のような思い出はまだあまりにも生々しかったから、彼女がこと肉体愛に関してほかの女たちより大胆にふるまうことはありえなかった。しかしまた、ほかの女たち以上に恐れるはずもなかった。それにソフィーはもともと内気だった。ときおり彼女が発作でも起こしたように勇敢にふるまったのは、それで説明がつく。あまりにも若かったから、人生が突然の飛躍や執拗な誠実さなどではなく、妥協や忘却からなっているとは思いもしなかったのだ。もっともそういう点からいえば、たとえ六十歳で死んだとしても彼女はやはり若すぎたにちがいない。しかしソフィーはやがて、身をまかせることが情熱的な意思の行為である時期を通り抜け、生きるための呼吸と同じくらい自然に思えるような状態になった。それ以来、私は彼女が自分自身のために勝手に作りあげた答えのようなものになり、以前の不幸の数々は、私の不在によって十分説明できると思えるようになったらしかった。かつて苦しんだのは、愛の光が人生の光景をまだ照らしはじめていなかったからであり、その光の欠如が、偶然のなりゆきで歩むことになった悪路を、いっそう険しくしているのだった。しかし愛する人のいるいま、彼女は、濡れた衣服を陽光の下で脱いでいく凍えた旅人のように、こともなげに最後のためらいをひとつひとつ捨て去り、かつてのどんな女よりも素っ裸のまま、私の前に立っていた。そしてもしかしたら、男性への恐怖や抵抗のすべてを烈しく一挙に吐き出してしまった彼女は、その後はじめて訪れた愛にたいして、同時に唇とナイフとに差し出される果物のあの魅力的な甘さしか、もはや提供できなかったのかもしれない。多くの場合その種の情熱はすべてに同意し、ごくわずかなもので満足するものだ。彼女のいる部屋に私が入って行きさえすれば、ソフィーの顔にはすぐに、ベッドでしか見られないあの安らぎの表情が浮かぶのだった。私が触れたりすると、まるで体内を流れる血液がすっかり蜜に変わったかのようだった。しかし最上の蜜もしまいには発酵する。自分の犯した過ちのひとつひとつに、いずれ百倍もの代償を支払わねばならなくなり、ソフィーがそれらを受け入れたときの諦めが、別枠で私の借り方に書き込まれることになろうとは思ってもいなかった。愛が私の手のなかに置いたソフィーは、丈夫でしなやかな布で作られた手袋のようだった。彼女のもとを立ち去っても、三十分後、まるで捨てられた器物のように同じ場所に彼女を見出すことがあった。私は横柄にふるまうかと思うと急に優しくなるというふうだったが、そういうふるまいや態度はすべて同じひとつのこと、彼女の愛をいっそうかき立て、彼女をいっそう苦しめることを目ざしていた。私が彼女にかかわったのはもっぱら虚栄心のせいだったが、たとえ欲望を感じていたとしても同じようにふるまったにちがいない。のちに彼女が重要な存在になりはじめたとき、私は優しさを完全に抹殺した。ソフィーは誰にも苦悩を打ち明けたりはしないと確信していた。それでも私たちのごくまれな歓びを、コンラートにさえ打ち明けなかったという事実には驚かざるをえない。コンラートを子供扱いにするという点で同意していた以上、私たちのあいだにはすでに暗黙の共犯意識があったのにちがいない。

人の話を聞いていると、まるで悲劇はいつも空っぽの空間で起こるかのようだ。しかし悲劇はつねにその背景に条件づけられているものだ。私たちがクラトヴィツェでわかちあった幸福や不幸の舞台は、窓がふさがれているのでたえず蹴つまずいてしまう廊下であり、ボルシェヴィキたちも中国の武具一式しか持ち出さなかった客間、銃剣のひと突きで穴をあけられた婦人の肖像画が、まるでそういう冒険を楽しんでいるかのように、窓のあいだの壁の上から私たちを見下ろしている客間だった。時代もまたそれなりの役割を果たしていた。というのも人びとは、いつはじまるかわからない敵の攻撃を待ちきれずに苛立っていたし、死の可能性はたえず私たちを待ち受けていたのだから。ほかの女たちなら、化粧台とか、美容師や仕立屋とのひそひそ話とか、とにかく男のそれとは異なり、しばしばこのうえなく保護されている暮らしの、あらゆる鏡の戯れから引き出すはずの利点を、ソフィーは、兵営に様変わりした館の窮屈な雑居生活や、ランプの光をたよりに、私たちの目の前で繕わざるをえなかったピンクのウールの下着や、あかぎれのできる即製の粗悪な石けんで彼女が洗ってくれる私たちのシャツなどに負っているのだった。警戒をゆるめるわけにはいかず、おたがいにたえず肌をすりあわせているようなこの暮らしは、私たちの皮膚をすりむくと同時に硬くもした。ソフィーが私たちのために、やせ細った鶏を何羽か絞め殺し、羽根をむしるのを引き受けた晩のことをおぼえている。あれほど決然とした表情でいながら、あれほど残酷さのかけらも感じられなかった顔を、私はいまだかつて見たことがない。髪にかかった羽毛を、私はひとつひとつ吹き落としてやった。彼女の両手から、むっとする血の匂いがたちのぼっていた。雪靴の重みに疲れ果ててこの仕事から帰ると、彼女は湿った毛皮のコートをところかまわず脱ぎ捨て、食物を拒むか、腐りかけた小麦粉で頑固に作りつづけたこのうえなくまずいクレープにがつがつ食らいつくか、どちらかだった。こういう食生活では痩せるのも当然だった。

世話にかける彼女の熱意は皆に及んでいたが、つくそうとしているのがこの私だけであることは、ある微笑を見ればすぐにわかった。生まれつき善良だったのにちがいない。というのも彼女は、私を苦しめる機会をいつも取り逃したからだ。女たちにとって許しがたい失敗を犯したときの彼女は、高貴な心が絶望に襲われたさいに見せるふるまいに及んだ。自分を罰するために、自分自身にたいする最悪の説明を探したのだ。プラスコヴィ叔母にもそういうことができたとしての話だが、彼女の自己批判は叔母のそれと同じだったのにちがいない。つまり自分は見下げ果てた女だと思い込んだのだ。これほどの純真さは、拝跪《はいき》に値したと言っていい。それに彼女は、身をゆだねる決心を取り消そうと思ったことはただの一瞬もなく、彼女にとってその決心は、私が受け入れた場合と同じくらい決定的なのだった。あの誇り高い本性の特徴はそういうものだった。貧者に拒まれた施しものを取り返すようなことはなかった。私を軽蔑していたのは確かだ。彼女のためにもそうだったことを願っている。しかし世界じゅうの軽蔑を寄せ集めてもなお、彼女が愛の衝動に駆られて私の手に唇をおしつけるのを妨げはしなかった。発作的な怒り、きわめて当然な非難、あるいはなんであれ彼女にとって冒瀆と同じ価値をもつ行為に駆られはしないかと、私は貪欲にうかがっていたが、私が彼女の不条理な愛に求めたものの水準から踏み出すようなことはけっしてなかった。彼女が心情の無趣味さを見せたりしたら、私は安心と同時に失望もおぼえたにちがいない。庭園の偵察に出かける私に彼女はいつもついてきた。その散歩は彼女にとって地獄の苦しみにも等しかったにちがいない。うなじに降りかかる冷たい雨、濡れて貼りついた髪、手のひらを凹ませて抑えようとしていた咳、人気《ひとけ》がなく水面も滑らかな池沿いの道で葦をむしる指、そういったものが私は好きだった。もっともその日は敵の死体がひとつ池に浮かんでいたけれども。突然彼女は木によりかかった。十五分ほどのあいだ、私は彼女が愛を語るにまかせていた。ある宵のこと、全身ずぶ濡れになった私たちは狩猟小屋の廃墟に逃げ込まなければならなかった。まだ屋根の残っていた狭い部屋のなかで、肘をつきあわせながら服を脱いだ。一種の虚勢から、私はこの敵を友として扱った。馬用の毛布にくるまって、彼女はおこしたばかりの火で私の制服と自分の毛織のドレスを乾かした。帰り途、銃弾を避けるために、私たちはしばしば安全なところに身を隠さなければならなかった。恋人のように彼女の腰に腕をまわし、溝のなかで無理やり私のそばに伏せさせたが、その動作は、とにもかくにも私が彼女の死を望んでいるわけではないことを証していた。こんな状況に追いつめられても、感嘆すべき希望の光が彼女の目にたえず浮かぶのを見て私は苛立った。彼女には、女たちが生命を犠牲にしても守り抜こうとする義務へのあの確信があったのだ。これほど悲愴な絶望の欠如はカトリックの理論を正当化する。というのもそれは、ほとんど無垢な魂を地獄に突き落とそうとはせず、煉獄にとどめるからだ。二人のうち、人びとの同情をかちえたにちがいないのは彼女のほうであり、彼女のほうにこそ分があったのだ。

　愛する人間のこの恐ろしい孤独を彼女はより深いものにしていた。私たち全部とちがった考え方をすることによって。ソフィーは赤軍派への親愛感をほとんど隠そうとしなかった。彼女のような心情の持ち主にとってもっとも優雅なやり方は、言うまでもなく敵の道理を認めることだった。自分の気持にさからって考えることに慣れていた彼女は、もしかしたら私の罪を許すのと同じくらい寛大に敵を正当化していたのかもしれない。ソフィーには思春期のころからすでにそういう傾向があった。いつも私の人生観を鵜呑みにしていなかったら、コンラートも同じ傾向をわかちもっていたにちがいない。その年の十月は、内戦中のもっとも悲惨な時期のひとつだった。バルト海沿岸地方の内陸部に閉じこもってしまったフォン・ヴィルッに見捨てられて、私たちはクラトヴィッェの管理人事務所で、まるで難破者のようにひそひそ話をしていた。ソフィーは扉の縁枠によりかかって、そんなひそひそ話に立ち会っていた。おそらく彼女は、とどのつまり唯一の個人財産である信念と、自分が完全に脱け切ってはいないと感じていた私たちへの仲間意識とのあいだで、一種の均衡を保とうとして内心戦っていたのにちがいない。砲弾が落ちてきて、いつ終わるともないこんな参謀部の長談義にけりをつけてくれればいいのにと願ったことも、一度ならずあっただろう。事実その願いがかなえられそうになったこともしばしばだった。もっとも優しさとはおよそ無縁な女だったから、自分の部屋の窓の下で赤軍兵士が銃殺されても抗議の声をあげたりはしなかった。目の前で下される決定のひとつひとつが、彼女の心の中で憎悪の爆発をひき起こしているのを私は感じとっていた。しかし、こと実際的な細部に関するかぎり、彼女は逆に、まるで農婦のような良識ある意見を述べた。二人きりになると、内戦の結末やマルクス主義の未来について議論したが、どちらも一種のアリバイを証明しなければならなかっただけに激論になるのがつねだった。彼女は自分の好みを隠そうとしなかった。それは彼女のなかで情熱によってもなお傷つけられない唯一のものだった。ソフィーがいったいどこまで卑劣になれるか——恋しているのだったから、卑劣になれるのは崇高なことでさえあったが——それを知りたくて、一度ならず私は彼女を、自分の原則との矛盾、というよりはむしろ、かつてレーヴに叩き込まれた思想との矛盾におとしいれようと試みた。それに成功するのは思うほど楽な仕事ではなかった。憤慨した彼女が激しく抗議したからだ。彼女のなかには、私であるもの、、、、をすべて憎みたいという奇妙な欲求がひそんでいた。ただし私自身を除いて。しかし彼女が私に全面的信頼をよせていることに変わりはなかった。そのためにまた彼女は、他の人には絶対にしないような危険な告白を、この私にだけはしておきたいという気持に駆られるのだった。ある日私は彼女に、弾薬を背負って前線まで運ばせるのに成功した。まるで飢えてでもいるかのように、彼女はその死の機会を受け入れた。しかしその反面、私たちと並んで銃を射とうとはけっしてしなかった。いまでもそれが残念だ。というのも、十六歳のころすでに、猟の狩出しのときなど、彼女はすばらしい射撃の名手であることを立証していたからだ。

彼女は恋仇《こいがたき》を探していた。私を激昂させたあの詮索にふくまれていたのは、もしかしたら嫉妬ではなく好奇心だったのかもしれない。もう望みがないと感じている病人のように、薬より説明を求めていたのだ。名前をあげないかぎり彼女は承知しなかったが、無用心にも私は、架空の名前をでっちあげてすまそうとはしなかった。ある日彼女は、私に愛されている女《ひと》のためなら苦もなく諦められるはずだと言い切った。しかしそんなことを言うのは自分をよく知らない証拠だった。もしそんな女がほんとうにいたら、私にはふさわしくない女だと断言し、別れさせようとしたにちがいない。ドイツに恋人を残してきたのだというロマネスクな作り話も、日々の親密さと、隣りあった部屋で過ごす夜には対抗できなかった。他方、殻に閉じこもったような私たちの生活では、疑惑はせいぜい二人か三人の女に向けられるだけだったが、その女たちの慇懃《いんぎん》さはなにひとつ説明せず、誰ひとり満足させなかった。パン焼きを引き受けていた赤毛の農婦のことで、馬鹿げた口論をしたことがあった。そういった日々のある宵のこと、私は乱暴にもソフィーにこう言い放った――もし女が必要だったとしても彼女は私の求める最後の女だ、と。その言葉にまちがいはなかった。しかし美人でないからではなく、他の理由からだったのは確かだ。しかし彼女はやはり女だから、理由としてはそれしか考えなかった。酔払いに思いきり拳骨《げんこつ》で殴られた宿屋の女中のように、よろめくのが見えた。彼女は部屋から駆け出して、手すりにつかまりながら階段を登った。一段一段蹴つまずきながら嗚咽《おえつ》にむせぶ声が聞こえた。

若い娘の部屋の、白木の枠の鏡のまえに屈み込んで夜を過ごしたにちがいなかった。そして自分の顔や肉体が、ほんとうに酔払った軍曹にしか気に入らないのかどうか、目や口や髪が、胸のなかの愛をそこなうのかどうか、自問していたのにちがいない。鏡が彼女に送り返すのは、子供のような、天使のような目であり、春の大地そのものを思わせる、つまり涙の小川の流れる土地、田園のような、いささか不恰好な大きな顔であり、太陽と雪の色をたたえた頬であり、驚くほど鮮やかなバラ色の輝きが、見る者をほとんど身震いさせそうな口であり、いまではもう食べられなくなってしまったあのおいしいパンのようなブロンドの髪だった。彼女は自分を裏切るそれらすべてを憎み、愛する男をまえにしながらなんの助けも得られず、壁にかかったパール・ホワイトやロシア皇后の写真とわが身を見くらべては絶望し、まんじりともせず明け方まで泣きつづけたのだったが、それでも二十歳の瞼が腫れ上がるようなことはなかった。いつ敵襲があるかわからない夜のつづくあいだ、カールクリップを着けた彼女はまるで蛇の髪をしたメドゥーサのようだったが、翌日、寝る用意をととのえた彼女が、はじめてそのクリップを着けていないのに気づいた。きっぱりと醜さを受け入れた彼女は、髪を平らになでつけたまま私の前に姿を見せることに、英雄的に同意したのだった。さっぱりした髪型を私はほめた。予想どおり彼女はそれで気を取り直した。自分には魅力がないと一度思い込んだ彼女にはまだ不安が残っていたけれども、それが逆に新しい自信を与えるのに役立っていた。美しさによって私をおびやかす心配がなくなった以上、それだけ自分には女友達とみなされる権利があるのだと感じているかのようだった。

アメリカの喜劇映画でよく見かける、ノッキングを起こしてばかりいるフォードに二人の同志を乗せて、私はリガに赴き、次の攻勢の諸条件について話し合った。作戦はクラトヴィツェを拠点として展開されるはずだった。コンラートは町に残ってその準備を進めていたが、積極性と無造作の入りまじったそのやり方は彼にしか見られないもので、なんとなく兵たちを安心させていた。未来に関するすべての想定が実現したと仮定して、この私にはそんなものになる気はなかったけれども、おそらく彼のほうはボナパルトの感嘆すべき副官というか、彼なしには師匠もわけがわからなくなってしまいそうな、理想的な弟子のひとりになっていたにちがいない。凍りついた道をたえずスリップしながら走った二時間、私たちは、クリスマス休暇を過ごすため車でスイスにでかけた人をいつ襲うかわからない、あらゆる種類の突然の死の危険にさらされつづけた。戦争もそうだが、自分の内心の問題の成り行きに私は怒り狂っていた。クールランドにおける反ボルシェヴィキ闘争への参加は、死の危険を意味するだけではなかった。会計、病人たち、無線通信、それに粗野な、あるいは腹黒い同志たちの存在、そういったものが徐々に、私と友人との関係を毒していったと言わなければならない。人間の優しさは、その周囲に孤独を必要とするものだし、不安定のなかにも最低の平静さが必要だ。兵舎住まいで厩肥《きゅうひ》にまみれた仕事の合間というのでは、愛を交わすのも意のままにはならないし、友情だって同じことだ。いっさいの期待に反して、私にとってクラトヴィツェの生活は、まさしく厩肥のようなものになっていた。陰鬱で、文字どおり死ぬほど退屈な雰囲気のなかで、ひとりソフィーだけが張り切っていた。不幸のほうがその逆よりもごたごたにたいする抵抗力が強いのは、かなり自然なことだ。しかし私がリガ行きを買って出たのは、まさにそういうソフィーから逃げ出すためだった。十一月のリガの町は、かつてなく陰惨だった。私が覚えているのは、フォン・ヴィルツの優柔不断ぶりと、ロシア風のキャバレーでひどいシャンパンを飲まされた苛立ちだけだ。モスクワから流れてきた正真正銘のユダヤ女と、フランス女を装った二人のハンガリー女がそばにくっついていた。もしその二人がパリ風のアクセントでしゃべったりしたら、私は叫び出していたにちがいない。何カ月も前から私はファッションとはおよそ無縁な暮らしをしていた。女たちの目深にかぶった滑稽な帽子に慣れるのはひと苦労だった。

朝の四時ごろ、気がついてみると私は、リガの町で唯一のまずまずのホテルの一室にハンガリー女のひとりを連れてしけ込んでいた。ほんとうはユダヤ女のほうがよかったと思うだけの明晰さは辛うじて保っていた。これほど月並みなふるまいに及んだのは、仲間とあまり違ったことをして目立ちたくないという気持が九十九パーセント、残りは自分自身に挑戦してみたい気持からだったと言っておこう。人がもっとも強く自分を拘束するのは、かならずしも美徳を目ざす方向へとはかぎらない。人間の意図などというものはもつれにもつれた糸のようなものだから、それらすべてからこれほど遠くはなれたいまとなっては、自分がそんなふうに回り道してソフィーに近づくことができたらと思っていたのか、それとも、自分自身この世でもっとも純粋なものと知っていた欲望を、乱れたベッドの上で、行きずりの女の腕に抱かれて過ごした三十分と同一視することで、彼女を侮辱しようと思っていたのか、どちらかに決めることはできない。必然的に私の嫌悪は、いくぶん彼女にもはね返ったはずだ。それに、もしかしたら私は、軽蔑のなかで自分を鍛えなければならないと思いはじめていたのかもしれない。あの娘にたいして用心深くふるまったのは、かなり卑怯な気持から、完全に身を賭けるのを恐れたからだ。それを隠そうとは思わない。これまでいつも私は、かかわり合うのが大嫌いだったが、恋に落ちた女を相手にしながら、かかわり合わずにすませるものだろうか？　ブダペストの場末のカフェで歌っていたその女は、すくなくとも私の未来にしがみつこうとは思っていなかった。しかしリガでの四日間、彼女が、白手袋をはめた長い指が連想させる蛸のような執拗さでまとわりついたことだけは言っておかなければならない。誰であれ行きずりの男に開かれるあいう心の中には、ピンク色のスタンドの笠の下のように空っぽな場所があり、彼女たちは絶望的に、誰彼かまわずそこに据えつけようと努力する。こういう人びと、この戦争、この国と自分とのあいだに共通するものはなにもない。人生から気をまぎらせるために人間が作り出した、たまさかの快楽にしても同じこと——そう自分に言い聞かせ、一種陰気な安堵を覚えながらリガを後にした。はじめて明日に思いをはせた私は、コンラートといっしょにカナダに移住し、大きな湖のほとりの農場で暮らす計画を立てた。それは友人の趣味の数々を犠牲にする計画だったが、そんなことは考えようともしなかった。

コンラートとその姉が、正面玄関の階段の上、入口のガラス屋根の下で私を待っていた。その年の夏の砲撃で、無傷のガラス板は一枚も残っていなかった。だから、空っぽの鉄の仕切りは、葉肉が腐り落ちて葉脈を残すだけの巨大な枯葉に似ていた。雨がその仕切りを突き抜けて流れ落ちていた。ソフィーは農婦のように頭にハンカチをかぶっていた。二人とも、留守のあいだ私の代わりを務めるのに疲れ切っていた。コンラートの顔色はまるで螺鈿《らでん》のように蒼白かった。もともと虚弱と知っていた彼の健康が不安になり、その夜私は他のすべてを忘れた。ソフィーは、地下の酒蔵の奥に隠していた最後のフランス・ワインを一本、私たちのために取って来させた。同志たちは外套のボタンをはずして食卓に陣取り、彼らにとっては楽しかったリガの日々について冗談を言い合っていた。コンラートは眉を上げて、楽しげな、しかし礼儀正しい驚きの表情を見せた。彼は自分自身にたいする反動から、私といっしょに暗澹《あんたん》たる宵を過ごしたことが何度かあったから、ハンガリー女がひとりふえようが減ろうが、ちっとも驚かなかった。ソフィーは、私のグラスに注ごうとしてブルゴーニュ産のワインをすこしこぼしたのに気づき、唇を噛んだ。ふきんを取りに部屋を出て行き、まるで犯罪の痕跡ででもあるかのように、そのしみを丹念に拭い消した。私はリガから本を何冊か持ち帰っていた。上の階で昼となく夜となくお祈りを唱えながら歩きまわるプラスコヴィ叔母の足音にもかかわらず、その晩、ナフキンで作った間に合わせの笠のかげの隣りのベッドで、コンラートが子供のような眠りに落ちるのを私は眺めていた。叔母に言わせれば、私たちが比較的無事でいられるのは彼女のお祈りのおかげなのだった。逆説的ではあるが、姉と弟のうち、王侯貴族を祖先にもつ若い娘という観念に似つかわしいのはコンラートのほうだった。ソフィーの陽焼けしたうなじや、ふきんをしぼるあかぎれた手は、私たちが子供だったころ、ポニーに櫛をあてる役を振りあてられていた若い下僕のカールを突然思い出させた。太っちょよのハンガリー女の、白粉《おしろい》を塗りたくり、パフでたたいた顔のあとでは、ソフィーの身だしなみはけっしてよいとは言えなかったが、しかし同時に比類ない女にも思えた。

リガでの軽挙はソフィーを打ちひしぎこそすれ、驚かせはしなかった。私ははじめて彼女の期待どおりのふるまいに及んだのだったから、そのために親密さが減るようなことはなかった。むしろいっそう親密さが増したとさえ言えるだろう。そもそも、あまりはっきりしていなくて捉えどころのない関係は、壊そうと思ってもほとんど壊せないものだ。私たちはおたがいに度を越して率直だった。それに、完全な誠実さをもっとも尊ぶのがあの時代の流行だったことも思い出さなくてはならない。私たちは愛を語るのではなく、愛について語り合ったのだった。他の人なら行為によって解消したにちがいない不安を、私たちは言葉の力を借りてまぎらせていた。しかし周囲の状況からみて、逃亡によってその不安を逃れるわけにはいかなかった。ソフィーはなにひとつ包み隠さず、唯一の愛の体験を語った。もっとも、それが意に反したものだったことは白状しなかった。私も隠そうとしなかった。ただし本質的なことを除いて。彼女は眉をひそめながら、ほとんどグロテスクなほど注意深く、娼婦の話に聞き入っていた。彼女が愛人を作りはじめたのは、勝手に娼婦の魅力と思い込んだものに負けないほど、私を誘惑する力を自分ももちたいと願ったからだと思う。完全な無垢と完全な堕落とは紙一重だ。彼女は卑しい官能の水準まで一挙に身を落とし、そこまで落ちることによって私の気に入ろうと努めたのだった。目の前で起こったその変貌は、どんな舞台で見るより驚くべきものであり、またほとんど芝居と同じくらいありきたりだった。最初目についたのは細かい点だった。素朴さのあまり悲愴でさえあった。苦労して白粉を手に入れ、絹のストッキングをさがし出してきたのだった。隈どりなど必要でもなかったのにアイラインを塗りたくった目も、燃えるように赤く突き出た頰肉も、私自身のつけた傷痕が残っていたと仮定して、そういう傷痕以上に彼女の顔への嫌悪を感じさせはしなかった。かつてはこのうえなく蒼ざめていた唇も、いまは血もしたたりそうに赤く見せようと努めていたが、それもあながち嘘ではないと私は思った。男たち、なかでもフランツ・フォン・アーラントは、目の前で不可能の炎に焼かれそうになっているこの大きな蝶をつかまえようとした。他の男たちが誘惑されるようになると、私自身いっそう心をひかれた。自分の躊躇をこともあろうに小心のせいにして、ソフィーがまさに、一種の契約によって結ばれていると感じられるたったひとりの男の姉なのが残念だった。それにしても、私にとってほんとうに大事なのは彼女の目だけだったが、もし彼女がそういう目の持ち主でなかったら、私は二度と彼女を見つめようとしなかっただろうと思う。

女たちの本能はいかにも目先のことだけにとらわれているものなので、彼女たちについて星占い師の役を果たすのはたやすい。男に生まれ損なったこの娘は、悲劇の女主人公のように、埃だらけの大街道を辿っていた。われを忘れることによってすべてを忘れようとしていた。おしゃべり、微笑、きしむような蓄音器の音に乗った荒々しいダンス、銃弾の飛び交う地域への危険な散歩――私よりうまく利用するすべを知っている男たちといっしょに、それがふたたびはじめられた。全身麻痺に襲われた患者にも興奮期があるように、恋していながら満たされない女にとって避けがたい一時期を、最初に享受したのはフランツ・フォン・アーラントだった。彼はソフィーに、娘が私に抱いているのとほぼ同じくらい盲従的な愛を感じていた。次善の策ないし替え玉にとどまることも喜んで受け入れていた。いやそれほどの野心さえなかったのかもしれない。私と二人だけになると、フランツはいつも、散歩の途中つい私有地に入り込んでしまった人のように、月並な詫び言を述べようとしているように見えた。ソフィーは彼にとめどなく私たちの愛を語って飽きなかったが、それは彼と私と彼女自身に復讐するためだったのにちがいない。フランツのおびえたような服従ぶりを見ていると、女たちから得られる幸福という観念を受け入れる気にはなれなかった。軽蔑し、怒りに駆られ、しかもやすやすと身をまかせるソフィーにも、ほんのわずかながら寛大さが残っていたが、その寛大さの投げ与える砂糖にとびつく犬のような彼の様子を思い出すと、私はいまでも一種の憐れみを覚えずにはいられない。短い生涯ながらありとあらゆる不運を一身に集めるのに成功した、この気のよい、運に恵まれなかった若者は――というのも、犯してもいない盗みの嫌疑で退学処分を喰らったことがあったし、一九一七年には両親がボルシェヴィキに殺され、おまけに重い虫垂炎にかかって手術を受けなければならなかったからだが——数週間後に捕虜となり、発見された死体には歴然と拷問の跡が残っていた。事実、首のまわりには、長くしなやかな導火線が巻きつけられ、点火されて燃えつきた痕跡が黒ずんだ傷となって残っていた。ソフィーはその知らせを、できるだけ表現をやわらげて伝えた私の口から聞いたのだが、身の毛もよだつこの情景が、彼女のなかで同じような他の情景につけ加えられただけであり、苦悩の表情などいっこうに浮かばなかったのをみて、私としては悪い気がしなかった。

新たな肉欲の挿話もあった。それは彼女の胸の底でつづいていたあの耐えがたい愛の独白を、ほんの一刻《いっとき》黙らせたいという同じ欲求に由来していた。しかしそれも、何度か不器用な抱擁のあとには同じ忘れがたさに辱しめられ、中断されるのだった。そういう漠然とした通りすがりの男たちのなかで、私にとってもっともおぞましかったのは、ボルシェヴィキの監獄から脱走してきたというロシア士官だった。彼は私たちのところに一週間ほど滞在したが、ある大公爵への、わけのわからない、おそらくは架空の使命をおびてスウェーデンへ向けて発って行った。最初の宵すでにこの酔漢の口から、女たちとの信じがたいような話を聞かされたのだったが、微に入り細をうがったその艶話は、庭師の家の革張りの長椅子で、ソフィーと彼のあいだになにが起こったかを想像させて余りあるものだった。たった一度でも彼女の顔に、幸福に似たなにかの表情を認めていたら、私はその時を境に、同じ屋根の下で暮らすことにさえ耐えられなかったにちがいない。しかし彼女は進んですべてを私に告白した。彼女の手はいかにも落胆したような小刻みな仕種でなおも私にふれていたが、それは愛撫というより目の見えない人の手探りに似ていた。そして毎朝私の前にあらわれるのは、絶望に打ちひしがれた女だった。というのも、その夜いっしょに寝た相手は、彼女の愛する男ではなかったからだ。

リガから帰ってひと月ほどたったある晩のこと、私はコンラートといっしょに塔で仕事をしていた。

彼はドイツ風の長いパイプで煙草を喫《す》おうと懸命になっていた。私は村から戻ったばかりだった。兵たちが泥のなかに掘った塹壕を、曲がりなりにも丸太で補強するために出かけたのだった。あらゆる夜のなかでもっとも安心していられる霧の深い夜だった。敵がかき消されてしまい、両陣営の敵対関係が一時中断されるからだ。びしょ濡れになった私の上っ張りは、ストーヴの上で湯気を立てていた。コンラートは湿って惨めたらしい小さな木切れをくべていたが、それらは、自分の木々が燃えるのを見て嘆く詩人のため息とともに、一本一本犠牲に捧げられるかのようだった。そのとき、ショパン軍曹が入ってきた。なにか私に伝えることがあるらしかった。前屈みになっているコンラートの頭越しに、不安そうな赤ら顔が戸口から私に合図していた。私は彼について踊り場に行った。戦前ワルシャワで銀行員をしていたこのショパンという男は、ド・ルヴァル伯爵のポーランド人執事の息子だった。妻と二人の子供と良識の持ち主で、彼を乳兄弟として扱うコンラートとその姉を愛し崇めていた。革命がはじまるとすぐ彼はクラトヴィツェにかけつけ、そのとき以来ずっと実直な紳士の役を務めていた。彼が私の耳元にささやいたのはこういうことだった――地下室を通ったら、この時間にはいつも誰もいない台所の大きなテーブルに、完全に酔払ったソフィーがよりかかっているのを見つけた、部屋に上がるよう懇願したけれども、やり方が不器用だったので説得できなかったというのだ。

「とにかくですね、旦那さま」と彼は言った（彼は私を旦那さまと呼んでいた）。「ああいう状態を誰かに見られてしまったら、明日お嬢さまがどんなに恥ずかしくお思いになるか、お考えくださいまし……」

このとびきりの善人は、まだソフィーの羞恥心を信じているのだった。そしてもっとも奇妙なのは、彼がまちがっていなかったということだ。手入れの悪い革長靴がきしらないよう気を配りながら、私は螺旋階段を降りていった。一時砲火がやんでいたその夜、クラトヴィッェで起きているものは誰もいなかった。二階の大部屋では、力つきた三十人の若者たちが、たったひとりのように眠っており、いびきが入りまじり、鳴り響いていた。ソフィーは台所の大きな白木のテーブルに坐っていた。脚の不揃いな椅子に腰を下ろし、力なく揺れていたが、背掛けと床の角度は心配になるほどで、飴色の絹のストッキングをはいた脚を大きく開いて私の目にさらしていた。若い女神というよりむしろ若い神を思わせた。ほんのわずかアルコールの残った瓶が左腕の先端で揺れていた。信じがたいほど酔っており、そばかすの浮いた顔がストーヴの明かりに照らされていた。私は彼女の肩に手を置いた。私にさわられても、傷ついた鳥のような、あの恐ろしい、しかも甘美な戦慄を見せないのはそれがはじめてだった。コニャックのもたらす幸福感が、愛への免疫性を与えていた。私のほうに顔を向けた彼女の眼差しはうつろだった。そして目と同じくらいもうろうとした声で言った。

「テキサスに今晩はを言いに行って、エリック。配膳室で寝てるわ。」

私はライターをともし、その小部屋に行ってみた。芽を吹いた馬鈴薯の、崩れかけた山に蹴つまずいた。滑稽な小犬が古い乳母車の日除けのかげに寝そべっていた。あとから聞いた話だが、テキサスは庭で破裂した手榴弾で死んだのだった。松露《しょうろ》でも嗅ぎあてたみたいに、黒い鼻先で掘り出そうとしていたのだという。ぐしゃぐしゃになったその小犬は、大都会の大通りで市街電車に轢かれた狆に似ていた。胸のむかつくその塊を注意深く持ち上げると、シャベルを取り、庭に出て穴を掘った。大地の表面は雨で氷が解けていた。生きていたころ、あんなに喜んでころげまわったその泥のなかに、テキサスを埋めた。台所に帰ると、ソフィーはコニャックの最後の一滴を飲みほしたところだった。彼女は燠火のなかに瓶を投げ込んだ。ガラスが鈍い音をたてて砕けた。不器用に立ち上がると私の肩につかまりながら、力のない声で言った。

「かわいそうなテキサス……。それにしても残念だわ。私を愛してくれるのはあの犬だけだったから……」

吐く息がアルコール臭かった。階段にかかるとすぐ足を踏みはずし、登りきるまで両脇を抱えて支えなければならなかったが、そのあいだずっと吐きつづけた。船酔いした女の乗客を船室に連れ戻すような感じだった。ちらかった寝室に入ると、私がベッドカバーをはぎとろうとしているあいだに、彼女は肘掛け椅子に倒れ込んだ。手も脚も氷のように冷たかった。何枚かの毛布と外套を掛けてやった。肘をついて上半身を起こした彼女は、自分では気づきもせず、泉の彫刻のように口を開けて吐きつづけた。凹んだベッドにやっと横になったが、屍のようにぐったりしており、平べったく湿っぽかった。頬に貼りついた髪は、顔に金色の傷痕を作っていた。指をあててみると脈はたえず変わり、狂ったような速さになるかと思うと、ほとんど感じとれなくなったりした。彼女は意識の底に、酩酊と恐怖とめまいに襲われたときのあのわずかな正気を保っていたのにちがいない。なぜならあとになって彼女は、その夜中ずっと、橇《そり》かジェットコースターのすべり台に乗って旅しているように感じ、突然跳ね上がったり寒気がしたり、風と動脈がひゅうひゅう鳴ったり、動いてもいないのに全速力で深淵に突き進むような印象がありながら、ちっとも恐ろしくはなかったと語ったからだ。弱った心臓にアルコールが与える、死に向かって突進するようなあのスピード感は、私も知っている。不潔なベッドの枕もとで善きサマリア人のように夜を徹して看病したことが、私に生涯でもっとも胸のむかつく思い出のひとつを残した――彼女はいつもそう思い込んでいた。あの蒼白さ、あの汚れ、あの危険、そして愛のなかよりももっと完全な自己放棄が、不安を鎮め、美しくさえあったこと、そしてぐったりと重そうに横たわっていたあの肉体が、同じような状態で手当を受けていた同志たちのそれ、あるいはコンラートその人を思い出させたこと、そういったことを私は、たとえ彼女に言おうとしても言えなかったにちがいない……。そうだ、あのことを言うのを忘れていた。つまり着ているものを脱がせたとき、左の乳房のあたりにナイフで突き刺した長い傷痕があるのに気づいたこと。もっともそれは、せいぜい肉を深く傷つけただけだった。あとになって白状したけれども、自殺を試みて失敗したのだという。それは私のころだったのか、それともあのリトアニアの色魔のころだったのか？　結局最後までわからなかった。私はできるだけ嘘をつかないつもりだ。

ショパン軍曹の言うとおりだった。この出来事のあとソフィーは、婚礼の祝宴でシャンパンを飲みすぎた寄宿生のように恐縮しきっていた。それから数日間、うれしいことに私の女友達は、憂鬱そうではあったがものわかりがよかった。目が会うたびに、その眼差しは、ありがとうと言うか許しを乞うているように思われた。兵たちの仮宿舎にチフスが発生した。彼女は自分が看病すると言い張った。私もコンラートも説得できなかった。結局私は、目の前で死のうと決心したかのようなこの狂女のなすままに任せた。一週間もたたないうちに彼女は床についた。人びとも彼女が感染したものと思い込んだ。しかし彼女は極度の疲労と落胆と、毎日新しい徴候を見せる神経病のようにたえず形を変える愛の疲れ、それに幸福の欠如と同時にその過剰に苦しんでいただけだった。毎朝しらじら明けに彼女の部屋を訪れるのは、今度は私の番だった。クラトヴィツェじゅうの人が、私たちを恋人同士と思い込んでいた。それは彼女の心をくすぐっていたのにちがいないが、私にとっても好都合だった。家族のかかりつけの医者のような心遣いを込めて、体具合をたずねた。彼女のベッドに腰かけて、私は滑稽なほど親愛の情に満ちていた。私の優しさが、いっそうひどくソフィーの心を打ちひしぐよう計算されたものだったとしても、あれ以上完璧な成功はありえなかっただろう。毛布の下で膝を立て、頬杖をついた彼女は、流れやまない涙をたたえ、大きく見開いた驚きの目をじっと私に据えつけていた。こういう心遣いや優しさ、髪を軽くなでる手の愛撫、ソフィーがそういうものをなんの後ろめたさもなく享受できるときはとうの昔に過ぎ去っていた。そのまえ何カ月かにわたった肉体関係の思い出が、もはや自分自身に耐えられなくなった不幸な人びとにはあれほど身近な、自分の外ならどこへでも逃げ出したい気持に彼女を駆りたてていた。死にかかった病人のように、ベッドから起き上がろうとした。私は彼女を寝かせつけた。私が帰ったあと、絶望のあまりそのなかで身悶えするにちがいないとわかっているシーツで、彼女をくるんだ。そんな肉体の戯れが重大な結果をもたらすことは全くありえないと断言して肩をすぼめてみせた私は、後悔を鎮めるという口実で、彼女の自尊心にもっとも深い傷を負わせたのだった。それに、自尊心よりもっと深い、もっと本質的ななにか、つまり肉体がそれ自体にたいして抱いている漠然とした敬意にも。この新たな寛容さの光をあててみると、私の厳しさも拒否も、軽蔑自体も、彼女にとっては、その重要性がはっきり捉えられない試練という相貌をおびた。あるいは合格しそこねた試験だったと言ってもいい。泳ぎながら力つきた人のように、もしかしたら私が愛しはじめたかもしれない瞬間に、岸まであとほんのふた掻きというところで溺れる自分を彼女は見たのだった。もし私が彼女を奪ったとしても、いまでは、私を待つ勇気をもたなかった自分を思い出して、自己嫌悪のあまり泣き出したにちがいなかった。彼女は、優しさによって罰せられた姦婦のあらゆる苦しみをなめていた。とどのつまり私のために純潔を保つ義務などありはしなかったのだと思い出す、ごくまれな正気の瞬間には、ソフィーの絶望がいっそう深まるのだった。とはいえ、私の側からは怒りと嫌悪、憐憫と皮肉、そして漠然とした後悔の念が、そして彼女の側からは芽生えはじめた憎しみが、つまりはおよそ正反対なものが、二人の恋人のように、あるいはダンスのパートナーのように私たちを密着させていた。あれほど熱望された絆が、私たちのあいだに実際に存在していた。そして私のソフィーをもっとも苦しめたのは、その絆が息詰まるほどであると同時におよそ手ごたえがないという事実だったにちがいない。ある夜（というのも、夜明けの薄明に染まっていた最後の思い出をのぞいて、ソフィーの思い出はほとんどすべて夜のものだったからだが）、空襲のあったある晩のこと、ソフィーの部屋のバルコニーにくっきりと四角い明かりが洩れ出ているのに気づいた。水鳥の争いのような私たちの戦争では、それまでこの種の攻撃はまれだった。クラトヴィッエで死が空から降ってくるのははじめてだった。ソフィーが彼女自身のみならず、身内の人びとに、ひいては私たち全部に危険を呼び寄せようとしたことは、とうてい容認できなかった。彼女は館の右の翼の三階に住んでいた。扉は閉まっていたが鍵はかかっていなかった。ソフィーは天井に吊るした大きな石油ランプの光の輪のなかで、テーブルの前に坐っていた。フランス窓は凍《い》てついた夜の明るい風景を枠取っていた。最近降ったばかりの秋雨でふくらんだ鎧戸《よろいど》を閉める努力は、子供のころ山の保養地のホテルで、嵐の夜などあわてて閉めて補強した窓を思い出させた。ソフィーは悲しげにふくれ面をしながら、私がそうするのを眺めていた。ついに口を開いてこう言った。

「エリック、私が死んだら困る？」

娼婦のふるまいを見せるようになってから、彼女はしわがれた声に甘ったるい抑揚をつけて話すようになっていたが、私はそれが大嫌いだった。爆弾が炸裂したおかげで答えずにすんだ。落ちたのは東側、池のほうで、嵐は過ぎ去るものと期待できた。翌日わかったことだが、爆弾が落下したのは土手の上だった。死んだ魚の白い腹や砕かれた小舟の破片にまじって、吹き飛ばされた葦が数日間水面を漂っていた。

「そうなんだわ、」彼女は自分で納得しようとしている人のゆっくりした口調で言った。「私は怖いんだわ。考えてみると、自分でも驚くのよ。だってそんなこと私にはどうでもいいはずなのに。そうでしょ?」

「好きなようにするんだな、ソフィー、」私はとげとげしい口調で答えた。「しかしあの不幸な年老いた叔母さんが、君の部屋のすぐそばにいるんだよ。それにコンラートだって……」

「ああ、コンラートなんか」と彼女は疲れ果てた口調で言った。そして肘掛け椅子をはなれるのをためらう身体の不自由な人のように、テーブルに両手をついて身を支えながら立ち上がった。

彼女の声は弟の運命にたいするあまりといえばあまりな無関心を感じさせたので、弟を憎みはじめたのだろうかと一瞬自問したほどだった。しかし要するに彼女は、もうなにがどうなってもかまわないと思うほど疲れていただけであり、レーニン崇拝と同時に、身内の者たちの救済に心を砕くのもやめてしまったのだった。

「このごろよく、」彼女は私に身をすり寄せながら言った。「恐怖を感じないのはよくないことだと思うのよ。でも私が幸せなのだったら」と彼女は言葉を継いだが、そのときの彼女は、チェロの低音のようにいつも私を感動させる声、険しいと同時に優しいあの声を取り戻していた。「死は私にはなんでもないように思えるのよ。五分間の幸福でも、神さまが私に送ってくださった印のようなものになるはずだわ。あなたは幸福なの、エリック?」

「ああ、幸福だよ。」私は渋々そう答えた。しかし、そう言いながら突然そんなことは嘘だと気がついた。

「そうかしら、だってそんなふうには見えないんですもの」と言う口調には、小学校のころ彼女の好んだからかいが顔をのぞかせていた。「で、死んでもかまわないのは、あなたが幸福だからなの？」

寄宿生のようなフランネルのシャツに、つくろった黒いショールを掛けた彼女は、真夜中に呼び鈴を鳴らされて、まだよく目が覚めていない若い下女のように見えた。いったん閉めた鎧戸をふたたび開けるという、滑稽で場ちがいな仕種を自分がなぜやったのか、私にはけっしてわからないだろう。木々はなぎ倒され――コンラートはそれを嘆いていた――風景を素っ裸にしていた。川まで見通しだった。毎夜そのあたりで、間歇的《かんけつ》で無駄な銃火の応酬が起こった。緑がかった空には敵の飛行機がまだ旋回しており、まるで空間全体が、巨大な雀蜂が不器用に飛び回る部屋にすぎないかのように、ぞっとするような低いエンジンの唸りで沈黙を満たしていた。月の光に誘われた恋人のように、私はソフィーをバルコニーに連れ出した。下のほうで雪の上を揺れるランプの光を私たちは眺めた。まるで大きな筆のようだった。影はほとんど動いていなかったから、風はさほど強くなかったのにちがいない。ソフィーの腰に腕をまわした私は、彼女の心臓に聴診器をあてているような気がした。過労気味のその心臓は、一瞬ためらうかと思うとふたたび打ちはじめた。リズムは勇気のそれと同じであり、いま思い出せるかぎりで言えば、そのとき私の頭を占めていたのは、もしその夜私たちが死ぬとすれば、結局彼女のそばで死ぬのを選んだことになるわけだという想いだけだった。突然、すぐそばで轟音が起こった。その騒音のほうが死よりも恐ろしいかのように、ソフィーは両手で耳をふさいだ。爆弾が今度は、石を投げれば届くような距離、つまり厩舎のトタン屋根に落ちたのだった。その晩、一頭の馬が私たちの身代わりとなって生命を落とした。そのあとの信じがたい沈黙のなかで、時をおいてどっと崩れつづける煉瓦壁の音と、瀕死の馬の恐ろしいいななきが聞こえた。背後のガラスが粉々に割れてしまい、部屋に戻るとき私たちは砕けた破片の上を歩かなければならなかった。　愛を交わしたあとランプをふたたびともすように、私は明かりを消した。

彼女は廊下まで私についてきた。そこではなんの害にもならない通夜燈が、プラスコヴィ叔母の聖画のひとつの前で燃えつづけていた。ソフィーの息遣いは荒く、顔は蒼ざめていたが一種の輝きを放っていた。私はもっと悲劇的な瞬間をソフィーとともに生きたことがあるけれども、あれほど厳粛で、あれほど誓言の交換に近い瞬間はなかった。私の生涯のなかの彼女の刻《とき》、それはまさにあのひとときをおいてなかった。彼女は、一分前いっしょによりかかっていた手すりの錆《さび》が残っている両手を挙げた。そしてたったいま負傷したかのように、私の胸に身を投げた。

その仕種をなしとげるのに彼女は十週間近くかけたのだったが、もっとも意外だったのは私がそれを受け入れたことだった。彼女が死んでしまったいま、そして私が奇蹟を信じるのをやめてしまったいま、すくなくとも一度はあの口とざらざらした髪に接吻したことがあるのを、私は自分自身に感謝している。征服しておきながら一歩も足を踏み入れなかった国にも似たあの女の唾液が、あの日正確にどんな温かさだったか、生き生きした肌がどんな匂いだったか、とにもかくにも私は知っている。そしてもし一度でも素直な感覚と素直な心で彼女を愛することができたとすれば、それはまさしく、私たちが二人とも蘇った人間の純潔さを保っていたあの瞬間のことだった。彼女は私に身をすり寄せ、震えおののいていた。娼婦であれ行きずりの女であれ、およそ女との出会いに、あれほど激しく、あれほど恐ろしい甘美さを味わったことはなかった。歓びのあまりばらばらになりそうな、しかも同時に硬直してもいたあの身体は、数時間前もし私が死んでいたら大地がそうだったにちがいないのと同じくらい神秘的な重さで、ずっしりと腕に重かった。悦楽が激しい嫌悪に変わったのがどの瞬間だったか、私にはわからない。そしてそれは突然、昔スヘフェニンゲンの浜辺で母が無理やり私の手に乗せたヒトデを思い出させた。私はひきつけを起こし、周囲の海水浴客たちが大騒ぎしたものだった。私はソフィーから自分を引き離したが、そのときの荒々しさは、幸福のあまり無防備になっていた肉体には残酷に思えたにちがいない。彼女は瞼を開き（というのもそれは閉じられていたからだが）、私の顔になにかを見た。それはおそらく憎悪や恐怖よりもっと耐えがたいなにかだったにちがいない。というのも彼女は後ずさりし、まるで頬を平手打ちされた子供のように両肘をあげて顔を覆ったからだ。そしてそれが、目の前で彼女が泣くのを見た最後だった。その後すべてが終わりを告げるまでに、ソフィーと二人だけで会ったことが二度ある。しかしその晩を境に、私たち二人のうち一方が、つまり彼女に関しては私が、そして彼女のなかでは愛するあまり私を信頼していた部分が、すでに死んでしまったかのように事が運ばれた。

愛の単調な段階になによりも似ているのは、ベートーヴェンの四重奏曲の、倦むこと知らぬ、しかも崇高なくり返しだ。クリスマスの前、待降節のあの陰鬱な何週間かのあいだ（断食の日をふやしていたプラスコヴィ叔母は、教会暦のなにひとつとして私たちに忘れさせはしなかった）、私たちの生活のなかで、悲惨と苛立ちと破局とが、一定の比率を保ったままつづいていたが、それにももう慣れきってしまっていた。数少ない友人のうち何人かの死を見たり聞いたりした。コンラートも軽傷を負った。両三度にわたって占領と奪還をくりかえした村に残っているのは、雪の下で崩れかけているいくつかの壁の一部だけだった。ソフィーはどうかといえば、覚悟をきめて落ち着き払っており、世話好きで頑固だった。フォン・ヴィルッが私たちのところに送りつけてきた連隊の生き残りを加えて、フォルクマールが館を冬の営舎にすると決めたのはそのころだった。フランツ・フォン・アーラントの死以来、ドイツ分遣隊は日に日に減っていき、バルト海沿岸地方の出身者と白ロシア兵との混成部隊がとってかわった。私はフォルクマールなる人物を知っていた。十五歳のころ、冬の何カ月かをリガで過ごしたとき、週に三回通わされた数学教師のところでいっしょに習ったのだが、彼が大嫌いだったからだ。カリカチュアがモデルに似ているように、彼は私に似ていた。立居振舞いはきちんとしているがおよそ味気なく、野心家で利害に敏《さと》かった。愚鈍ではあるが成功するように生まれついた人間──彼はそういうタイプに属していた。その種の人間が新しい事実を考慮に入れるのは、自分の利益になる場合だけであり、人生の常数に基づいて計算するものだ。戦争さえなかったらソフィーが彼に与《くみ》するようなことはなかったろう。しかし彼はこの好機に飛びついた。男たちにとって、兵舎の真ん中に孤立した女が、オペレッタか悲劇にしかみられない魅力を感じさせることは、私にもとっくにわかっていた。かつて人びとは私たちを恋人同士と思い込んだが、文字どおりそれは思いちがいだった。二週間もたたないうちに、彼らには許婚《いいなずけ》というレッテルが貼りつけられた。なかば夢遊病者のようなソフィーがさまざまな若者と密会するのは我慢できたし、そのために私が苦しむことはなかった。というのも彼らはせいぜい忘却の一刻《ひととき》を与えただけであり、実をいえばそれさえ確かではなかったからだ。しかしフォルクマールとの関係には不安を覚えた。というのも彼女はそれを隠そうとしたからだ。それまではなにも隠さなかった。ただ彼女の生にたいする査察権を私から奪っただけだった。たしかに私たちの友情のはじめのころに比べれば、彼女にたいする私の罪は軽かった。しかし罰はいつも季節はずれに下されるものだ。とはいえソフィーは私への敬愛の念を保つだけの寛大さを備えていた。もしかしたら私を裁きはじめていただけに、なおのことそうだったのかもしれない。してみれば私は、この愛のはじまりについてと同様、終わりについてもまちがっていたのだ。いまでもときおり、最期の息を引き取るときまで彼女は私を愛していたのだと思うことがある。しかしこれほど思い上がりのまじった意見を信じるわけにはいかない。ソフィーにはかなりしっかりした健康の土台があり、どんな恋の病いからも回復する力があった。ときおり私は、フォルクマールと結婚した彼女、一家の主婦として子供たちに取り囲まれ、四十女のでっぷりした腰を、ピンク色のゴム製のコルセットで締めあげている彼女を想像することがある。そういう幻を突き破るのは、私のソフィーが、正確に私たちの愛の雰囲気と照明のなかで死んだという事実だ。だから、その意味では、当時の人びとがよく言っていたように、まるで戦争に勝ったような気持になることがある。もうすこしおぞましくない言い方をするとして、ただこう言っておくとしよう、つまりフォルクマールの計算より私の推論のほうが正しかったし、ソフィーと私のあいだにはたしかに同種族の親近性があった、と。しかしあの年のクリスマス前後の一週間、フォルクマールの手元には切り札が全部そろっていた。

そのころにもまだ私は、夜中にソフィーの部屋の扉を叩き、彼女がひとりでないのを確認して恥をかくことがあった。昔なら、ということはつい一カ月前までということだが、そういう状況でも、いかにも挑発的なソフィーの作り笑いは、涙と同じくらい私を安心させたはずだった。しかしいまではドアが大きく開かれるのだった。その情景の凍りついたような端正さは、下着やリキュールの小瓶がちらかっている、かつての乱雑さとは対照的であり、フォルクマールはそっけない仕種で私に煙草をすすめるのだった。私が絶対に我慢できないのは、人にいたわられることだ。私が立ち去ったあと、ふたたび続けられるにちがいないひそひそ話や味気ない接吻を想像しながら、私は踵を返した。もっとも二人は私のことを話していたのであり、その点を疑わない私は正しかった。フォルクマールと私は、いわば心底憎み合っていたので、彼がソフィーに目をつけたのは、もっぱらクラトヴィツェじゅうの人びとが私たちをいつもいっしょにしていたからではないかと思うことがときおりある。しかし、ああいう馬鹿者が彼女を愛したことを容認するのに、これほどの苦々しさをおぼえる以上、私は自分で思っていたよりもっと激しくあの女に執着していたのでなければならない。

クラトヴィツェでは、あの戦争の冬のクリスマスほど陽気なイヴは見たことがなかった。コンラートとソフィーの滑稽な準備に苛立った私は、報告書を書かねばならぬという口実で、その場から姿を消したのだった。真夜中ごろ、好奇心と空腹と人びとの笑い声と、好きなレコードの、すこしかすれた音に誘われてサロンに行ってみると、暖炉の火と二ダースほどの不揃いなランプの明かりのなかで、人びとはくるくる回りながら踊っていた。またしても私は、他の連中の陽気さから除けものにされたような気がした。しかも自ら進んでそうしたのだったが、だからといって苦々しさが減るわけではなかった。ごってり金泥《きんでい》を塗りたくった小卓に、生ハムとじゃが芋とウイスキーの夜食が用意されていた。ソフィーが自分でパンを焼いたのだった。医師のパウル・ルーゲンの並外れた肩幅が部屋の半分を私の目から隠していた。いつものことだが、その大男は、かつてピエール大公の車庫だった建物に作られた病院に急いで戻ろうとしており、皿を膝にのせて、自分に割り当てられた食事をさっさとすませようとしていた。ソフィーの合図した相手がフォルクマールではなく彼であったら、私も彼女を許していただろう。こと室内遊戯となるとひとり遊びが好きだったショパンは、口の欠けた瓶の首にマッチ棒で建物を造ろうと苦心していた。コンラートはいつもの不器用さから、ハムを薄く切ろうとして指に切り傷を作っていた。人差し指にハンカチを巻きつけた彼は、その包帯を利用して、両手で壁に作る影絵をさまざまな形に変えていた。顔は蒼ざめており、最近受けた傷のせいで、まだ脚を引きずっていた。ときどき彼は影絵のための身ぶりをやめて蓄音器のレコードを替えた。

《ラ・パロマ》にかわって、題は知らないが鼻声の新しい歌がかかっていた。曲が変わるたびにソフィーはパートナーを替えた。ダンスはまだ彼女のもっとも得意とするところだった。炎のように目まぐるしく回り、花のように身体をくねらせ、白鳥のように滑った。彼女は一九一四年に流行した青いチュールのドレスを着ていたが、それは彼女が生涯でただ一度だけ作った舞踏会用の晴れ着で、私の知るかぎり二度しか身につけなかった。流行おくれではあるがまだ真新しいそのドレスは、前夜の同志を小説のヒロインに変えるのに十分だった。祭りに招かれた女性は、数々の鏡に映る青いチュールのドレスの娘だけだったから、残りの若者たちは男同士でペアを組まなければならなかった。その朝コンラートは、脚を傷めていたにもかかわらず、樫の木の梢によじのぼって、やどり木の房を取ってくると言ってきかなかった。私があの友人と喧嘩したことは二度しかないが、最初の口論の種となったのは、まるで小僧っ子のようなその無鉄砲さだった。やどり木の房を飾ろうと言い出したのはフォルクマールだった。子供のころから誰もともされたのを見たことのない、暗いシャンデリアに吊されたその房は、若者たちにとって、パートナーになったとき若い娘に接吻する口実となっていた。若者がかわるがわるソフィーの唇に自分の口を押しつけた。ソフィーは昂然としていると同時に自分でもそれを楽しみ、心ゆくまで優越感を味わっているようでもあれば、いかにも人の好い、あるいは優しい娘のようでもあった。私が客間に入ったとき、ちょうどフォルクマールの番が回ってきていた。彼女は彼と接吻を交わした。それが愛の接吻とはちがうことを知るのに私は苦い思いをさせられたのだったが、しかしそれが陽気さと信頼と和合を意味していることは疑いようがなかった。「おや、どうしたんだい、エリック、君が来るのをみんな待っていたんだよ！」コンラートがそう言ったのを聞いては、ソフィーも振り返らざるをえなかった。私はそのとき、あらゆる明かりから遠く、音楽室のほうの戸口に立っていた。ソフィーは近眼だった。しかし彼女も私を見分けた。というのも目を細くして見たからだ。赤軍派は白軍将校を捕虜にすると、ときとして肩章を肩の肉に釘でとめたりしたが、彼女はその嫌われた肩章に手をかけて、ふたたびフォルクマールにしがみついた。それは挑戦の接吻だった。パートナーはほろりとしたような、しかし同時に赤味のさした顔で彼女をのぞきこんでいた。もしあれが愛の表情であるのなら、私たちから逃げ出さない女たちは気が狂っているし、女たちにたいする私の不信も理由のないものではなくなる。青い晴れ着から肩もあらわに、鏝《こて》でカールさせようとして焦がしてしまった短い髪を後ろに垂らして、ソフィーは、カメラに秋波を送る映画女優さえ見せたことがないような、人の気をそそる、しかし偽りの唇を、あの畜生に差し出していた。あまりといえばあまりだった。私は彼女の腕をつかむと、頬に平手打ちを食らわせた。衝撃のあまり、あるいは驚きのあまり、彼女は後ずさりし、くるっと後ろを向いたが、そのとき椅子に蹴つまずいて転んだ。おまけに鼻血まで吹き出して、この情景をいっそう滑稽にした。

仰天したフォルクマールは、私にとびかかるまえ、一瞬呆然としたほどだった。ルーゲンが中に割って入った。彼が力ずくで私をヴォルテール風の肘掛け椅子に掛けさせたのだったと思う。とはいえ、パーティーの終わりがあやうく殴り合いになるところだった。騒然としたなかで、フォルクマールは声をからして謝罪を求めた。酔払ったせいだと人びとは思い込み、それで事はまるく収まった。翌日私たちは危険な任務をおびて出発する予定だったし、クリスマスの夜、別段欲しくもない女のために同志と殴り合いなんかするものではない、というわけだった。人びとは私にフォルクマールと握手させた。事実私は自分に腹を立てていただけだった。ソフィーはといえば、大きな衣《きぬ》ずれの音をたてながら、その場から姿を消した。踊りの相手からむりやり彼女を引きはなしたとき、首につけていた細い真珠のネックレスの止め金を引きちぎってしまっていた。堅信礼の日、祖母のカリツィーテからもらったものだった。役に立たなくなった玩具は床に転がっていた。私は身を屈めて機械的に拾い上げるとポケットに押し込んだ。それをソフィーに返す機会は結局訪れなかった。何度か金に困って売り払おうと思ったこともあるが、真珠は黄ばんでいたし、宝石屋に持ち込んでも買い手はつきそうになかった。それはいまも私の手元にある。というより、今年まで手元にあった。小さなトランクの底にしまいこんでいたのだが、スペインで盗まれてしまった。そんなふうに、これという理由もないのに、なんとなくしまいこんでおくものがあるものだ。

その夜私は、プラスコヴィ叔母にも負けぬほど規則正しく、窓際と衣裳箪笥のあいだを往ったり来たりした。素足だったから、カーテンのかげで眠っているコンラートが足音で目をさます心配はなかった。暗闇のなかで靴や上着を探しながら、十回もソフィーの部屋に行ってみようと決心した。今度こそ彼女はひとりだと確信できたから。やっと大人になったばかりの脳髄につきものの、あの黒白をはっきりさせたいという滑稽な欲求に突き動かされて、私はいまだに、自分があの女を愛しているのかどうか自問していた。私たちのなかの、下品とはいえない人びとさえ、愛を確認するにはある証拠を用いるものだ。これまでのところたしかに、この情熱にはそういう証拠が欠けていた。まさにその点で、自分自身のためらいについて、私がソフィーを恨んでいるのはたしかだった。彼女にかかわれば生涯ぬけられないとしか思えなかったこと、それが、あらゆる男に身をゆだねたあの娘の不幸だった。すべてが消え去る時代にあって、すくなくともあの女だけは大地のように堅固であり、その上に建設することも寝ることもできるだろうと私は考えていた。難破者の孤独のなかで、彼女といっしょに世界を作り直すことができたらきっと楽しかっただろう。それまでの自分が限界ぎりぎりのところでしか生きてこなかったのはわかっていた。私の立場はもちこたえられなくなるはずだった。コンラートも私も、やがて老いるだろう、そして戦争はかならずしもあらゆることへの口実になるとはかぎらなかった。鏡つきの衣裳箪笥のまえで、すべておぞましいとはかぎらない拒否が、すべて利害と無縁とはかぎらない承諾に打ち勝ったのだった。冷静さを装いながら、自分があの女をどうするつもりなのか自問した。コンラートを義弟とみなす準備ができていないのはたしかだった。いささか意に反してとはいえ、姉を誘惑するために、二十年来の、すばらしく若い友人を見捨てたりはしないものだ。やがて、部屋のなかを往ったり来たりしているうちに、あたかも振り子の反対の端に連れ戻されるように、私はしばらくのあいだ、個人的な悶着をさほど気にかけないあの人物にふたたび成り変わっていたが、その人物はおそらく、私以前に許婚者を探した同類の人間たちと瓜二つだったにちがいない。私自身よりもっと単純素朴なその若者は、誰もがそうするように、白い胸もとの思い出に胸をときめかせていた。日の出のすこしまえ（あの灰色の日々にも日が昇っていたとしての話だが）、廊下の凪に震えている女の衣服の、まるで亡霊のような微かな音と、ドアを開けてほしいと主人に頼むペットのそれにも似た引っ掻く音、そして自分の運命の極みまで力のかぎり走りぬいた女の、あえぐような息遣いが聞こえた。樫の扉板に口を寄せて、ソフィーが小声で話しかけているのだった。フランス語とロシア語もふくめて、彼女にとって身近な四つか五つの言語を使って、どんな国にあってももっとも堕落した、しかももっと純粋な、不器用な言葉をさまざまに言いかえていた。

「エリック、たったひとりのお友達、後生だから私を許して。」

「ソフィー、いま出発の準備をしているんだ……。朝、出発の時刻に調理場に来てくれないか。君に話したいことがあるんだ……。許してほしい。」

「エリック、許してほしいのは私のほうよ……」

交わされた言葉を一語一語全部覚えていると言い張る人間がいる。そういう人間は嘘つきか誇張症患者と思われるのがつねだった。私の記憶に残るのは、虫に食われた文書のように、切れぎれの言葉か穴だらけの文章にすぎない。自分自身の言葉も、それを口に出していう瞬間さえ、私には聞こえない。ましてや相手の言葉となるとたちまち記憶から洩れ落ちてしまい、覚えているのはせいぜい唇が届くあたりの口の動きだけだ。残りはすべて、自分が勝手にゆがめて復元したものにすぎない。いまここで思い出そうと努めている他の言葉にしても同じこと。その夜私たちのあいだで交わされた貧弱で月並な言葉の数々をほぼまちがいなく覚えているのは、おそらくそれが、生前ソフィーが私に言った最後の甘い言葉だったからにちがいない。錠に差し込んだ鍵を、音もなく回すのは諦めなければならなかった。自分はためらっている、あるいは決心したのだと人は思い込む。しかし秘密の計量がなされたことがわかるのは、人が結局はそのために決心する小さな理由によってなのだ。私の卑怯さないし勇気は、どうしてもコンラートに説明しなければならないようなものではなかった。コンラートは素朴にも、前夜の私の行為のなかに、いわば初対面の男が姉になれなれしくふるまったことへの抗議を見てとっただけだった。四カ月間毎日、口を閉ざすことによって嘘をついていたことを、結局白状する気になったかどうか、いまもって私にはわからない。寝返りを打つと脚の傷がシーツにこすれるので、友人は自分でそれとも知らずに呻き声をあげていた。私は自分のベッドに戻り、うなじに両手を組んで仰向けになり、翌日の遠征のことしか考えないようにした。もしあの夜ソフィーをわがものにしていたとすれば、私だけのものだと皆の目にはっきりみせつけたあの女を、むさぼるように享楽したにちがいない。やっと幸せになれたソフィーは、おそらく、やがて私たちを永遠に引き離すことになる敵の攻撃にもほとんど動じなくなっていただろう。だから、訣別のイニシアティヴをとったのは宿命的に私のほうだということになる。失望ないし錯乱の数週間をへて、絶望的な、しかし同時に不可欠でもある悪徳が、ふたたび私を征服したはずだった。そしてその悪徳は、たとえ人がどう考えようと、少年愛というより孤独癖なのだ。そこでは女たちは生きられない。せめて庭を作ろうと努めるだけだとはいっても、女はすべて孤独を完全に荒らしてしまう。私の場合、とにもかくにも苛酷なまでに私自身であるものを形作る存在がやがて勝ちを占め、首都から遠く離れすぎた地方を国家元首が見捨てるように、否応なくソフィーを捨てることになっただろう。彼女にはフォルクマールの刻《とき》が避けようもなくふたたび鳴り響き、もし彼のような男が現われなければ、街の女にまで身を落とすようなことになったにちがいない。行商人と女中との牧歌を思わせるこのような悲嘆と嘘の連続よりも、もっと固有ななにかがあるのだ。今日になってみると、不幸だったからこそかなりうまく事が運ばれたのだという気がする。とはいえ私が、おそらく生涯の好機のひとつを取り逃がしたことに変わりはない。しかし、好機とはいっても本能が望まないものもあるのだ。

朝の七時ごろ私は調理場に降りていった。すでに身仕度をととのえて、フォルクマールが待っていた。ソフィーがコーヒーを温め、携帯する食糧を準備してくれていた。しかしそれは前夜のビュッフェの残りものにすぎなかった。兵士の妻としての世話や心遣いという点で、彼女は完璧だった。彼女は中庭で私たちに別れを告げた。十一月のある夜、ほぼ私がテキサスを埋葬したあたりだった。二人きりになれる瞬間は全然なかった。帰ったらすぐ彼女と結婚する心構えはできていたが、告白と私とのあいだに、もしかしたら死の幅をもつかもしれない余裕をおくのも悪くなかった。三人とも前夜の事件は忘れてしまったようにみえた。すくなくとも表面的に傷がこんなふうに癒《い》えるのは、戦争という焼き鏝をたえずあてられる私たちの生活の特徴だった。フォルクマールと私は、差し伸べられた手に唇を押しあてた。私たちが遠ざかってもその手は振りつづけられた。二人とも、その合図は自分に送られているものと思い込んだ。部下たちはバラックの近くで、熾火のまわりにうずくまって待っていた。雪が降っていた。行路の疲労はそのために増すにちがいなかったが、不意を突かれる心配だけは取り除いてくれるかもしれなかった。橋は爆破されていた。しかし凍りついた川は安全だった。私たちの目的は、ブルサロフが私たち以上に危険な状態にさらされたまま動けなくなっているムーナウまで辿り着き、必要なら彼の部隊が私たちの陣営まで後退するのを援護することだった。

ムーナウと私たちを結ぶ電話線は数日前から切断されていた。嵐のせいなのか敵のせいなのかはわからなかった。実をいえばクリスマスの前夜、村は赤軍の手に落ちていた。ブルサロフ指揮下の残兵はグルナに閉じこめられ、苛酷な試練にさらされていた。ブルサロフ自身重傷を負い、一週間後に死んだ。他に指揮官もいなかったので、退却の責任は私にのしかかってきた。捕虜や武器弾薬を奪い返せたらと思い、ムーナウへの反撃を試みたが、味方の戦力をいっそう弱めただけだった。ブルサロフは、頭がはっきりしているときなど、グルナの戦略的重要性を過大視して、いっかなそこを離れようとしなかった。もっとも私は、一九一四年の東プロシアにたいする攻勢の、この自称英雄を、これまでいつも無能な男とみなしてきた。私たち二人のうちどちらかがクラトヴィッェに戻ってルーゲンに会い、ついでフォン・ヴィルツに正確な情勢報告を、というよりは二通の報告、つまりブルサロフのそれと私のそれを届ける任務を引き受けなければならなかった。その任務の適任者としてフォルクマールを選んだのは、総司令官との交渉に必要な柔軟さ、あるいは私たちと合流するようパウル・ルーゲンを説得するのに必要な柔軟さを備えているのは彼だけだったからだ。というのも、これはまだ言っていなかったが、ルーゲンの特徴のひとつは、帝政ロシア軍の士官たちにある敵意を抱いていることだったからだ。私たちの階級の人間は、ボルシェヴィキの連中にたいしてと同じく亡命者たちにたいして、ほとんど挺子《てこ》でも動かない敵意を抱いていたが、そういう階級のなかでも、パウルの敵意は驚くべきものだった。おまけに、奇妙な職業的偏見から、負傷者にたいするパウルの敵意が、指揮下にある移動野戦病院の壁を越えることはなかった。だから、グルナで死に瀕しているブルサロフが、前夜彼の手術を受けた誰彼以上に関心を引くことはなかった。

誤解しないでほしい。私は自分の能力を越えるほどの不実さを人に責められたくはない。危険な任務を押しつけて恋仇を厄介払いしようとしたわけではないのだ（だいいち恋仇などという言葉はお笑い草だ）。出かけるほうがとどまるより危険だったとは言えないし、フォルクマール自身、より大きな危険にさらされると考えて私を恨んだとは思わない。覚悟だけはしていたかもしれない。いざとなれば彼だって私に同じことをしたかもしれないのだ。もうひとつの解決法は、私自身がクラトヴィツェに赴き、グルナにおける指揮をフォルクマールにゆだねることだった。ブルサロフは錯乱状態に陥っており、もはやあてにはできなかった。当座フォルクマールは、軽い役を振り当てたといって私を恨んだ。しかしその後の成り行きからみて、私のほうがより重い責任を背負い込んだことを私に感謝したにちがいない。私が彼をクラトヴィツェに派遣したのは、ソフィーの恋人として決定的に私にとってかわる最後のチャンスを与えるためだったというのも正しくない。それは、事が起こったあとで気づくたぐいの配慮の細やかさというものだ。私たちの関係からみれば、私がフォルクマールを警戒するのは当然だと思えたかもしれないが、実はそんなことはなかった。いっさいの予想ないし期待に反して、いわば肘を突きあわせて暮らしたあの何日間か、彼はなかなかの好漢ぶりを見せた。他にもいろいろあるが、その点でも私の勘は鈍かった。同志としてのフォルクマールの美徳は、厳密にいって偽善的なうわべの装いではなく、いわば軍職にあるものの優雅さであり、制服とともに身につけたり脱ぎ捨てたりするものだった。それに彼が私に、ただたんに利害にかかわるだけではなく、もっと古い動物的な憎しみを抱いていたことも言っておかなければならない。彼にいわせれば私はスキャンダルの種であり、おそらく蜘蛛のように不快だったのにちがいない。あるいはまた自分の義務はソフィーを私から守ることだと思い込んだのかもしれない。とにかく私は、彼がもっと早く切り札を利かせなかったことに感謝しなければならない。ソフィーが私にとってとても大事だったと仮定して、二人をふたたび差し向かいにするのは危険だと思わないではなかった。しかしそんなことをあれこれ考えているときではなかった。いずれにせよそんなことを考えていたずらに時を潰すのは私の誇りが許さなかっただろう。彼がフォン・ヴィルツに私の悪口を言うなどということはなかったと確信している。誰もがそうであるように、あのフォルクマールはある程度まで紳士だった。

数日後、何台かの装甲トラックと一台の救急車をひきいてルーゲンが到着した。グルナでぐずぐずしているわけにはいかなかったので、自分の責任でブルサロフをむりにも連れて行くことにした。十分予想できたことだが、途中で彼は死んでしまった。死んだ彼は、生きているとき以上に厄介なお荷物だった。川の上流で敵の攻撃を受け、結局クラトヴィツェまで連れ戻すことができたのはひと握りの兵だけだった。いわばミニアチュアのこの退却戦で私が犯した過ちは、数カ月後ポーランド国境での作戦に役立った。グルナの死者のひとりひとりが、後にそれぞれ十人の生命を救ってくれたと言っていい。しかしそんなことはどうでもいい。要するに負けたほうがまちがっているのであって、私に集中的に浴びせられた非難にはそれなりの理由があった。ただしもはや脳髄が分解しはじめていた病人の命令に従わなかったことを非難されるいわれはない。パウルの死はとりわけ私を動転させた。彼のほかに友達はいなかったから。こう断言したのでは、これまで言ったことがすべて嘘だと言いたてるのと同じことになるのはわかっている。しかしほんのすこしでも考えてみれば、こういう矛盾は容易に認めてもらえるはずだ。仮宿舎に戻った最初の夜を、私は虱のうじゃうじゃいる藁ぶとんの上で過ごした。ただでさえ危険だというのに、そのうえ発疹チフスの恐れが加わるというわけだったが、とにかく私は死んだようにぐっすり眠ったと思う。ことソフィーに関して私の決心に変わりはなかったし、そもそも彼女のことを考える暇などなかった。もしかしたら、自分でもはまることがわかっている罠に、ただちに足を踏み込む気になれなかったのかもしれない。あの夜はすべてがおぞましく、むだで灰色に思え、うんざりするだけだった。

翌日雪が解け、西風の吹く汚い朝、私は仮宿舎と館をへだてる短い距離を歩いた。コンラートの仕事部屋に行くのに、ほとんどいつも使っていた勝手口の階段ではなく正面階段を上っていった。麦藁《むぎわら》がちらばり、底の抜けた木箱が転がっていた。顔を洗わず髭も剃っていなかったから、人にとがめられるとか愛を交わすとかいうことになれば、絶対的劣勢に立たされるのは明らかだった。階段は暗く、閉めきった鎧戸の細い隙間から辛うじて光が差し込んでいるだけだった。二階と三階のあいだで、降りてくるソフィーとばったり顔をあわせた。毛皮裏のコートを着込み、雪靴を履き、その年、女たちが海水浴場で争ってかぶっていた絹のハンカチぐらいの小さな毛編みのショールを頭にのせていた。手には布切れの四隅を結んだ包みをもっていた。しかし救急所や庭師の女房を訪ねるときのような包みをもっている彼女は、それまでもしばしば見かけたことがあった。目新しいことはなにもなかった。だから、彼女の眼差し以外に私の注意を引くものはありえなかった。しかし彼女は目をそらした。

「おや、ソフィー、こんな天気なのにお出かけ？」手首を取ろうとしながら私は冗談めかして言った。

「ええ、ここを出て行くのよ。」

本気なことは声でわかった。事実、彼女は出て行こうとしているのだった。

「どこへ？」

「あなたには関係ないわ。」そっけなく手首を振りほどきながら彼女は言った。喉がかすかにふくらみ、白鳩の首を思わせたが、それはこみあげる嗚咽を呑み込んだせいだった。

「なぜ出て行くのか、教えてもらえるかな。」

「もうたくさん。」唇をひきつらせて彼女はくりかえした。その動きは一瞬プラスコヴィ叔母の癖を思い出させた。「もうたくさんよ。」

馘《くび》になった女中のような感じを与えていた滑稽な包みを、左の腕から右腕に移し変えながら、まるで逃げるように足を早めた。しかし一段降りるのに成功しただけで、私たちの距離はいっそう縮まった。すると彼女は、私たちのあいだの空間をできるだけ広げようとするかのように壁に背をもたせかけ、はじめて目を上げて私をじっとみつめた。

「ああ、あなたたちなんか、みんな大嫌いよ……」

そのあと彼女が口から出まかせに言った言葉は本心ではなかったと確信しているし、誰から借りてきたか推量するのも難しくはない。まるで泥を吐き出す泉のようだった。顔は百姓女のように粗野で下品な表情をおびていた。庶民の娘たちなら、憤慨のあまり猥雑な言葉を爆発させるのを見たこともある。そういう非難に正当な裏付けがあるかないかは問題ではなかった。この種のことで口に出して言われるのは嘘に決まっている。なぜなら官能の真実はおよそ言葉にならず、せいぜい口移しのつぶやきが関の山だからだ。状況は明らかになりつつあった。いま私の目の前にいるのは、まさに敵なのだった。ソフィーの自己犠牲のなかにいつも憎悪を嗅ぎつけていたことは、すくなくとも自分の洞察力について私を安心させた。私がすべてを打ち明けていたら、彼女がこんなふうに敵方にまわるのを防げたかもしれない。しかしそんなことをあれこれ考えるのは、もしナポレオンがワーテルローで勝っていたらなどと思うのと同じくらい空しい。

「フォルクマールなんだろうね、きっと、君にそんな下品な悪態を教え込んだのは。」

「あんな男なんか。」彼にどんな感情を抱いているか疑う余地のない口調で彼女は言った。そのとき彼女は、私たち二人を同じように軽蔑していたにちがいない。私たちどころか、すべての男に同じ軽蔑を感じていたのだろうと思う。

「ぼくがなにに驚いているかわかるかい。そういう魅力的な考えを、もっとずっと前に君が思いつかなかったことなのさ。」このうえなく軽い口調で、とはいえ、二カ月前なら彼女のほうが負けてしまったにちがいない議論にまき込もうとしながら私は言った。

「考えてはいたのよ。」放心したように彼女は言った。「考えてはいたけれど、そんなことはもうどうでもいいの。」

嘘ではなかった。女たちにとって自分以外に大事なものはなにもない。他のあらゆる選択も、女たちにとっては慢性の狂気か一時的な錯誤にすぎない。じゃなにが大事なんだ、と厳しい口調で訊ねようとしたとき、彼女の顔と目が、激しい痛みに襲われたような絶望の発作にふたたび陥り、くしゃくしゃになり、細かく震えるのが見えた。

「それにしても、あなたがコンラートをこんなことに巻き込むなんて思ってもいなかったわ。」

彼女は弱々しく顔をそむけた。そして、こういう非難を浴びせる恥ずかしさはあまりにも大きく、自分にまで振りかからずにはいないかのように、蒼ざめた頬が真っ赤になった。そのときやっと私は理解した。ソフィーにあって長いあいだ私を憤慨させていた身内への無関心が、実は人目をあざむく徴候でしかなく、身内を、自分が落ち込んだと思い込んだ悲惨と嫌悪の外に置こうとする本能の策略にすぎなかったことを。そしてまた弟への優しさは、私への情熱を通して、ちょうど海の塩水のなかの泉のように、目に見えぬまま、ずっと湧き出しつづけていたことも。それだけではない。あの虚弱な若者が自分の無垢の証しでもあるかのように、彼女はコンラートに、自分ではとっくに諦めていたあらゆる特権あらゆる美徳を付与していたのだった。彼女がこの私に楯突き、彼の味方にまわったという思いは、私の後ろめたさのもっとも痛いところを突いた。苛立ちと気後れと、仕返しに相手を傷つけてやろうとあせる気持から、思わず私が口に出してしまった返事以外なら、どんな返事をしてもよかったのにちがいない。しかし私たちひとりひとりのなかには、鈍感なくせに破廉恥な下種男《げす》がひそんでいる。こう言い返したのはそういう下種男だった。

「街の女が警察の風紀係を真似することはないんだよ、君。」

彼女は驚いて私をみつめた。それだけは思っていなかったと言いたそうな顔だった。私がその言葉を否認したら、彼女は喜んで受け入れただろうこと、告白したらおそらく涙にかきくれただろうことに気づいたが、時すでにおそかった。眉をひそめ、前屈みになって彼女は、嘘や悪徳よりもなお遠く私たちをわけへだてるこのひと言への返事を探していたが、自分の口のなかにみつけたのはわずかばかりの唾だけだった。彼女は私の顔にそれを吐きかけた。愚かにも私は手すりにつかまったまま、彼女が重い足で、しかし足早に階段を降りて行くのをただ眺めていた。降りきったところで彼女は、包装用の木箱の錆びた釘に、うっかりコートを引っかけてしまい、しかも無理に引っ張ったので、ラッコの毛皮の一部を引き裂いてしまった。一瞬後、玄関の扉の閉まる音が聞こえた。

コンラートの部屋に入るまえ、私は袖で顔を拭った。細目に開いたドアの向こうで、通信機が機銃のような、あるいはミシンのような音をたてていた。偏執狂的な祖父が、狩猟の記念のグロテスクなコレクションを集めた部屋の真ん中で、コンラートは彫刻をほどこした樫の大きなテーブルに肘をつき、窓に背を向けて仕事していた。珍妙で不気味な一連の小動物の剝製が棚に並んでいたが、なかでも、上着を着せられ、虫に食われた毛の上にチロル風の帽子をかぶせられた栗鼠《りす》のことはいつまでも忘れないだろうと思う。樟脳《しょうのう》かナフタリンの匂うあの部屋で、私は生涯のもっとも危機的な瞬間のいくつかを過ごしたのだった。コンラートは私が入って来たのをみても、過労と不安でやつれ果てた、蒼ざめた顔を上げようとしなかった。執拗に額に落ちかかるブロンドの房毛が以前ほど濃くないし艶もなくなっているのに私は気づいた。三十歳ごろにはすこし禿げそうだった。コンラートのなかには、とにもかくにもロシアの血が色濃く流れていたから、ブルサロフの肩をもつひとりだった。私の措置はまちがっていたというのが彼の意見だった。私のために不安で身をすり減らしただけに、なおのことそう思ったのかもしれない。私が話しはじめるとすぐ彼はさえぎった。

「フォルクマールはブルサロフが瀕死の重傷だとは思っていなかったんだよ。」

「フォルクマールは医者じゃないよ」と私は言った。この名前の衝撃が、十分前には全く感じていなかったこの人物への恨みを私のなかに溢れさせた。「ブルサロフはせいぜいあと四十八時間の生命だとパウルが即座に判断したんだ……」

「パウルはもういないから、君の言葉を信じるしかないわけだ。」

「ぼくなんか帰って来ないほうがよかった、いますぐそう言ったらどうなんだ。」

「ああ、君たちなんかみんな大嫌いだ！」細い手で頭を抱え込みながら彼は言った。その叫びが、逃げ出して行った女の叫びと全く同じであることに衝撃を受けた。姉弟《きょうだい》は同じように純粋で容赦なく、断固としていた。

無謀なうえ情報にも通じていない老人だったが、そういう老人を死に追いやった私を、友はけっして許そうとしなかった。しかし、内心許しがたく思っていたにもかかわらず、公の席では最後までこの行動を支持してくれた。窓際に立ったまま、私はコンラートの話をさえぎろうともせずに聞いていた。いや、むしろほとんど聞いていなかった。雪と泥と灰色の空の背景に浮かぶ小さな人影が、私の注意を占めつくしていた。軽く脚をひきずりながらコンラートが立ち上がり、窓のほうに目をやるではないか、私はひたすらそれだけを恐れていた。窓は前庭に面しており、古いパン屋の店の向こうに、湖の対岸のマールバ村に通じる道の曲がり角が見えていた。ソフィーは長靴をやっとのことで地面から引きはなしながら、辛うじて歩いており、後には巨大な足跡が残されていた。おそらく風で目が開けられなかったのにちがいない。うなじを垂れていた。遠くから見ると、小さな包みを抱えた彼女は行商人のようにみえた。ショールに包まれた頭が、道沿いの崩れ落ちた壁のかげにかくれる瞬間まで、私は息を詰めていた。コンラートの声が浴びせつづける非難を私は受け入れていた。ソフィーがたったひとりで、帰る望みもなく、未知の方角に去って行くのを私が放っておいたと知ったら、当然彼にその権利が生じるはずの正当な非難とひきかえに。あのときの彼女には、後ろをふりかえろうともせず、ただまっすぐ前に進んでいく勇気しかなかったのだと私は信じている。もしそうしようと思えば、コンラートと私が彼女を追いかけ、力ずくでも連れ戻すのは簡単だったろう。しかしそれこそが私の望まないことだった。なによりもまず恨みから、それに、彼女とああいうことがあった以上、私たちのあいだにあの緊張した単調な同じ状況がふたたび生じ、さらにつづくのはもう我慢できなかったからだ。事の成り行きにまかせてみようというだけではあったが、好奇心も加担していた。すくなくともひとつのことは明らかだった。彼女がフォルクマールの腕に身を投じようとしているわけではないということ。また、一瞬私の心をよぎった考えとは逆に、この見捨てられた曳舟道《ひきふねみち》は赤軍の前衛陣地に通じてはいなかった。ソフィーをよく知っている私には、生きている彼女をふたたびクラトヴィツエで見ることはないだろうとわかっていた。しかし、いつかある日ふたたび顔をあわせるだろうという確信は消えなかった。それがどんな状況でのことか、たとえわかっていたとしても、彼女の行く手に立ちはだかるようなことはしなかっただろうと思う。ソフィーは子供ではなかったし、私は私なりに人びとを尊重しているので、それぞれに責任をとるのを妨げようとは思わない。

奇妙に思えるかもしれないが、人びとがソフィーの失踪に気づいたのは三十時間近くたってからだった。当然予想できたように、変だと言い出したのはショパンだった。前日の昼ごろ彼はソフィーと出会ったのだった。マールバに通じる道が、岸辺をはなれて小さな樅の林に入り込むあたりだった。ソフィーは彼に煙草はないかとたずねた。持ち合わせがなく、箱に残っていた最後の一本を分けあった。彼らはそこに残っていた古いベンチ——池全体が館の庭にふくまれていた時代の、ぐらぐらする証人——に並んで腰を下ろし、ソフィーは、ワルシャワの病院でお産したばかりのショパンの妻の具合をたずねた。別れぎわ彼女は、この出会いのことを誰にも言わないよう口止めしたという。

「とりわけおしゃべりはだめよ、わかった？　いいわね、私はエリックの言いつけで出かけるんだから。」

私のために危険な伝令の役を果たす彼女をショパンは見慣れていた。そして私への非難も口に出して言ったことはなかった。だが、翌日彼は、マールバのほうへ行く用を若い娘に頼んだかどうか私にたずねた。私はただ肩をすぼめるしかなかった。不安に駆られたショパンはなおも執拗にたずねた。私としてはもはや嘘をつくしかなく、帰ってからソフィーには会っていないと言わざるをえなかった。階段ですれちがったことだけは言っておくほうが、より慎重なやり方だったにちがいないが、しかし人はほとんどいつも自分自身のためにある思い出を抑圧しようとして嘘をつくものだ。

次の日、クラトヴィッェに新たにやってきたロシア人亡命者たちが、途中、地吹雪がとりわけ激しかったときに小休止した小屋の庇窓のところで出会った、毛皮のコートを着た若い百姓娘のことをほのめかした。彼らはその娘と挨拶を交わし冗談を言ったのだが、このあたりの方言を知らなかったのでうまく通じなかった。その娘は彼らにパンを分けてくれたという。そこで彼らのなかのひとりがドイツ語でいろいろ質問したが、彼女は頭を振るばかりで、この辺の方言しか知らないようだった。ショパンはコンラートを説得して周辺に捜索隊を出したが、なんの手がかりもえられなかった。そちらの方角の農場は全部放棄されていたし、雪の上に残された足跡は、浮浪者や兵隊のものかもしれなかった。翌日天候が悪化して、さすがのショパンも捜索をつづける気持にはなれなかった。赤軍の新たな攻撃もはじまって、もはやソフィーの失踪にだけかかわっているわけにはいかなかった。

コンラートは別段私に姉の見張りを頼んだわけではなかったし、とどのつまり私が自分から進んで彼女をそそのかし、ここを立ち去らせたわけでもなかった。とはいえ、長かったあれこれの夜のあいだ、凍てついた泥のなかを歩いていく若い娘のイメージは、まるで亡霊のように執拗につきまとい、私の眠りをさまたげた。事実、死んだあとのソフィーは、あのとき姿を消したソフィーのように戻ってきて私につきまとうなどということは一度もなかった。彼女があの館を去った前後の状況をあれこれ考えあわせて、私はある行き先きに思い当たったけれども、自分の胸にしまい込んでいた。ずっとまえから私は、クラトヴィツェが赤軍の手から奪還されても、ソフィーとかつての本屋の店員グリゴリ・レーヴとの関係が完全に絶たれたわけではないと思っていた。ところでマールバへの道はリリエンクロンにも通じており、その町ではレーヴの母親が、助産婦と仕立屋という、収入の多い二重の職業についていた。夫のヤーコプ・レーヴはほとんど同様に公認の、しかしもっと実入りの多い高利貸業を営んでいた。息子は長いあいだ知らなかったというが、私としては彼の言葉を信じてもいいと思っている。というのもいったん父親のなりわいを知ると、彼は最大の嫌悪をみせたからだ。反ボルシェヴィキ派による報復のさい、レーヴの父親は古着屋の店先で殴り殺された。そしていまではリリエンクロンの小さなユダヤ人社会で、殉教者という興味深い地位を占めていた。妻のほうはどうかといえば、息子がボルシェヴィキ軍の指揮官になっていた以上、あらゆる点で疑わしい存在だったが、とにかくその日まではどうにか土地にとどまるのに成功していた。それほどの巧妙さないし卑劣さは、あらかじめ彼女に好意を抱かせる態《てい》のものではなかった。とどのつまりソフィーにとって、レーヴ家の壁にかけた陶器や、家具に真っ赤なカバーをかけた客間は、クラトヴィツェ以外の土地の唯一の体験だったから、私たちのもとを立ち去った彼女には、彼らの家以外に行くあてがあろうはずもなかった。彼女の最初の不幸であったあの暴行のあと、病気ないし妊娠をおそれたソフィーがレーヴの母親に診てもらったことも私は知っていた。彼女のような娘にとって、あのユダヤ女にすでに一度信頼を寄せたことがあるという事実は、ふたたび、そしてその後ずっと身を寄せる理由として十分だった。

それに、脂肪に溺れそうな老婆の顔には、鈍そうではあるが一種の善良さが感じられた（このうえなく根深い偏見にもかかわらず、ひと目でそれを見てとった私は、かなり炯眼《けいがん》だったと言わねばならぬ）。私たちがソフィーに課していた兵営生活のなかでも、彼女たち二人のあいだでは、いわば女のフリーメーソンがつづいていたのだ。

戦時下の徴発を口実に、私は何人かの部下を引き連れて、古ぼけた装甲トラックでリリエンクロンに向かった。車はきしみながら、田舎風とも都会風ともつかぬ家の戸口に停まった。レーヴの母親は、二月の日光で洗濯物を乾かそうとして立ち働いており、疎開させられて住む人のいなくなった隣家の庭にまでひろげていた。黒い服と白い前掛けの上に、私はソフィーの裂け目のできた短い毛皮のコートを認めた。でっぷりした老婆の腰まわりが、そのコートを羽織るといっそうはちきれそうで滑稽だった。家宅捜索の結果、琺瑯《ほうろう》びきの洗面器もミシンも消毒薬も、予想された数しかみつからなかった。ベルリンのモード雑誌も何冊かあった。いずれも五、六年前のもので、すりきれそうになっていた。金のない百姓女たちが抵当として産婆に預けたのにちがいない古着が、衣裳棚にぎっしり詰まっていたが、部下たちがひっかきまわしているあいだ、レーヴの母親は食堂の赤い長椅子に私を掛けさせた。ソフィーの毛皮のコートを手に入れた経緯の説明は拒みながら、いやらしいへつらいと聖書的な歓待精神の入りまじった態度で、せめて紅茶を一杯飲んでほしいと言ってきかなかった。これほど洗練された礼儀正しさは、最後には怪しく思えてくるものだ。事実、私が台所に足を踏み入れたとき、大事なグリゴリからの手紙が十通ほど炎をあげてサモワールの底をなめていた。しかしあやうく燃えつきるのを防ぐことができた。レーヴの母親はこれらの書類が自分を窮地に陥れかねないにもかかわらず、母親らしい迷信から保存していたのだった。しかし一番最近の手紙からすくなくとも二週間たっており、したがって当面私にとって重要なことに関しては、なにも得るところがなかった。この年老いたユダヤ女が赤軍と通じあっていることは明らかであり、なかば黒ずんだこれらの紙切れには、子としての愛情のつまらぬ証ししかふくまれていなかったにせよ、彼女が死刑台への道を歩んでいることに変わりはなかった。だいいちそれらの言葉は暗号なのかもしれなかった。これらの証拠は、当事者自身にさえ逮捕の裏付けとして十分すぎるほどだった。だから、私たちが赤いカバーをかけた客間の椅子にふたたび戻ったとき、老婆もあきらめて、沈黙と自白のあいだで妥協した。木曜の晩、疲れ果てたソフィーが自分のところでひと息入れたことを彼女は白状した。そして真夜中にふたたび出て行ったという。彼女が訪ねてきた目的については、最初なんの説明も得られなかった。

「私に会いたかっただけですよ。」瞼がむくんでいるにもかかわらずそれなりの美しさを保っていた目を、神経質にしばたたきながら、老いたユダヤ女は謎めいた口調で言った。

「妊娠していたのか?」

この乱暴な質問にも、動機や根拠がないとは言い切れなかった。たしかなことを知りたいと思いながら知ることができずにいる人間は、仮説の領域でもとかく度を越してしまうものだ。ソフィーの最後の情事のひとつがある結果を産んでいたとすれば、彼女は実際にそうしたのと正確に同じやり方で逃げ出したにちがいなかったし、階段での口論も、あの出発の秘密の理由を覆いかくすのに役立ったはずだ。

「なんということをおっしゃるんです、士官さん。伯爵家のあの若いお嬢さまは、そこいらの百姓娘とはちがいますよ。」

結局、ソフィーがリリエンクロンに立ち寄ったのは、グリゴリのものだった男の服を借りたかったからだと白状した。

「いまちょうどあなたのいらっしゃるところで試し着なさいましてね、士官さん。それまでお断わりすることはとてもできませんでしたから。でもとうてい着られませんでした。あの方はとても大柄でいらっしゃるから。」

事実私は、十六歳ごろにはもうひよわな本屋の店員よりソフィーのほうが頭ひとつ背が高かったことを思い出した。グリゴリのズボンや上着をなんとかして着込もうとしている彼女を想像するとおかしかった。レーヴの母親は百姓女の服を差上げると言ったが、ソフィーは自分の考えに固執した。結局どうにか恰好のつく男の服が探し出された。それに案内人もひとりつけてやった。

「それは誰だ?」

「まだ戻って来ておりません。」老いたユダヤ女はそう答えただけだったが、下ぶくれの頬が震えはじめた。

「今週息子の消息がないのは、その男が戻って来ていないためなんだな。彼らはどこにいる?」

「たとえ存じておりましても、旦那さま、申し上げないだろうと思いますよ。」彼女はある種の高貴さをもって言った。

「たとえ数日前にわかっていたとしても、私の提供する情報がいまではなんの役にも立たないことはおわかりでしょう。」

まさしく良識そのものだった。意に反して肉体的恐怖のあらゆる徴候を示していたこの太り肉《じし》の女は、秘められた勇気を欠いていなかった。腹の上に組み合わされた両手はひきつったように震えていたが、彼女が相手では、七人のマカベ兄弟の母親にたいしてと同等、銃剣さえまったく無力だったろう。この女の生命は助けてやるつもりだった。とどのつまり彼女は、ソフィーと私とのひそかな勝負にほんのちょっとかかわっただけだったから。しかしその配慮も空しかった。というのも年老いたユダヤ女は、数週間後兵隊たちに殴り殺されてしまったからだ。しかし私の気持としては、その不幸な女を殺すのは芋虫を踏み潰すようなものだった。目の前にいるのがグリゴリかフォルクマールだったら、私はあれほど寛容にはなれなかったかもしれない。

「ド・ルヴァル嬢はきっとずっと前からあなたに計画を打ち明けていたのだろうね。」

「いいえ。去年の秋そんな話をしたこともありましたが。」相手が知っているのかどうか探ろうとするあのおずおずした一瞥を投げながら彼女は言った。「でもそのあとはついぞなにもおっしゃいませんでした。」

「よろしい」と私は言って立ち上がり、同時に、なかば炭のようになったグリゴリの手紙の束をポケットに突っ込んだ。

できるだけ早くその部屋をはなれたかった。というのも、ソファーに投げ出されたソフィーの毛皮のコートは、主人を失った犬が目の前にいるようで悲しかったからだ。年老いたユダヤ女は、手を貸した見返りにあのコートを要求したのにちがいない。私のそういう確信は死ぬまで変わらないだろう。

「ド・ルヴァル嬢を敵方に案内するのに手を貸したことで、どんな危険に身をさらすことになったか、わかっているんだろうね。」

「伯爵家のお嬢さまのお役に立つよう、うちの息子が申したのでございます。」新しい時代の特殊用語などほとんど気にかけていないらしい産婆は答えた。「もしお嬢さまがうちの息子と合流できたとすれば」と彼女はまるでいやいやながらのように付け加えたが、その声は自慢話を抑えられないときのそれだった。「グリゴリとお嬢さまは結婚したものと存じます。そのほうが万事好都合でございますし。」

クラトヴィツェに帰るトラックのなかで、私は若いレーヴ夫人にたいする自分の心遣いを大声で笑いとばした。たしかにもっとありそうなのは、いまこの瞬間ソフィーの身体が溝のなかか茂みのかげに横たわっている、あるいは膝を折り曲げ、髪は土に汚れ、密猟者にやられたヤマウズラか雉子《きじ》の死骸にそっくりになっているということだった。二つの可能性のうち、私にとって前者のほうが好ましかったのは当然だ。

私はコンラートに、リリエンクロンで得た情報をなにひとつ隠さなかった。おそらく私は、その苦さを誰かとわかちあいながらじっくり味わいたかったのだと思う。誘惑された娘や捨てられた女は、別に極端な解決への趣味をもっていなくとも、修道院に入るか淫売宿に身を沈めたいという衝動に駆られるものだが、ソフィーもまたそういう衝動に身をゆだねたのは明らかだった。そのようなものとみなされたあの出奔をいささか損ねるものがあるとすれば、それはレーヴの存在だけだった。しかしそのころの私は十分に経験を積んでいたから、自分の生涯の端役を自由に選ぶわけにいかないことはわかっていた。ソフィーのなかで革命派の萌芽が育つのを妨げていた唯一の障害は、ほかならぬこの私だった。自分からこの愛を引き剝いでしまった以上、彼女にできるのはもはや、少女時代の読書や小柄なグリゴリとの刺激に満ちた交際や、いっさい幻想をもたない魂が自分の育った環境に抱く嫌悪など、いわば道標が立てられていた道に徹底的に踏み込むことだけだった。しかしコンラートは、解釈や仮説によって延長することなく事実をあるがままに受けとめることができないという、神経的な遺伝を受け継いでいた。私にも同じ欠陥があったが、すくなくとも私の推測は、彼の場合のように神話や実話小説に成り変わることはなかった。置き手紙もなければ別れの接吻もないこの秘密の出奔のことを思いめぐらせばめぐらすほど、コンラートはますます、ソフィーの失踪には、あばき出さないほうがいいようないかがわしい動機があったのではないかと思い込むのだった。クラトヴィツェのあの長い冬は、弟と姉を、同一家族の二人の成員でなければなれないような、おたがいに完全に無縁な存在にしてしまったのだった。私がリリエンクロンから戻ると、コンラートにとってソフィーはもはや女スパイでしかなく、私たちの見込みちがいはもちろん、最近グルナで私を見舞った災難さえ、彼女がいっしょに暮らしていたという事実によって説明されるのだった。

ソフィーの勇気と同様その潔白を私は確信していたから、こういう馬鹿げた非難のせいで私たちの友情にひび割れが生じた。これまでいつも私は、あまりにも容易に他の人びとを卑劣だと思い込む連中のなかに、ある種の卑しさを感じてきた。コンラートにたいする私の評価はそのために低下した。しかしある日ふと思ったのは、ソフィーを映画や大衆小説のマタ＝ハリに仕立てあげることは、もしかしたら友人にとって、姉の栄誉を高め、狂ったようなあの目の大きな顔に、人の心を捉えずにはいない美しさ、弟として盲目状態におかれていたためにそれまで見てとれなかった美しさを付与する素朴な方法なのかもしれないということだった。なお悪いことに、ショパンの驚愕と憤慨はあまりにも激しく、コンラートのもち出した小説まがいの、さらに言えば探偵小説まがいの説明を、異論なく受け入れたのだった。失望はあまりにも強烈だったので、彼にできることといえば、敵方に寝返ったこの偶像に唾を吐きかけることだけだった。私たち三人のうち、もっとも不純な心の持ち主だったのはまちがいなくこの私なのだが、その反面ソフィーを信頼し、死の瞬間に彼女が当然自分自身に下すはずの無罪宣告を、そのときすでに彼女に下そうと試みたのも私だけだった。ということはつまり、純粋な心は相当な量の偏見と折り合いがよく、シニックな人間にあっては偏見の不在が慎重さの欠如の埋め合わせになっているかもしれぬということだ。この事件で失うものより得るものが多いのは私だけだったというのも事実であり、これまでしばしばそういうことがあったように、私はこの不幸に共犯者としての目配せをせずにはいられなかった。断罪された者の首に巻きついた紐の結び目を締めあげるのに、運命ほど秀でたものはないという。しかし私の知るかぎり運命が得意とするのは紐を断ち切ることのほうである。人が望もうと望むまいと、結局問題を解決するために運命がとる手段は、すべてを厄介払いすることなのだ。

銃弾に貫かれた遺体を私がリリエンクロンから持ち帰った場合と同じくらい決定的に、その日を境にソフィーは私たちにとって亡きものに等しくなった。彼女の出奔によって生じた空白は、かつて私たちのあいだで彼女が占めているように思えた場所とは比べものにならなかった。ソフィーが姿を消しただけで、女のいないこの家は（というのもプラスコヴィ叔母はせいぜい亡霊のようなものだったから）たちまち男子修道院あるいは墓のなかを思わせる沈黙に支配された。私たちのグループは人数が減る一方で、厳格さと男性的勇気という偉大な伝統に回帰しつつあった。クラトヴィッツェは、人びとがすでに過ぎ去ったものと思い込んでいた時代の町に戻ろうとしていた。つまりチュートン騎士団*の駐屯地、あるいは剣帯騎士団*の前衛砦に似たものになりつつあった。とにかく、ある種の幸福観のようにクラトヴィッツェに思いをはせるとき、私は自分の少年時代と同様、あのころのことを思い出さずにはいられない。ヨーロッパは私たちを裏切っていた。ロイド・ジョージの政府はソヴィエトに好意を寄せていた。フォン・ヴィルツは、ロシアとバルト海沿岸諸国の確執から決定的に手を引いてドイツに帰ってしまった。ドルパット*における会談は、もうずっと以前から、執拗かつ無益な私たちの抵抗の核からいっさいの合法性を奪い、ほとんど無意味にしてしまっていた。ロシア大陸の向こう側では、デニキンにとってかわったウランゲリが、ほとんど自分自身への死刑宣告に花押《かおう》する人のように、無残なセバストポリ条約に調印しようとしていた。五月と八月のポーランド戦線における攻勢の勝利も、まだ人びとに希望を抱かせてはおらず、ひとたびは生まれた希望も、九月の休戦とそれにつづくクリミアの大敗北によって、たちまちかき消されてしまった。しかしここに述べた要約は、まさに《歴史》としてあとから作られたものであって、あの数週間私がまるで翌日死ぬことになっているかのように、あるいは永遠に生きつづけるかのように、いっさいの不安から自由に生きるのを妨げはしなかった。危険は人間の魂から最悪のものを飛び出させる。しかし最善のものも。一般には善より悪のほうが多いから、戦争の雰囲気は結局このうえなく不愉快なものだ。だからといって、まれではあっても戦争にもふくまれうる偉大さの瞬間にたいして不当であってはなるまい。クラトヴィツェの雰囲気が、卑劣さという微生物を殺さずにはいなかったとすれば、おそらくそれは私が本質的に純粋な人びととともに暮らすという特権を享受していたからだ。コンラートのような性質の持ち主は脆弱《ぜいじゃく》で、鎧をまとっていないかぎり心地よく感じることはないものだ。社交界や女たち、事業や安易な成功に浸ると、彼らは外目にはわからぬまま内側から腐ってしまう。そういう彼らを見ていると、私はいつもしおれたアイリスのいやらしさを連想した。実際、槍の穂先の形をしたあの花の、ぬるぬるした末期は、英雄的に干上がっていくバラとは対照的だ。私は卑劣な感情のほとんどすべてを、生涯のうちすくなくとも一度は知った。そして私は恐怖に逆らうたぐいの人間だとは言いがたい。こと危惧に関するかぎりコンラートはまったくの処女だった。そういう人間がいるものだ。しかも、まるでそれが生来の本領ででもあるかのように、死のなかでもくつろいで生きるのは、しばしばもっともひよわな連中なのだ。人はよく、若くして死ぬべく運命づけられた結核患者たちが、そんなふうにいわば叙任されていることを話題にする。しかし私はときとして、非業の死を運命づけられた若者たちに、その種の軽やかさを見てとった。それは彼らの美徳であると同時に神々の特権でもある。

四月三十日、金色の霧が立ちこめ、やわらかな光に満ちた日、もはや防衛不可能になったクラトヴィツェを私たちは放棄した。その後ソヴィエトの労働者たちの運動場に改造されたさびれた庭園や、戦争の初期には、先史時代から生きのびた唯一の野牛の群れがまだうろついていた荒れ果てた森といっしょに。憂鬱だった。プラスコヴィ叔母はその土地をはなれるのを拒んだので、年老いた召使いの世話にゆだねることにした。のちになって私は、彼女が私たちを襲ったあらゆる不幸のあとまで生き永らえたと聞いた。退路は断たれていた。しかしこの土地の南西部で反ボルシェヴィキ勢力とどうにか合流できる望みがあった。事実五週間後、依然としてさかんに攻勢に出ているポーランド軍との合流に成功した。この絶望的な突破行への側面援護として、私は飢えに疲れ果てた土地の百姓たちの反抗をあてにしていた。私の見込みはまちがっていなかった。しかしあの不幸な連中には食糧を補給する力がなく、彼らが分担するはずだった兵員は、私たちがヴィトナに着く前に飢えとチフスに奪い去られていた。さっき言ったように、戦争初期のクラトヴィツェを集約するのはコンラートであって、私の青春時代ではなかった。窮迫と偉大さ、強行軍、増水した川におおわれた野良に垂れて浸っている柳の細枝、銃撃と突然の沈黙、胃痙攣、その後二度と見たことのない、蒼ざめた夜空で打ち震えていた星、そういったもののまじりあいは、私にとってなによりもまずコンラートであって、戦争ではなかったとも言える。それは失われた大義の余白での冒険だった。あの友の生涯の最後の日々に思いをはせるとき、私は自動的に、あまり知られていないレンブラントの絵を思い浮かべる。それは、数年後のある日、雪が吹き荒れて所在なかった朝のこと、ニューヨークのフリック美術館で偶然発見したのだが、番号を付けられてカタログに載っている亡霊に出会ったような印象を受けた。蒼ざめた馬にまたがり、背をのばしているあの若い男、神経質そうな、それでいて残忍ささえ感じさせる顔、馬が不幸を嗅ぎつけたかのようにおびえている荒涼たる風景、ドイツの古い版画よりはるかに生々しく感じられる死と狂気の女神——というのも、それらの女神をごく身近に感じるのに、それぞれの象徴さえ必要ではなかったからだ……。満州で私は無能だったし、スペインでも、これ以上考えられないほど取るに足らぬ役割しか果たさなかったのを喜んでいる。指揮官としての資質が十全に発揮されたのはあの退却のときだけであり、しかもいわば人間の絆だけが私を結びつけていたひと握りの部下たちにたいしてだけだった。生きたまま不幸に呑み込まれていったあのスラヴ人たちにくらべると、私は幾何学的精神と参謀本部の地図と秩序との権化《ごんげ》だった。ノヴォグロドノの村で、私たちはコサック騎兵隊の攻撃を受けた。コンラート、ショパン、五十人ほどの部下、それに私は、手のひらほどの谷間の小さな部落に宿営した本隊と分断されて、その村の墓地にたてこもっていた。夕方近く、最後まで残っていた敵の馬がライ麦畠に姿を消したが、腹部に負傷したコンラートは死に瀕していた。

生涯全体よりもっと長く感じられたあの忌まわしい十五分のために、突然彼の勇気がくじけるのではないか、それまで震えていた連中に、しばしば突如として生じるあの同じ勇気が欠けるのではないかと私は恐れた。しかしやっと彼の世話ができるようになったとき、彼はすでに、それを越えればもはや死の恐怖も消えてしまう理想の境界線を乗り越えてしまっていた。ショパンは、入念に節約してきた包帯の束を傷口に詰め込んだ。傷がさほど重くないときには干した苔を使っていた。夜の闇が落ちかかっていた。コンラートは、かぼそく執拗な子供っぽい声で光を求めた。死にあって最悪なのは暗闇であるかのように。そのあたりで墓石に吊るす鉄製の角燈を私はともした。晴れた夜には非常に遠くから見えるその常夜燈は、敵の銃撃の恰好の的になる恐れがあったけれども、そんなことはまったく意に介さなかった。君たちにもそれは想像できるだろう。彼の苦しみようはあまりにも激しかったので、一度ならずとどめを刺そうかと思ったほどだった。そうしなかったのは、要するに私が卑怯だったからだ。数時間で彼が別の時代の人間になっていくのがわかった。ほとんど別の世紀のと言ってもよい。次々に彼は、シャルル十二世の遠征で負傷した士官に、墓石に横たわった中世の騎士に、そして最後には、階級的にも時代的にもなんの特徴もないあらゆる瀕死の人、若い農夫、あるいは彼の一族を産んだ北国の舟乗りに似てみえた。明け方、ほとんど意識を失い、ショパンと私がこもごも飲ませたラム酒を詰めこんで、見わけもつかぬ姿で彼は死んだ。私たちは交代でなみなみと注いだコップを彼の唇の高さに支え、しつこく寄ってくる蚊の群れを彼の顔から払いのけた。

日が昇り、出発しなければならなかった。しかし私は、形だけでもいいから葬ってやりたいという考えにあくまでも固執した。さんざん荒されたその墓地の片隅に、彼を犬のように埋めさせるわけにはいかなかった。ショパンを彼のそばに残すと、明けきっていない不確かな光のなかで、他の負傷者につまずきながら、私は墓石の列を横切った。庭の端の司祭館の扉を叩きに行ったのだ。司祭は、いつまた銃撃がはじまるかと恐れながら、地下室で一夜をすごしたのだった。恐怖のあまりうつけていた。正気に返ったのは私が銃尾で突っついたからだと思う。すこし安心した彼は、祈禱書をもって同行するのを承知した。しかし彼が自分の役割に戻るやいなや、つまり祈りを唱えはじめるやいなや、疑いようもなく恩寵に満たされ、大聖堂の内陣においてと同じく、短いながらも厳粛に罪の許しが与えられた。私はコンラートを目的地まで無事送り届けたような奇妙な気持に駆られた。敵と戦って生命を落とし、司祭の祝福を受けた彼は、祖先も誓ったにちがいない範疇の運命に帰っていった。彼にはもはや明日を思いわずらう必要がなかった。個人的な哀惜の念は、その後二十年間、日ごと新たにしてきた判断とはなんのかかわりもない。この死は幸運だったという私の意見は、おそらくこれからも変わらないだろう。

その後、純粋に戦術的な細部を除いて、私の記憶にはぽっかり穴があいている。どんな人間の生涯にも、ひとりの人間が現実に存在する時期もあれば、もはや責任と疲労の塊にすぎず、頭が弱い場合には虚栄の塊でしかなくなる時期もあると思う。夜、目を閉じることができず、納屋の袋の上に横になって、私はクラトヴィツェの図書室からもってきたレスの『回想録』の半端本を読んでいた。死者を特徴づけるのが幻想と希望の完全な欠如だとすれば、あの寝床は、コンラートが分解しはじめているそれと、本質的に全く同じだった。しかし生者と死者のあいだにはつねに、神秘的なへだたりがある。その性質はついにわからず、私たちのなかでもっとも通暁した人間でさえ、死に関する知識は愛に関する老嬢の知識にほぼ等しいことを私は十分承知している。死ぬことが一種の昇進であるのなら、コンラートにそういう神秘的な上位を認めるのにやぶさかではない。ソフィーのほうは、完全に私の頭から消え去っていた。街なかで別れた女が遠ざかるにつれて個性を失っていき、遠くはなれると他の通行人と見分けがつかなくなってしまうように、彼女が私に与えた感動も、時をへだてたいまは、もはや取るに足らぬ愛の平凡さのなかに埋没してしまった。残っているのは、忘れてしまった散歩の途次の、ピンぼけの、あるいは逆光で撮った写真のように、記憶の底に見出しても肩をすぼめるしかない色褪せた思い出のひとつにすぎなかった。その後、映像は酸に浸されて濃くなった。私はへとへとに疲れ果てていた。それからすこしたってドイツに帰ると、一カ月間私はひたすら眠ってすごした。

この話の結末が繰りひろげられたのは、夢や悪夢ではなくまさに鉛のような眠りの雰囲気のなかでだった。疲れた馬のように私は立ったまま眠っていた。自分には責任がないと言い張るつもりは毛頭ない。私がソフィーにたいしてなしえた悪は、ずっと前にすでになされていたのであったし、どれほど決然たる意志をもってしても、さらに悪をつけ加えることなどできるはずがなかった。最後の幕では、私が夢遊病者のような端役にすぎなかったのも確かだ。ロマン主義のメロドラマには、台詞《せりふ》こそ言わないものの、ひときわ目立つ首斬り役人という役割があるではないか――諸君はそう言うかもしれない。しかし、ある時点を境にソフィーは、運命の操縦桿をしっかりと自分の手に握ったのだ。すくなくとも私には、はっきりとそういう印象が残っている。そして自分がまちがっていないこともわかっている。なぜならときとして卑怯にも私はそのことに苦しんだからだ。しかし彼女には自分のものといえるようなものが他になにもないのだから、せめて死の決断ぐらいは任せてもいいだろう。

運命は、発音しがたい名前をもつ二つの川の合流点の、コヴォという小さな村で締めくくられた。ポーランド軍部隊が到着する数日前だった。春の大増水で川は河床から溢れ出し、そのあたり一帯を、柔らかく泥だらけの小島に変えてしまっていた。私たちはすくなくとも北からの攻撃からはほぼ守られていた。この地域に陣取っていた部隊はほとんど全部、ポーランド軍の攻撃に対抗するため西部に呼び戻されたのだった。このあたりの土地にくらべれば、クラトヴィツェ周辺は恵まれていたと言わなければならない。飢えや最近の処刑で、人口の四分の三は空になってしまった村と、大戦の終わり以来使われなくなった小さな駅の建物を、私たちは苦もなく占領した。駅では錆びた線路の上で木製の車輛が腐っていた。ポーランド戦線で厳しい試練にさらされたボルシェヴィキ部隊の残兵が、戦前、スイスのある実業家がコヴォに創設した古い織物工場にたてこもっていた。弾薬と食糧はほとんど底をついていた。それでもかなり豊かで、彼らの貯えはその後、私たちを救出したポーランド師団の到着までもちこたえるのを助けてくれた。ヴァルナー織物工場は浸水地域の真ん中に位置していた。くすんだ空の下の、ひどく屋根の低い格納庫のような建物の列がいまでも目に見えるようだ。灰色の川水にもう浸されていたが、最後の雷雨以来、増水は災害に転じていた。沼地で鴨を追う猟師のように、臍のあたりまで浸る泥のなかで、何人かの部下が溺れた。ふたたび水位が上がったとき、赤軍の執拗な抵抗がやっとやんだ。五年間に及ぶ悪天候と、無人のまま打ち捨てられていたために腐ってしまった一部の建物が押し流された。その工場を襲撃し占領することが、まるで敵への古い恨みを晴らすことであるかのように、部下たちの攻撃は熾烈をきわめた。

グリゴリ・レーヴは、私がヴァルナー工場の廊下で出会った最初の死体のひとつだった。死のなかでも彼は、内気な学生とばか丁寧なセールスマンらしい感じを漂わせていたが、だからといって彼なりの威厳を欠いてもいなかった。死者がある種の威厳を欠くことはまずないものだ。おそかれはやかれ私は、二人しかいない個人的な敵にふたたびめぐりあう運命にあった。彼らは私のそれよりもはるかに安定した地位を手に入れていたので、復讐してやろうという考えはほぼ完全に消されてしまった。フォルクマールに再会したのは南米旅行の途次だった。国の代表としてカラカスに駐在していた。その前途は洋々たるものであり、復讐の下心を、かつてなく取るに足らぬものにするためかのように、彼はなにもかも忘れてしまっていた。グリゴリ・レーヴとなれば、なおいっそう手が届かなかった。ポケットをすべて探らせたのだが、ソフィーの運命についてなにか教えてくれるような紙切れはいっさい見つからなかった。これに反して彼が携えていたのはリルケの『時禱集』だった。コンラートもこれが好きだった。おそらくあのグリゴリという男はあのころのあの土地で、私が十五分ぐらいは気持よく話し合えたはずの唯一の人間だったにちがいない。父親のぼろ着よりはましなものを着られるようになりたいというあのユダヤ人の執念は、グリゴリ・レーヴのなかに、美しい心理的果実の数々、つまりある大義への献身、抒情詩への好み、気性の激しい若い娘への友情、そして最後に壮烈な死という、いささか傷ものの特権を生み出していた。その点は認めてやらなければならない。

納屋の上、乾草を入れる屋根裏部屋で、ひと握りの兵たちがまだ頑張っていた。水圧に揺れる杭の上の長い廊下も、大梁《おおはり》にしがみついた何人かの男たちといっしょに、ついに押し流された。溺死か銃殺か、二つにひとつの選択を強いられた生き残りの兵たちは、自分を待ち受けている運命についてなんの幻想も抱かずに投降せざるをえなかった。両陣営とも、もはや捕虜を作りはしなかった。あの惨状のなかで、どうして捕虜などをぞろぞろ引き連れていくことができたろう？　へとへとに疲れ果てた六、七人の兵士が、ひとりずつ、乾草を入れる屋根裏部屋から倉庫に通じる急な梯子《はしご》を、まるで酔ったような足取りで降りてきた。下にはかびの生えた亜麻の束がごろごろしていた。昔はそこが倉庫として使われていたのだった。最初に降りてきたのは若い金髪の大男で、腰に傷を負っており、足もとが怪しく、段をひとつ踏み外して床にころげ落ちた。誰かが彼を殴り殺した。突然、梯子の上に私は、三週間まえ大地の下に消えて行くのを見たのと同じ髪、輝かんばかりの乱れ髪を認めた。年老いた庭師のミシェルは、従卒の代わりとしてなんとなく私についてきていたが、その後の出来事や疲労でぼんやりした顔を上げ、間の抜けた声で叫んだ。

「お嬢さま……」

まちがいなくソフィーだった。誰かに気づきはしたが寄ってきてほしくないと思っている女のように、彼女は遠くから私に、気のない放心したような合図をした。服も靴も他の連中と同じで、まるで若い兵士のようだった。埃と逆光のなかで身を寄せ合い、逡巡している小集団をかきわけて、しなやかに大股で、梯子の下に横たわっている金髪の若い男に近づくと、十一月のある晩、犬のテキサスに向けたのと同じ視線、厳しくしかも優しい視線を投げ、ひざまずいて彼の目を閉じてやった。ふたたび立ち上がったとき彼女は、秋の空の下の耕された畠のそれのような、空っぽの、単調で落ち着いた表情を取り戻していた。捕虜たちに手伝わせて、弾薬や食糧の貯えをコヴォの駅舎に運んだ。ソフィーは両手をだらりと垂らしたまま最後尾を歩いていた。労役を免除された若者のように無造作な様子で、《ティペレアリー》*を口笛で吹いていた。

ショパンと私はすこしはなれて後からついて行った。呆然とした私たちの顔は、埋葬に赴く親のそれに似ていたにちがいない。私たちは口をきかなかった。そのときの私たちは、それぞれに若い娘を救いたいと思いながら、当の娘がその計画に反対するのではないかと懸念していた。すくなくともショパンの場合この寛容の発作はたちまちおさまってしまった。というのも数時間後には、コンラートが同じ立場におかれた場合と同じくらい極端に、厳しく対処する決心を固めていたからだ。時間を稼ぐために、私は義務として捕虜たちの尋問をはじめた。線路に放置されていた動物運搬用の貨車に彼らを閉じ込めておき、駅長室に陣取った私の前にひとりずつ連れて来させた。最初に尋問したのは小ロシアの百姓だったが、疲労困憊と挫《くじ》けた勇気、あらゆるものへの無関心のあまりうつけてしまった彼には、形式的に発する私の質問がひと言も理解できなかった。私より三十歳も年上で、父親であってもおかしくないようなその農夫を前にしたときほど、自分を若く感じたことはなかった。うんざりして私は彼を追い返した。次に姿をあらわしたのは、両側を二人の兵隊に囲まれたソフィーだった。場合が場合なら彼らは社交界の夜会で彼女の到着を告げる取次役の守衛でもありえたはずだった。一瞬私は彼女の顔に、ある特殊な恐怖を読み取った。気が挫けることへの恐れにほかならなかった。私が両肘をついていた白木のテーブルにつかつかと歩み寄ると、彼女は早口でこう言い放った。

「情報を期待してもだめよ、エリック。なにも言うつもりはないし、なにも知らないんだから。」

「来てもらったのは情報がほしいからじゃない。」椅子を指し示しながら私は言った。彼女はためらっていたが、やがて腰を下ろした。

「じゃ、なぜ？」

「いろいろはっきりさせたいことがあってね。グリゴリ・レーヴが死んだことは知っているね？」

悲しみの表情もなく、彼女は大仰に頭を下げた。クラトヴィツェにいたころ、同志のうちさほど関心がないと同時に大切でもある人びとの死を聞いたとき、彼女はきまってそんな様子を見せるものだった。

「先月リリエンクロンで彼の母親に会ったんだ。君はグリゴリと結婚したと言っていたよ。」

「私が？　とんでもない！」と彼女はフランス語で言った。その声の音色を聞いただけで、私は昔のクラトヴィツェに連れ戻される思いがした。

「しかしいっしょに寝てたんだろ？」

「とんでもない！」彼女はくり返した。「フォルクマールのときと同じね。あなたは私たちが婚約したと思い込んだんでしょう。ご存じでしょ、あなたにはなにもかも打ち明けていたことを。」まるで子供のような落ち着いた気取りのなさで彼女は言った。そして今度はもったいぶった口調でこう付け加えた。

「グリゴリはとても立派な人だったわ。」

「ぼくもそう思いはじめているよ」と私は言った。「しかしさっき君が気遣いを見せたあの負傷していた男は？」

「そうね」と彼女は言った。「エリック、あなたが気づいたほどだから、自分で考えていた以上に私たちは友達だったのね。」

彼女は物思わしげに両手を組み合わせ、視線は話相手より遠くをみつめるような、じっと動かずぼんやりした表情を浮かべた。それは近視の人の特徴だが、ある想念や思い出に心を奪われている人も、よくそういう表情を見せるものだ。

「とても善い人だったわ。あの人がいなかったらどうしていたかわからない。」文字どおりレッスンを暗誦するような口調で彼女は言った。

「向こうじゃいろいろ大変だったのかい？」

「いいえ。元気だったわ。」

あの陰惨な春のあいだ、私も元気だったことを思い出した。彼女の発散する晴朗さは、もっとも基本的な確実な形で幸福を知った人間からは、完全に取り除こうとしても取り除けない種類のものだった。あの男のそばで、彼女はそういう幸福を知ったのだろうか？

それともあの落ち着きは、死の近さあるいは危険に慣れていることに由来していたのか？　なにはともあれあの瞬間の彼女は、もう私を愛してはいなかった。自分が私にどんな効果を及ぼすかなどということには、もう心をわずらわそうとしなかった。

「そしていまは？」テーブルの上に開けたままになっている煙草の箱を示しながら私は言った。

彼女は手で拒絶した。

「いま？」驚いたような口調で彼女が言った。

「ポーランドに身内の人はいるのかい？」

「ああ、私をポーランドに連れて行くつもりなのね」と彼女が言った。「コンラートもそういう考えなの？」

「コンラートは死んだよ。」できるだけさりげない調子で私は言った。

「お気の毒ね、エリック。」まるでこの不幸が私にしか関わりがないかのように、彼女は静かに言った。

「そんなに死にたいのかい？」

嘘いつわりのない答えが、きっぱりと即座に出てくることはけっしてないものだ。彼女は眉を寄せて考え込んでいたが、眉間の皺は二十年後ならいかにもと思えるほど深かった。おそらくはあまりにもおそく、しかも生きかえったあとでラザロ*がめぐらしたにちがいない神秘的な熟慮、そこでは恐怖が疲労と釣り合いをとる分銅の役をはたし、絶望が勇気と釣り合い、やることは十分やったという感情が、もっと何度か食事したい、まだ幾夜か眠りたい、まだ何度か日が昇るのを見たいという気持と釣り合っている、そんな熟慮に私は立ち会っていた。それに、幸福なものであれ不幸なものであれ、二ダースか三ダースの思い出をつけ足してみるがよい。人の性質にもよるだろうが、そういう思い出は、自分を抑えるのに力を貸してくれたり、逆に死に駆りたてたりするものだ。

彼女はついに口を開いた。そして彼女の返事はたしかに可能なかぎりもっとも適切なものだった。

「他の人たちはどうするつもり？」

私は答えなかった。そして答えないことはすべてを語るに等しかった。彼女は立ち上がった。ある問題に結論を下さなかった誰か、しかしその問題に直接縛られるわけではない誰かのように。

「君については」と私のほうも立ち上がりながら言った。「不可能なこともやるつもりだ。それ以上のことはなにも約束しない。」

「あなたにそこまでしていただこうとは思っていないわ」と彼女が言った。

なかば顔をそらして、湯気で曇った窓ガラスに指でなにか書きつけたが、すぐに消してしまった。

「私にはいっさい借りを作りたくない?」

「そんな気持さえないのよ。」この話し合いにすっかり関心を失った口調で彼女は言った。

いままさに死のうとしている女であると同時に兵士でもあるという二重の威光をおびたこの被造物に眩惑されて、私は数歩歩み寄った。自分の性向に身をゆだねることができるのだったら、私は支離滅裂な優しい言葉をつぶやき、彼女のほうは軽蔑を込めてそれをはねつける楽しみを味わえたことだろうと思う。しかし、およそ言葉はとうの昔からねじまげられており、いまではもはや使おうにも使えなくなっている。そうではない言葉がいったいどこで見つかるというのか? もっとも私はこう認めるのにやぶさかではない——そういうことが真実なのは、もっぱら、私たちのなかに癒しがたく依怙地《いこじ》ななにかがあり、言葉を信頼することを私たちに禁じているからだ、と。まだしも真の愛があれば私たちは救われたかもしれなかった。彼女は現在から、私は未来から。しかしソフィーがその真の愛に出会うことができたのは、ついさきほど納屋で殴り殺されたロシア人の若い農夫のなかだけだった。

彼女の心臓がまだ打っているのをたしかめようとでもするかのように、私は不器用に彼女の胸に手をあてた。私はもう一度くり返すだけで満足しなければならなかった。

「できるだけのことはするよ。」

「もうそんなことはしないで、エリック。」身をふりほどきながら彼女が言った。しかしそれが、愛人としてのこの仕種をさすのか、約束のことを言っているのか、私にはわからなかった。「そんなことはあなたに似合わないわ。」

そしてテーブルに近づくと、彼女は駅長の机の上に忘れられていた鈴を振った。兵士があらわれた。出て行くとき、彼女が煙草を箱ごとくすねていったのに気づいた。その夜はおそらく誰も眠れなかったにちがいない。とりわけショパンは誰よりも寝つけなかったろう。私たちは駅長の狭い長椅子を二人で使うことにしていた。一晩じゅう部屋のなかを往ったり来たりするのが見えた。不幸のあまりすっかり参ってしまった肥った男の影が、彼のあとを追って壁に映っていた。二度か三度、彼は私のまえに立ち止まり、私の袖に手を置き、頭を振り、やがてまたあきらめたように重い足取りで歩きはじめた。この唯一の女性だけは赦免しようと同志に提案したところで、いたずらに自分の名誉を汚すだけだということは、私同様彼にもよくわかっていた。なにしろ、敵側に回ったことを誰ひとり知らぬもののない女なのだから。ショパンはため息をついた。彼を見ずにすむように私は壁のほうを向いた。我慢できなくなって怒鳴りつけそうだったから。とはいえ私が気の毒に思っていたのはとりわけ彼のほうだった。ソフィーのことはどうかといえば、考えるたびに、鳩尾《みぞおち》のあたりに、憎悪からくる一種の吐き気を覚えずにはいられなかった。彼女の死に《それはよかった》などと言いかねなかった。しかしやがてその反動がきて、独房の壁のまえの囚人のように不可避なものに頭をぶっつけた。私が恐怖に襲われたのは、ソフィーの死そのものよりむしろ死を願う彼女の強情さのせいだった。もっと善良な人なら、感嘆すべき便法を見つけたにちがいないと私は感じた。しかし自分が心情的才能を欠いているとについて、私はかつてただの一度も幻想を抱いたことはない。コンラートの姉の死は、すくなくとも過ぎ去った青春を清算し、この国と私を結ぶ最後の橋を断ち切ってくれるはずだった。最後に私は自分の立ち会った他の人びとの死を思い浮かべた。まるでソフィーの処刑がそれらの死によって正当化されるかのように。それから、物質的な存在としての人間の価値の低さを思いながら、もし私がヴァルナー工場の廊下ですでに冷たくなっているのを見出したのだったら、ほとんど心を動かされることもなかったにちがいない女の死体をめぐって、これではあまりにも騒ぎすぎることになると考えた。

翌朝、ショパンのほうが私より先に、駅と共同穀倉のあいだの空き地に出ていた。引込線の上に集まった捕虜たちは、前日よりもっと生気がなかった。交代で見張りにたった部下たちも、この余計な任務に疲れ果て、ほとんど同じくらい力尽きていた。夜が明けるまで待とうと提案したのは私だった。ソフィーを救うためにせめてこれくらいの努力はしなければならぬと思ったのだが、その努力も、彼ら全員にさらに一夜眠られぬ夜をすごさせる結果になるだけだった。ソフィーは積み上げた材木に腰かけていた。物思わしげな両手が、開いた膝のあいだに垂れていた。分厚い靴の踵が、機械的に地面に靴底の跡を彫りつけていた。くすねた煙草をひっきりなしに吸っていた。それが彼女の胸をしめつける不安の唯一の印であり、朝の冷たい空気が彼女の頬を健康そうな美しい色に染めていた。放心した彼女の目が私の存在に気づいたようには見えなかった。その逆だったらきっと叫び出さずにはいられなかったろう。それにしても彼女はあまりにも弟に似ていたので、彼が死ぬのを二度見るような印象をもたずにはいられなかった。

こういった機会に死刑執行人の役目を引き受けるのはいつもミシェルだった。それはまるで、クラトヴィツェにいたころ、たまたま屠り殺す獣があったりすると、私たちにかわってやってくれた肉屋の仕事を、ここでもただつづけているだけのようだった。ショパンは、ソフィーの処刑は最後にするよう命じていた。極端すぎる厳格さのせいだったのか、それとも私たちの誰かに彼女を弁護する機会を与えるためだったのか、私にはいまもってわからない。ミシェルは、前夜尋問したあの小ロシア人からはじめた。ソフィーは自分の左手で起こっていることに、ちらっと斜めの一瞥を投げたが、やがて目をそらした。自分のそばでなされる猥褻な身ぶりを見まいとする女性のように。四回か五回、発射音と頭蓋骨の割れる音が聞こえたが、それまではその恐ろしさを測ったことがなかったように思えた。突然ソフィーが、招待客のいるまえで召使いに最後の命令を与える一家の主婦のように、控え目な、しかし断固とした合図をミシェルに送った。ミシェルは背中を丸め、やがて彼女を射ち倒すときに見せるはずのと同じ呆然とした従順さで進み出た。ソフィーは二言三言つぶやいたが、唇の動きだけではなにを言ったのか私には見当もつかなかった。

「かしこまりました、お嬢さま。」

元庭師は私に近づき、こんな伝言をしただけで馘《くび》になることを承知している、年老いた、おじけづいた召使いの、つっけんどんな、それでいて嘆願するような口調で、耳元でささやいた。

「お言いつけです……お嬢さまのお願いなのですが……旦那さまにやっていただきたいとおっしゃいまして……」

彼はピストルを差し出した。私は自分のピストルを手に取り、機械的に一歩前に出た。あれほど短かった道程のあいだに、私は心の中で十回もこうくり返した——ソフィーはもしかしたら私に最後になにか訴えたいことがあるのかもしれない、この命令はそれを小声で訴えるための口実にすぎないのかもしれない、と。しかし唇を動かす気配はなかった。まるで私がピストルを心臓のあたりにじかにあてようとしているかのように、彼女は放心したような仕種で上着の襟もとのボタンをはずしはじめていた。共同生活の親密さが、ほとんど友人のそれと同じくらい身近にしていたあの生き生きした温い肉体のことを、そのとき私がほとんど考えていなかったことは言っておかなければならない。そして私は、この女が産んだかもしれない子供たち、彼女の勇気と目を受け継いだにちがいない子供たちのことを思って、一種不条理な後悔に胸がしめつけられた。しかし未来の競技場や塹壕を満たすのは私たちの役目ではない。さらに一歩前に出た私は、ソフィーのすぐそばに立つことになったので、そうしようと思えば彼女のうなじにキスすることも、ほとんどそれとはわからぬほどかすかに震えている肩に手を置くこともできた。しかし私にはもはや、斜め後ろから見た横顔の輪郭しか見えなかった。彼女の息遣いはすこし速すぎ、私はといえば、かつてコンラートにとどめを刺してやりたいと思ったことがある、いまの気持もそれと同じだという考えにしがみついていた。クリスマスの夜こわごわ爆竹を鳴らす子供とほぼ同じように、顔をそらしながら引き金を引いた。最初の一撃は顔の一部を吹き飛ばしただけだった。そのために、ソフィーがどんな表情で死を迎えたか、永遠に知ることができなくなった。二発目がすべてにけりをつけた。この役目を果たすよう私に求めることによって、彼女は最後の愛の証し、しかもあらゆる証しのなかでもっとも決定的な証しを与えたつもりだったのだ——最初私はそう考えた。しかしその後、彼女は復讐したかっただけであり、私に悔いを残そうとしただけだとわかった。その計算はまちがっていなかった。というのも私はときとしていまなお悔いを覚えるからだ。相手がああいう女では、いつも罠にはまってしまうものだ。

『アレクシス』『とどめの一撃』訳注

◆アレクシス

三六頁　プレスブルク――現在のブラティスラヴァのドイツ名。

九五　モンターニュ・ブランシュ――白い山。チェコ語でビーラー・ホラといい、プラハ西郊の一画。

◆とどめの一撃

一一八　チャコ――パラグアイとボリビアにまたがる南アメリカの大平原。

一四〇　聖ミシェルの日――九月二十九日。

一九三　チュートン騎士団――一一二八年、エルサレムに創立されたキリスト教徒軍団。

一九三　剣帯騎士団――一二〇一年、宣教師を守るためリガに創設された騎士団。

一九三　ドルパット――エストニアの都市タルトゥ。一九二〇年エストニア・ソ連条約がここで調印された。

二〇二　《ティペレアリー》――第一次大戦中、アイルランドのティペレアリー州から出征した兵士たちの歌った行軍歌。

二〇五　ラザロ――病死の四日後、キリストの祈りによって復活した。

「避けがたい歪曲」のかたち

堀江敏幸

両次大戦間を境としてユルスナールの作家歴を前期と後期にわけるとするなら、本巻に収められた三作はいずれも前期を代表する中篇であり、主人公、もしくは登場人物の誰かが同性愛者だという比較的見やすい共通点をもっている。『アレクシスあるいは空しい戦いについて』の語り手アレクシスと彼が町なかで遭遇する無名の若者たち、『とどめの一撃』の語り手エリックとその幼なじみのコンラート、そしてこれだけは一人称の語りを選択していない『夢の貨幣』のカルロとマッシモ、さらにアンジョーラとロザーリアなども、ユルスナールの小説の大きな特徴のひとつである性愛のありかたに忠実な人物である。ことに『アレクシス』はそのタイトルからもあきらかなように、『コリドン』の作者アンドレ・ジッドを意識したもので、ジッドがみずからの性向を公にした時代からさほど遠くはない一九二九年という刊行年を考えれば、現在ではけっして特殊な事例ではなくなっている愛の選択にも、当時はまだ大きな負荷がかかっていたといえるだろう。

とはいえ作品のなかの性愛ばかりを強調したり、あるいはそれを中心に据えて都合のいい論を展開することは、作者にとっても、また読者自身にとっても「空しい」作業でしかない。彼らの性向は結果であって原因ではなく、部分でこそあれ全体ではないからだ。ユルスナール自身、この種のテーマで彼女の作品群を整理しようとする読者や批評家たちの見方について、たとえばハドリアヌスを例にあげながら、いったいなぜこれほど多くの読者が、人間としての豊富な経験と肉欲を分離して考えるのか理解できない、すべてがひとつになった総体こそがローマ皇帝の横顔を作っているはずなのに、とかなり厳しい姿勢で牽制することもあった（ミシェル・ジュナン宛て、一九六四年四月二十九日付けの書簡）。メディアの側からの同種の発言はさまざまな場でくり返され、そのつどユルスナールをいらだたせることになる。たしかに先述のとおり、ユルスナールの登場人物全体を見わたせば性を媒介とした他者との向き合い方に偏りのある者が多いことは明らかだし、とりわけ『三島あるいは空虚のヴィジョン』以後は『仮面の告白』の作者の横顔も重なり、論者たちのあいだでユルスナールに対するひとつのイメージが定着したとしても仕方のないところがあった。しかし、言うべきではないと外から抑えつけられてきた事柄にあえて触れようとする『アレクシス』と『仮面の告白』の類似はあくまでうわべのものにすぎず、隔たりも大きいことは、ユルスナールの登場人物に三島の鬱屈したニヒリズムをうわまわる強い生への肯定感を読みとりさえすれば納得できるはずだろう。

ただし、アレクシスの物語を覆っている、曖昧で、なぜか妖艶な空気すらただよわせている不安の霧は、彼がまだおのれの徳をよしとするだけの自己認識に達していないことから生じている。「時おりわたしは性愛に基礎をおいた人間認識の体系を組みたてることを夢みたものだ」と皇位継承者に告げるハドリアヌスには、この分野におけるタブーは存在しなかった。性愛も「私」の一部であるとの自信に満ちあふれた姿勢によって、アンチノウスに夢中だった頃にも彼は為政者の目を曇らせることはなかったのである。ハドリアヌスは、アレクシスが苦しげな告白の末尾でようやく手に入れようとしているなにかをすでに自分のものとして生き抜き、「官能の体験というものはすべてわれわれの前に《他者》を現前せしめ、選択の要求と隷従とにわれわれをひきいれるものである」とのっけから言い放ちうる立場にあった。いまだ振り返るべき生涯の途次にあるアレクシスに、皇帝とおなじように胸を張れというのも無理な話なのである。

だがユルスナールになじみ深いこうした性愛の一面を認識しておかなければ「空しい戦い」の過程を把握するのは困難であり、まして『とどめの一撃』の神話的な凛々しさと古典演劇の秩序に則った、語りのリズムと語られる出来事とのあいだに冷たい大理石の距離感を生み出していく視線の有り様への理解が届かなくなる。エリックとコンラートが特別な関係にあるとはどこにも明示されてはいないのだが、微妙なほのめかしをこちらが読み取らないかぎり、エリックがコンラートへの愛を隠蔽しながらその姉ソフィーの想いを受け入れず、彼女に惹かれているかもしれないという心の揺れを完全に抑えつけて、驚くほど侮蔑的な言辞を吐きつづけることに違和を感じるだろう。

エリックの語りのなかで、ソフィーはつねに「女性」をそぎ落とされていく。彼女が自分にとって身近になったのは、リトアニア人軍曹に陵辱され、穢されたあとのことだと彼は言い、その姿を「捨てられた器物」に譬えたり、「愛してもいない若者に感じる安易な仲間意識」で接したと述べて、読みようによっては男性ではなくむしろ『火』(本セレクション第四巻収録)に描かれた女性の怨恨、もしくは嫉妬に近い執拗さでソフィーを追い詰めていくのである。彼はなぜこれほど念を入れてソフィーのなかに「男性」を読もうとするのか。いくら同性に惹かれているとしても、現代フランス小説のなかでこれほどはっきりと女性への嫌悪を口にする主人公は珍しい。なにしろタイトルにもなったとどめの一撃、「恩寵の一撃」とも訳しうる処刑の場面で、赤軍の軍服に身を包み、「若い兵士」かと見まがうソフィーが語り手自身を執行人に指定し、多数のまえで銃弾を撃ち込まれたとき、一発目は致命傷とならずに彼女の顔を性別がわからなくなるほど砕いてしまうというのだから。命が奪われた瞬間、ソフィーは外見上、女性でも男性でもない存在となっている。とどめの一撃にいたるまでの経緯をエリックは言葉で生き直していることになるのだが、末尾までたどりついた読者は、重ねられてきた言葉がどこに向けられ、どこに反射し、どこに戻ってくるのかを摑み切れず、混乱するにちがいない。
というのも、アレクシスと同じように「私」を名乗るエリックは、背格好もそっくりでいつも兄弟とまちがえられていたコンラートを愛し、コンラートは姉ソフィーと瓜ふたつで、さらにソフィーとエリックは星座も一致する完全な同い年なのである。読み進めるにつれ、この物語の悲劇は、時代や歴史的背景ではなく、一卵性の三つ子のあいだで重ねられた不毛の言葉合わせに由来しているのではないかという気さえしてくるのだ。エリックが刑に処したソフィーは、A＝B、B＝C、ゆえにA＝Cの論理で、要するにおのれの分身にほかならないのである。だからこそ、いちばん最後に放たれる、「相手がああいう女では、いつも罠にはまってしまうものだ」という一文の主語は、「私」ではなく「私たち」という不特定多数の一般を示す人称《on》で記されている。一人称から逃れて判断を外部にあおぐこの方策はすでに『アレクシス』で用いられているが、『とどめの一撃』の結末は、十年の歳月を通り越して、乳濁した電灯の硝子のように不均一な明かりのもと、長大な独白にけりをつけないために置かれているピアニストの語法に直結している。ユルスナールが主人公の人となりについて述べている次の箇所は、だから真意をまっすぐに伝えようとしてもそれができない言葉の機能そのものにかかわっている。

「しかしこのような文学形式の欠点は、他のどんな形式よりも読者の協力を必要とすることである。水を通して眺める事物のように、《私》と称する人物を通して眺められた出来事や人びとのゆがみを、読者はみずから正さなければならない。多くの場合、一人称の物語という方策は、こうして自己を語っているとみなされる個人に有利に働く。しかし『とどめの一撃』では逆に、自己を語るさいには避けがたい歪曲が、話者を犠牲にする形で起こる。エリック・フォン・ローモンのようなタイプの人間は、自己にさからった考え方をするものだ。」

こうした「避けがたい歪曲」からくる濁りには、舞台となっている一九一〇年代のバルト海沿岸域の、スラヴとゲルマンがひとつに交わる限られた区域と時代、しかもある時代と階級の凋落の影に満ちた背景が影響している。『黒の過程』の萌芽とも考えられるこの文化と政治の混交状態のなかでこそ、ムソリーニとおぼしき独裁者の暗殺を企て、堂々と広場で発砲する『夢の貨幣』のマルチェッラや『とどめの一撃』のソフィー、そして『黒の過程』のイルゾンドのように、渦から身を乗り出して死にむかう人物が存在しうるのだから。アレクシスの妻モニックを除けば、「ハーデースのギリシア女のように、ディーテのキリスト教徒の女のように、歴史と同じほど古い重荷を担いながら」歩くマルチェッラを筆頭に、彼女たちには、いまここの閉塞状態から外へ出ていくためには死をも辞さないという雄々しい意志が感じられる。いや、彼女たちばかりではなく、アレクシスも、流刑になったカルロも、社会の規範とされるものから逃れ出ようと異議申し立てを行なうのだ。古典的な文体の魔術によってその異議申し立てはひっそりと進行していくとはいえ、彼らの彷徨にたいする憧れはきわめて強固である。それは地理的、政治的な逸脱ではなく、もっと内面的な促しの発露なのだ。

幼年時代であれ、少年時代であれ、あるいは青春時代であれ、すでに終わってしまってここにはないものへの眼差しがこの時期の作品には偏在し、ユルスナールの流謫の日々をある意味で先取りする形になっている。しかしかりに比喩として、いるべき場所から追われていった身の上に「亡命」の一語を冠してみても、作品世界のすべてがそこに収斂しているわけではない。本巻の三作のなかで私を魅了するのは、反復になるがやはり半透明に近いわかりにくさで展開していく、不在と否定辞と逆説の力学である。その優柔不断な言葉のつらりは、ユルスナールが当時、創作活動のなかで突きあたっていた飽和状態を示しているのかもしれないのだ。破壊衝動とまではいかなくとも、正義だの悪だのを超越したみずからの内なる善に（それも、本当に善なのか確証のもてない善に）むかってわき目もふらずに突き進んでいく登場人物たちの動きを鈍らせ、物語をかろうじて成立させている要素こそ、偏った性向とおおもとでつながっている「ねじれた」言葉なのであり、それが思いがけないプリズムとなって細い光を増幅し、分解し、もういちど新しい光に寄り合わせて私たちに不意打ちをくらわすのである。

じっさい『アレクシス』と『とどめの一撃』に——そしてしばしば『夢の貨幣』においても——ちりばめられている酷薄な表現はほとんど皮肉なアフォリズムの域に達しているし、それが病巣のように物語の流れをせき止め、不思議に澄んだ音楽を奏でている。かつて私は、言葉が口にされたとたんにその意味を濁したり、括弧や否定辞を使ってどれが本当に言いたいことなのかを曖昧にしていく『アレクシス』の構造を、若者を愛撫し、鍵盤をつまびき、さらに別れの手紙の筆を持っている主人公の「手」に着目しながら、芸術による贖罪と呼ばれるプルースト以来の定型を用いて考えてみたことがある。『アレクシス』はほぼ全編、ユルスナールが「感覚の錯迷」と呼んだ古典主義時代の、「慎重であると同時に明確な、簡潔でほとんど抽象的でさえある」という表現、キルケゴールの『反復』をも連想させる胡乱な言葉で織りなされ、そこで主人公はひたすら自らの苦しみについて語っている。

「生きることがすでに難しいとすれば、自分の生を説明するのはなおのこと難しい。」

「自分自身にたいして不当でないことはなんと難しいのだろう！」

「苦悩はひとつだ。人は苦悩について、あたかも快楽を語るときのように語る。しかし苦悩や快楽について語るのは、それらが私たちを占めていないとき、あるいはもはや占め尽くしてはいないときなのだ。」

「そもそも、苦しむごとに、人はいままでよりもっと苦しいと思うものだ。しかし苦悩は原因についてなにも教えてくれない。」

「人よりも余計に苦しむとき、自分が人より秀れていると考えないのは難しい。そして幸せな人びとを眺めていると、幸福というものに吐き気を覚える。」

「未来もなく、未来への信頼もないこの凡庸な人間、自分をそれから引き離すことができない以上、私が《私》と呼ばざるをえないこの存在に、私は疲れ果てていた。」

「人はけっして完全に孤独になることはない。不幸なことに人はつねに自分自身といっしょなのだ。」

アレクシスはいったい誰にむかって語っているのか。暗く沈んだこれらの言葉は、妻に宛てられた書簡であることが明示されていなければ、ほとんど独語としか聞こえない。適宜抜き出した文章をこうしてならべてみると、「空しい戦い」はロマンでもレシでも日記でも手紙でもなく、「箴言集」と呼ぶのがもっともふさわしいのではないか。たぶんそんなふうに考えていたからだろう、現代フランス語作家について語られたユルスナールの、ほんのわずかな発言が目にとまった。

「カイヨワの作品には敬服していますし、イヨネスコの劇作やシオランのアフォリズムにもみごとだと感じるものがあります。しかし同時代の作家に一歩一歩付き従う時間が私にはないのです。私のところまで伝わってくる多くのフランスの詩や小説のうちに、それでも私を打つものは、といえば、それらがどれほど夢や悪夢や柔軟な夢想やときには乾いた個人的な砂漠に閉ざされ、ひどく主観的なものにとどまっているのか、ということです。現代のフランスの作品が表わしている現代のイメージさえ、われわれのいる時代とはもはや照応していないことが多いように思われますね」（『目を見開いて』）。

全面的な支持、賛辞ではないにせよ、シオランの名に触れた瞬間、『アレクシス』や『とどめの一撃』の一人称に、鮮やかな光が当てられたように感じられた。静謐な思索の底に、たえずそれをうち破ろうとする激情が潜んでいることは少なくないけれど、それを抑制するのではなく、ゆったりした思念の流れのあいだに透かし見せたり、あるいはまた別の表現形態を得て思考の対蹠にあるものをも明示し、それを有機的に自分のなかに取り込みうる書き手はきわめて稀だ。シオランは、その稀な書き手のひとりなのだった。言葉の解毒剤をつねに手もとに置いておくシオラン特有の周到さは、いつかはその液体を使用せざるをえない時がくる逆説を雄弁に物語っている。一見おだやかに見える営為が、じつは禁じられた薬物の援助を前提としているという真実を彼は承知していた。かけ離れた二つの要素を結んで平然とやりすごすことのできるしたたかさ、強さは、自分の手でつくりあげた解毒剤の正確な効能を知って、はじめて生まれたものだ。それを、逆に小瓶に閉じこめられてしまうかもしれないという瀬戸際で使ってみせるとき、古典時代の箴言作家が完成させた凝縮の力学が誕生する。自己の矛盾を凍りつかせたこの形式は、完成度が高ければ高いほど脆さをさらけ出すだろう。沈思と激越を二つながら抱え込んでしまった精神にとって、アフォリズムは必然の産物なのだ。

ただし、箴言が本当に息づくのは、機知ではなく、危機を生きている精神の現場であり、そこでは上手に言うこと、巧みな比喩を使って述べることなどなんの価値もない。機知だけでできたアフォリズムに命はない。脆さを敵の前にさらけ出して、なおそう言わずにいられないせめぎ合いが凝縮されたときにこそ、アフォリズムは生きるのだ。ロシュフーコーのように毒薬の小瓶を隠して人に見せず、客観性の追求を装った言語に比べれば、シオランの言葉が「反論する気になればいくらでも反論できそうな、無垢といってよいほど隙だらけな構えで書かれている」（出口裕弘）ことは明白である。スーザン・ソンタグはその卓抜なシオラン論のなかで、次のように述べている。

「断ち切られた論証によるシオランの方法は、断続的な動きが『世界』の離接的様相を反映しているラ・ロシュフーコーやグラシアンなどの客観的な種類のアフォリズム的文章ではない。むしろそれは、外に向けて動き出し、結局はそれ自身の歩幅の複雑さのために動きを制せられ、中断せざるをえなくなるような、思弁的精神の袋小路を証言するものである。シオランにとってのアフォリズム的文体とは、現実の原理であるよりは、むしろ知の原理――あらゆる深遠な理念の運命は、それ自身が暗黙のうちに生み出したもう一つの理念によってたちまちに王手を掛けられることにあるということを知る原理――である」(『ラディカルな意志のスタイル』、川口喬一訳)。

シオランの思考の根には、相反する二つのものを対立させる二元論がある。彼の言葉は、つねに、自分に対して王手をかける彷徨へと力を移動させていくのである。生まれてしまったことの不幸を嘆きながら死ぬことの幸福を歌いはしないし、成功と失敗があれば、成功を貶め、失敗を賛美するように見えて、実はそのどちらも同じ分量の解毒剤で骨抜きにしてしまう。二つのうちどちらかを自分に引き寄せ、どちらかをより至高に存する理想と見るためにではなく、そのどちらでもないなにかを言うために複数の事例を挙げているのだ。宗教的思念、哲学的立場のすべてが露呈した生々しい創作現場の周囲に集まって、語る前から永遠の中間項へのあこがれを提示すること。「生の側にあるいかなる行為とくらべても、精神は座を白けさせる役割にある」(『生誕の災厄』、出口裕弘訳、以下同)と言うためには、生も、精神も無傷ではすまされない。シオランが求めるのは、称揚することはしないものの、そこに身を置くべきだと感知している一種の逃避空間である。

「存在そのものが胡乱なものなのだ。すると、存在の逸脱であり、存在の衰微態である〈生命〉はどういうことになるのだろう。」

痛みのすべてを表面に映し出しながら、映写すべきスクリーンもきちんと持参しているこの慎重さ。表面的な鎧であれば、アレクシスにだって備わっていた。しかしシオランは、常人ならそれを発した瞬間、王手を免れえぬとわかってしまう毒矢から、彼はぎりぎりのところで身をかわす。

「怖るべきもの。人間は怖るべきものの手前がわで生きているときなら、まだそれを表現すべき言葉を探しあてることができる。だがひとたび怖るべきものを内側から知ったならば、たちまち一片の言葉さえ見つからぬ羽目になるであろう。」

シオランが「怖るべきもの」を内側から体験していないと誰が断言できるだろうか。ルーマニアからの「亡命」という形で、彼はまちがいなく内側を見てしまった人間のひとりである。内側を見てしまったからこそ、生の痛覚がこれほどの強度をもちえているのだ。問題は、そうであっても、彼が言葉を奪われず、むしろそれゆえに言葉を獲得していることのほうだろう。聖と悪との二元のなかで彼はいずれの内側にも属しつつ、同時に外からの視点を失わない。ソンタグの言う袋小路とは、したがって閉塞ではなく、袋小路を造ってしまう彼の精神構造の本質なのである。「私は自分が自由だと感じているが、また自由でないことを知ってもいる。」《sentir》と《savoir》のあいだに彼は言葉の射程を定め、内側に存続する戦慄を語る。感覚知と経験知の断層に消えていくシオランの言葉を生かす形式は、だから短いアフォリズムでしかありえなかった。

「どの一発も的に届かない弾丸を放ち、誰もそれと気づかぬような形で万人に攻撃をかけ、結局は自分だけがやられるはずの毒矢を射る!」

これほど矛盾をかたりながら一度としてへこたれることないその姿勢は、純真無垢を通り越して、いっそしたたかといっていいくらいである。シオランの言葉は、そのたびごとに選ばれた、窮余の一策だったのだ。ユルスナールが読書の対象としている数少ない同時代作家のなかにシオランを入れているのは、世界の二項対立をつきくずす中間を、それも返す刀で両極に触れてしまった結果としての中間を意志的に選択することで、精神の高貴を保とうとするその姿勢への共感があったのではないか。『友への手紙』のなかで、「シオラン（私は彼がとても好きです）がグレースをこれほどよく理解してくれたことを、嬉しく思います。シオランは、見る人に属しています」（ジャン・シャロン宛て、一九八〇年一月十五日付け）とユルスナールは書いている。

そう、ハドリアヌスへたどりついてからのユルスナールの視点は、あきらかにこの「見る人」のものである。

シオランが執拗な前言否定のなかで見せる懐刀の鋭さは、『アレクシス』や『とどめの一撃』にはない。前者が感じている「不自由」な言葉の「空しさ」は、自分だけがやられるはずの毒矢を放ったエリックの行動に、そして彼がまきこまれている精神的な分身を前にした「私」の堂々巡りにつながりこそすれ、それを蹴散らして外へ出るためのなにかが足りない。互いの思いが交錯しながら重なり合うことなく渦を描き、物語の言葉がその渦から外へと出ていこうとはしない『夢の貨幣』についてもそれはあてはまるだろう。「見る人」の基礎はできている。出発点には立っている。土台はあるのだ。しかしアレクシスもエリックもカルロもそれをじゅうぶんに発揮できていない。宿命への予感があるのに、その予感を生き切ってはいないのである。

久しぶりにユルスナールの中篇を読み返したいまの私には、だがその欠落がむしろ好もしい。この欠落がなければ、後年のユルスナールはなかったはずだから。最後に、出発への第一歩を踏み出そうとしているアレクシスの、こればかりは性愛ぬきで成立する箴言を引いておこう。おそらくこれは、語り手ではなく作者そのひとの思いを伝えているだろうから。

「果実はそのときがきてはじめて、つまりその重さがすでに果実を大地のほうに引っ張るときになってはじめて落ちるものだ。そういう内面の成熟以外に宿命は存在しない。」

解題＝訳者あとがきにかえて

『アレクシス』『とどめの一撃』

岩崎力

『アレクシスあるいは空しい戦いについて』

この作品についてはユルスナールの「年譜」に次のような記述がある。

「一九二七年八月―一九二九年九月。マルグリット・ユルスナールはローザンヌで『アレクシスあるいは空しい戦いについて』(*Alexis ou le Traité du vain combat*)と題された短い物語《レシ》の執筆を続ける。貧しい貴族の家門に生まれた若い音楽家の物語であるが、異常で断罪すべきものとされる性向と戦う彼は、妻を愛し、男の子に恵まれたばかりであるにもかかわらず、結局妻のもとを去る。生きつづけるのに絶対に不可欠な自由を取り戻すためである。当時はまだ扱うのが困難とされていた主題をもつこの小作品をユルスナールに着想させたのは、当時彼女の周囲で起こったばかりの出来事であったが、彼女はそれを、一種のアリバイとして、一九一四年以前のオーストリアに場所を移して描いている。」

著者が「自作」と認めた最初の作品である『アレクシス』は、脱稿の直後、一九二九年十一月に刊行された。作者二十六歳のときである。

この作品を生み出した文学的背景やその意図については、ユルスナール自身、一九六三年の日付をもつ「序」

のなかで詳しく述べている。とはいえ、彼女はこの「序」のなかですべてを語っているわけではないし、とりわけ着想のきっかけになった「出来事」についてはほとんどなにも語られていないので、七〇年代に入ってから公刊された『世界の迷路』三巻や、マチュー・ガレーによる長大なインタビュー『目を見開いて』（一九八〇）などを参照しながら、「序」を補足する形でこの作品の周辺を書いてみたい。

「序」からまず第一に読み取れるのは、この小説の主題が同性愛の問題だということである。「文学的にも風俗的にもそれまで禁忌とされていた主題」とか、その主題が「数世紀来はじめて旺盛な文章表現を獲得した時代」という言い方にそれがあらわれている。二歳年上の、しかしまだ若い妻モニックのもとを去ろうとしてアレクシスが書き残す手紙という形をとっているこの作品は、主人公の一人称の語りであるだけに、「同性愛」という言葉がむき出しに使われることは一度もない。それにユルスナール自身、homosexualitéという言葉を「科学用語的すぎる」と考えていた。「最近造られたとはいえ、それらを支える理論と同じく、いずれ流行おくれになる運命にあり、極端な通俗化によって損なわれ、正確さという長所さえほどなく奪われてしまう用語」のひとつなのである。

ユルスナールが選んだのは「数世紀にわたってフランスの説教師、モラリスト、ときには古典主義時代の小説家たちが、当時のいわゆる〈感覚の錯迷〉を論じるのに用いた言語、慎重であると同時に明確な、簡潔でほとんど抽象的でさえある言語」、すなわち「意識の検討という伝統的な様式」であった。モンテーニュを「わが友」と呼ぶユルスナールにとって、問題は（正常な）異性愛か（異常な）同性愛かという区別ではなく、個人個人の情動そのもの、性向そのものだったのである。

他方、彼女自身が述べているように、『アレクシス』の執筆を後押しするような時代背景があったのも確かである。この作品が書かれた一九二〇年代は、第一次世界大戦の悲惨と混乱を抜け出したヨーロッパが、文学、芸術、思想、風俗などあらゆる分野で百花繚乱の観を呈した時代だった。「狂乱の年々」(les années folles)とも呼ばれたこの年代の作品を列挙すれば、たちまち数ページ埋まってしまうだろうが、とりあえずここでは、ジョイスの『ユリシーズ』(一九二二)、ブルトンの『シュールレアリスム宣言』(一九二四)、ジードの『一粒の麦もし死なずば』(一九二〇、一九二四)、『贋金使い』(一九二五)、プルーストの『失われた時を求めて』の完結(一九二七)、フォークナーの『響きと怒り』(一九二九)などを拾い出しておこう。

『空しい戦いについて』という副題は、アンドレ・ジードの初期作品『愛の試みあるいは空しい欲望について』(*La Tentative amoureuse ou le traié du vain désir*)(一八九三)を連想させずにはいない。ユルスナール自身その点には言及しているが、とりわけ『コリドン』について「それまで密室のなかで検討されていた問題をめぐって、一種の公開討論が組織されたおかげで、私が同じテーマを取り上げるのを容易にしてくれた」と述べているのは重要である。

『コリドン』の初版が印刷されたのは一九一一年。しかし部数わずか十二部で、人目にふれることはなかった。一九二〇年、無署名で再版されたが、やはり二十一部という限定版だった。友人たちの忠告にさからって、ジードが著者名を明記して決定版を刊行したのは一九二四年のことである。これがどれほど人びとの憤激をかい、嘲笑の的になったかは人も知るとおりである。彼がそれらの憤激や嘲笑を覚悟していたのはいうまでもない。

同じ時期にプルーストの作品が刊行されていたことも想起する必要がある。『ソドムとゴモラ』の刊行が一九二一年から二二年にかけて。二二年の秋には彼が世を去ってしまい、『囚われの女』の後半からは死後出版となった。

『アレクシス』への「序」でユルスナールはプルーストにまったく言及していないが、『目を見開いて』では二十四、五歳のころ『失われた時を求めて』を熱中して読んだと述べている。まさに『アレクシス』の執筆と重なりあっているわけで、プルーストがこの小説の文学的背景の重要な部分を占めていることに疑問の余地はない。

ところで、ジードの名をあげておきながら、彼の影響は微弱であったとユルスナールは言う。対照的に深い影響を受けた作家としてあげられているのはリルケである。「序」には具体的作品名があげられていないが、この点に関してはマチュー・ガレーとのインタビューのなかの次のくだりを引用しておきたい。

「実をいえばジードのそれよりはるかに強い影響があるのです。リルケの影響です。彼はあのころの私の発見でした。『マルテの手記』のリルケ。〔……〕すべてについて見られるアレクシスの慎重さ、細心さ、彼の宗教性、彼が生物や事物に注ぐ一種の優しさ、そういったものはすべて、リルケのほうがはるかに近いのです。あのころ私は彼をとても身近に感じていました。」

スイスのサナトリウムでリルケが世を去ったのは一九二六年の暮れ。そのころユルスナールは同じスイスのローザンヌに住んでいた。『マルテの手記』がモーリス・ベッツによって仏訳刊行されたのもやはり一九二六年。数カ国語を操るユルスナールのことだから仏訳を待つ必要はなかったかもしれないが、『アレクシス』と『マルテの手記』の「通奏低音」は驚くほど似ているし、プレスブルク（現在のブラティスラヴァ）におけるアレクシスの学校体験は、ザンクト・ペルテンの陸軍幼年学校におけるリルケのそれを連想させずにはいない。カフカと同じくプラハのドイツ系の家に生まれたリルケは、ついに「故郷」をもたず、生涯漂泊の旅をつづけた詩人だが、「いたるところで異邦人でありながら、私はどこでも自分がとくに孤立しているとは感じなかった」というハドリアヌスの言葉を考えあわせると、ユルスナールはそのあたりでも孤高の詩人リルケに親近感を覚えていたのかもしれない。

『目を見開いて』のなかに、「序」ではふれられていない重要な側面を指摘した言葉があるので紹介しておきたい。「『アレクシス』のあとには、音楽家ないし詩人の誕生という問題が残るはずです。あるがままの自分、自分自身の官能的基盤を役立てようとする人間、すくなくとも当座は自分ならざるものを拒否し、芸術家としての条件にまで自分を高めようとする人間の誕生という問題です。」

結婚以来一度も手をふれなかったピアノを開き、アレクシスが「渇きをいやしてくれる爽やかな音楽を求めて」弾きはじめる場面を踏まえた言葉だが、鍵盤の上に置かれた自分の手をみつめながら、彼はこう考える――「あらゆる可能な音がこの鍵盤のなかで眠っているように、その手のなかには未来の仕種がすべて含まれていた。私の手は肉体のまわりで、抱擁のたまゆらの喜びを結び、響き高い鍵盤の上で、目に見えぬ楽の音の形を撫でていた。」

「序」に見出される「精神と肉体の和解」、「声の肖像」という言葉と並んで、この作品の重要な側面を暗示する言葉といえよう。


この翻訳は最初、中央公論社から刊行されていた文芸誌『海』の一九八〇年四月号に掲載され、翌八一年、白水社から単行本として刊行されたものである。今回ユルスナール・セレクションに収めるにあたって、旧訳に手を加えながらあらためて思ったのは、翻訳は演奏に似ているということである。『ハドリアヌス帝の回想』と同じく作者が「声の肖像」と呼んだこの作品の「響き」を、原作のそれにより一層近づけること――訳者が目指したのはひたすらその一点であった。

『とどめの一撃』

やはり最初に「年譜」のなかの記述を見ておこう。

「一九三八年四月。マルグリット、アメリカからカプリに帰る。前年、この島の小さな別荘〈ラ・カサレッラ〉荘を借りていた。帰り着くとすぐ『とどめの一撃』にとりかかり、数週間でほぼ書き上げる。書物は一九三九年ガリマール社から刊行された。この短い小説は、一九一八年から一九年にかけて実際に起こった出来事に想を得ている。数日前スイスで、主要な当事者の友人がその挿話を語ってくれたのだった。中心人物のエリック・フォン・ローモンは、ドイツとバルトの血を半分ずつ受け継いだ貴族で、かつてクールランドにおける反ボルシェヴィキ闘争のあいだ、志願兵からなる特別部隊を指揮した人物だが、この小説では彼が、荒廃した国で起こった愛の冒険、軍人の同志愛と非業の死の物語を語る。作者は『アレクシス』で用いた語調と文体、すなわち意志的に抑制した語調とほとんど抽象的な文体とを、新たな辛辣さを加えてふたたび用いている。八月、カプリで病いに倒れたユルスナールは、ソレントのホテル・シレーナに移り、そこで『とどめの一撃』を仕上げる。」

「アメリカからカプリに帰る」というのは、前年パリで知り合ったグレース・フリックの誘いに応じて、はじめて赴いたアメリカ旅行を指している。ユルスナールは、翌三九年、半年ほど滞在するつもりでふたたびアメリカに渡るのだが、第二次世界大戦の勃発によって帰欧の手段を失い、結局その後の四十年間をグレースとともにアメリカで過ごすことになる。『とどめの一撃』が刊行されたのは、その二度目のアメリカ行きの直前で、つまりは彼女の生涯の重要な転換点に位置する作品なのである。

この鮮烈な小説の素材がどのようにして作者にもたらされたか、作者はそれをどのような形式の作品に仕上げようとしたか、それはなぜか、作者がこの素材のなにに感動し、作品化することによって読者になにを訴えようとしたか、そしてこの小説をどのような観点から判断してほしいと思っているか、などなど、ユルスナールは作品刊行の二十五年後に執筆した「序」のなかで、それらの点を詳しく述べている。しかし、『アレクシス』の場合と同じく、彼女は「序」のなかですべてを語ったわけではないし、一見明快に思える記述も実はかなり曖昧で、多くの影の部分をかくしている。「実際に起こった出来事」とはなになのか、彼女にこの挿話を語った「主人公の友人のひとり」とは誰なのか、よく考えると読者のなかに次々と疑問が生じてくるのである。

それらの疑問を解く手がかりを、ユルスナールは最後に残した。絶筆であり遺著ともなった回想録『なにが？　永遠が』（『世界の迷路』第三巻、一九八八年）の最終章がそれである。

未完に終わったこの章は「からみあう小径」と題されており、エゴン・ド・ルヴァルという人物が、第一次世界大戦勃発後、反ボルシェヴィキ闘争にまき込まれた故国ラトビアに帰り、それまで長いあいだ音信不通だった身内を尋ね歩く話にあてられている。

エゴン・ド・ルヴァルは西欧圏で活躍する音楽家。その妻ジャンヌはユルスナールの母フェルナンドの学校時代の親友であり、この本の第三章にすでに登場していた。フェルナンドは、マルグリット誕生の十日後、産褥熱のために世を去ったのであったが、そのことを数年後に知ったジャンヌ・ド・ルヴァルは、マルグリットの父ミシェルに手紙を寄せ、オランダ海岸の保養地スヘフェニンゲンの別荘に父娘を招くのである。「フェルナンドが妊娠したことを手紙で知らせてくださったとき、私自身みごもっておりました。どちらかが思いがけぬ不幸に見舞われるようなことがあったら、私たちはお互いの子供たちに目を配ることにしましょうと約束しておりました。〔……〕夫も喜ぶと思います。なんであれ私の希望には同意してくれる人ですから。夫は音楽家で、たいへん忙しい生活を送っており、しばしば留守にすることをあらかじめお許しいただきたいと申しております。」

この手紙をきっかけに、父ミシェルとジャンヌとのあいだに親しい交際がはじまり、母のないマルグリットにとって、ジャンヌは母代わりの女性として深い影響を残すことになる。しかしその交際は、やがてエゴンの引き起こす同性愛問題を機に断たれてしまう。エゴンと別れて自分と暮らしてほしいというミシェルの申し出を、ジャンヌが退けたのであった。読者もお察しのとおり、エゴン・ド・ルヴァルは『アレクシス』の主人公にほかならず、「からみあう小径」は彼の帰郷の物語なのである（『アレクシス』刊行の直後、ユルスナールはこの三人の関係を踏まえた小説『新エウリュディケ』を書き、一九三一年に刊行する。作者自身「失敗作」と断じるこの小説は長いあいだ絶版になっていたが、いまはプレイヤード文庫の「小説作品集」に補遺として小さな活字で収録されている。初期の小説風伝記『ピンダロス』と同じく、ポイントを落として収録する形を容認する旨、彼女はガリマール社の編集者に伝えていたのである）。

エゴン・ド・ルヴァルはストックホルムからバルト海を渡り、ラトビアの海岸にひそかに上陸したのち、住民が敵なのか味方なのかもわからぬ状況のなかで、手探りするように故郷をめざす。さいわい好意的な農民と出会った彼は、その案内で、親戚のコンラート・ド・ルヴァルの館に近づくことができ、そこで従兄弟たちとの再会を果たすのだが、この挿話がそのまま『とどめの一撃』を枠づけているのである。

もっともユルスナールは「回想録」のなかにまで虚構を織りまぜているので（たとえば、エゴン・ド・ルヴァルは実名ではない。ここでジャンヌ・ド・ルヴァルと呼ばれているその妻がフェルナンドの親友だったのは事実だが、この名前が選ばれたのは、一見相互に無縁に思える『アレクシス』と『とどめの一撃』の登場人物たちのあいだに、実はつながりないし重なり合いがあったことをほのめかすためかもしれない）、一九三八年の春、スイスでユルスナールにこの挿話を語ったのが「エゴン・ド・ルヴァル」だったという保証はない。また、クールランドでの出来事の「要約」がこのとおりの形で語られたのかどうかも定かではない。しかしこの挿話が『とどめの一撃』の舞台を明確に浮かび上がらせ、主要な登場人物を提示ないし暗示していることはまちがいない。ユルスナールは「この事件自体が悲劇というジャンルのあるゆる要素をふくんでおり、したがってフランスの伝統的な物語の枠にみごとにはまり込む」と考える。

悲劇様式の要素という言葉で彼女が考えているのは、フランス古典劇の諸規則、とりわけ三単一の規則のことである。すぐあとに「時間と場所の単一性、かつてコルネイユが独特の巧みな表現によって定義した危険の単一性」という言葉がつづいているのを見ても、それは明らかである。

彼女はまた「革命と戦争によって孤立したバルト海沿岸の片田舎という舞台そのものが、『バジャゼ』への序文でラシーヌがあれほど完璧に述べたのと同じ理由から、悲劇を成り立たせるもろもろの条件を満たすように思われた」とも述べている。「というのもそれは、ソフィーとエリックの物語を、ありふれた些事《さじ》にすぎぬものから解放し、昨日の現実に、時の隔たりとほとんど同価値の空間的距離をあたえるからである」という文章がつづいていることからみて、問題が時間の隔たりと空間のそれとの等価性であるのは明らかなのだが、いま日本で『バジャゼ』を読む人はきわめて限られていると思うので、これを書いたときにユルスナールが思い浮かべていたはずのくだりを訳出しておきたい。

「これほど最近の事件を舞台に乗せたことに驚く読者もおられるかもしれない。しかし劇詩を規定するもろもろの規則のなかに、この企画から私をそらせるようなものは、なにひとつみつからなかった。実際、ある作家が悲劇を書くのに、これほど最近の事件が、それを上演するつもりの国で起こったのであれば、私も題材として取り上げるよう勧めはしないし、観客の大部分が知っている人物を主人公として舞台に乗せることを勧める気持もない。悲劇の登場人物を見る目は、私たちが日常間近に接する人びとに向ける目とは違っていなければならない。英雄＝主人公が私たちから遠い存在であればあるほど、彼らにたいしておぼえる敬意はいっそう深まる。土地が遠くはなれていることは、いわば、あまりにも大きすぎる時間的な近さを償ってくれる。というのも、このような言い方をあえてすれば、一般に人びとは、千年はなれているものと、千里の距離にあるものとを、ほとんど区別しないからである。」

表現形式の問題以上に強くユルスナールの創作欲を刺激したのが、三人の主要人物の「情念と意志とのほとんど純粋な葛藤」であり、「同じ窮地に立たされ、同じ危険にさらされたこれら三人にみられる種族の共通性であり、運命の連帯性」であったことも指摘しておきたい。

また、一人称の語りという形式に関する省察にも注意する必要がある。彼女自身「序」のなかで述べているように、たしかにこれはユルスナールが好んで用いた手法であった。手紙という形をとってはいるが『アレクシス』がすでにそうであったし、代表作となった『ハドリアヌス帝の回想』も一人称の語りであった。この作品のための覚書のひとつに次のようなものがあった――「ひとつの声の肖像。私が『ハドリアヌス帝の回想』を一人称で書くことを選んだのは、できうるかぎり、たとえそれが私自身であれ、いっさい媒介なしにすませるためである。ハドリアヌスは私よりももっと確実に、もっと微妙に、自分の生涯を語ることができた。」すでに見たように「声の肖像」という表現は、『アレクシス』への「序」にもあらわれていた。この種のくり返しに、否定的な解釈を下してはなるまい。逆にそれは作者の思考と信念の深さを示しているのである。

「からみあう小径」に語られたエゴン・ド・ルヴァルの挿話には、もうひとつ注目しなければならない点がある。ソフィーにあたる人物の希薄さである。コンラートやエリックはもちろん、プラスコヴィ叔母のような副次的人物まで、名前をあげて言及されているのに、エゴンは「コンラートには姉がいて、ずっと昔みかけたことがあるような気がする」と言うだけである。名前さえあげられていない。コンラートもそっけなく「もうここにはいない」と言うだけで、彼女が赤軍派に身を投じたことをエゴンが知るのは、しばらくあとのこと、従僕の話を通じてなのである。

一方、小説のなかでソフィーの占める位置は圧倒的であり、語り手はエリックだが、主人公はむしろソフィーのほうだとさえいえる。素材となった「挿話」と作品の内質とのこれほどの差異は、どのように説明されるのだろうか？

その答えは伝記的事実のなかにみつかるのかもしれない。ユルスナールが世を去って三年後、ジョジアーヌ・サヴィニョーが一九九〇年に発表した伝記に次のようなくだりが見出される。「この小説の執筆を促した純粋に伝記上の事実は何であったかという問題は、〈激しい情熱の危機の所産〉であることが明記されている『火』の場合以上に興味深い。」

このセレクションの第四巻に収録される『火』は一九三六年に刊行された作品で、神話、古代史、聖書などの人物を主人公とする九篇の散文詩風短篇からなり、それぞれのあいだには、アフォリズムの形を借りた激しい情念の告白が挿入されている。全体から生々しく感じとれるのは、望みのない情熱に身を焼かれる女の叫びであり、絶望に打ちひしがれながら、なおも自分のなかの愛を断ち切れずにいる女の呻きである。

一九三〇年代、ユルスナールの心を焼きつくし、欲望と屈辱に呻かせた男がいた。その名はアンドレ・フレニョー。しかしユルスナールの書いたもののどこを探しても彼の名前はみつからない。拒まれた愛の苦しみはあまりにも深く激しく、ユルスナールは彼を抹殺するにいたったのだ——書いたものだけではなく、自分の周囲からも、記憶と心の中からも。三〇年代の日記をはじめ多くの文書が彼女の死後ハーヴァード大学に寄託され、二〇三七年までの五〇年間その閲読は禁じられているので、フレニョーにたいする情念と失望、憤怒と憎悪の真相は、いまのところ知りようがない。もしかしたら彼に関することはすべて、生前すでに彼女の身辺から完全に消されていたのかもしれない。わかっているのは、「激しい情熱の危機」に彼女を陥れたのがアンドレ・フレニョーだったということである。

アンドレ・フレニョー、本名アメデ・アンリ・ユルバン。一九二九年、『アレクシス』刊行の年に原稿審査担当としてベルナール・グラッセ社に入った人である。三〇年代を通じて彼女が同社から刊行した数冊の本（『新エウリュディケ』一九三一年、『ピンダロス』一九三二年、『死神が馬車を導く』一九三四年など）をめぐって、しばしば顔を合わせる機会があった。出版社のなかで、フレニョーはユルスナールを支持し、その著作の刊行に力を注いだという。一九九五年、新しい伝記を著したミシェール・サルドは、原稿審査にあたっていたフレニョーが、いったん拒否された原稿のなかから『ピンダロス』を見つけだして興味を抱き、ユルスナールに連絡したのが最初の出会いではないかと推測している。彼は『アレクシス』を読んでおり、高く評価していた。二人称を用いてユルスナールに語りかける形でこの伝記を書いたサルドは、こう書いている——「若者の肉体と若き神を思わせる顔、ほとんど女性的な繊細さといかにも男性的な尊大さ、そして女性にたいする根深い憎悪と軽蔑のまじりあい——それこそが男性にあってあなたを魅惑してやまないものだった。目は澄み、大天使を思わせる髪が後ろに波打っている。あなたの唇がむっちりと肉感的であるのと対照的に、彼の唇はいかにも傲慢で残酷だ。いうまでもなく彼は、アレクシスのように、ジャンヌの夫コンラートのように、男性を愛する男だった。」

一方サヴィニョーは言う——「日記をつけている人びとが目の前にいるにもかかわらず、内心の手綱をついゆるめてしまうパリの夜の集《つど》いのひとつで、アンドレ・フレニョー自身、〈古い話〉をもち出したことがある。マチュー・ガレーの、死後刊行された『日記』の第二巻に、その話が忠実に書きとめられている。〈彼（フレニョー）が戦前グラッセ社でマルグリット・ユルスナールを強く後押ししたのは事実だが、彼はこうも主張する——『とどめの一撃』に登場する二人の男（エリックとコンラート）のモデルとなったのは、自分とブード

＝ラモットだ。そしていうまでもなくマルグリットは恋に落ちる若い女（ソフィー）だった。〉」

フレニョー自身、ジャン・コクトーと親しく、『彼自身によるコクトー』や『コクトーとの対話』などのほか、自伝的な小説を十篇ほど残した人である。一九九一年に世を去ったが、虚栄心の強いうぬぼれ屋だったらしい。エリックのモデルは自分だと言いふらしはじめたのがユルスナールの死後だったということが、すべてを語っているように感じられる。

ふたたび「序」の言葉に帰ろう。一人称の語りという形式に関して、彼女はこう言っていた――「このような文学形式の欠点は、他のどんな形式よりも読者の協力を必要とすることである。水を通して眺める事物のように、〈私〉と称する人物を通して眺められた出来事や人びとのゆがみを、読者はみずから正さなければならない。」

アンドレ・フレニョーという人物の存在や、彼とこの小説とのかかわりに言及することによって筆者は、読者が正さなければならないゆがみをいっそう強めてしまったのかもしれない。しかしそれを正すさいの抵抗の強さが、そのまま作品の厚みであり、深さでもあるといえるのではあるまいか。


『とどめの一撃』の翻訳は最初『海』に発表されたあと、一九八五年、雪華社から単行本として刊行され、さらに一九九五年には岩波文庫に収められた。今回「ユルスナール・セレクション」に入れるにあたって、『アレクシス』の場合と同じ観点から訳文に手を加えた。

二〇〇一年八月

マルグリット・ユルスナール略年譜

一九〇三年

六月八日、マルグリット・アントワネット・ジャンヌ・マリー・ギレーヌ・クレーヌヴェルク・ド・クレイヤンクール、ブリュッセルのルイーズ大通り一九三番地のアパルトマンで誕生。父ミシェル・クレーヌヴェルク・ド・クレイヤンクール（五十歳）、母フェルナンド・ド・カルチエ・ド・マルシエンヌ（三十一歳）。ミシェルには前妻ベルトとのあいだにすでに一男がいた（ミシェル・フェルナン・マリー・ジョゼフ、十八歳）。母フェルナンドは初婚。

六月十八日、産褥熱によりフェルナンド死去。遅くとも七月のはじめ父ミシェルは赤子を連れて北フランス、バイユールに近い家族の所有地モン＝ノワールに戻る。

一九〇三—一九一一年（〇～八歳）

夏をモン＝ノワールで、冬をリール市内の持ち家で過ごす。フェルナンドの親友ジャンヌ・ド・フィーティングホフ（『なにが？　永遠が』におけるジャンヌ・ド・ルヴァル）から手紙が届き、これにより両家の交流がはじまる。

ジャンヌは旧姓ブリク、一八七五年ブリュッセル生まれ。十一歳のとき寄宿学校でフェルナンドと知り合う。ドレスデンで五歳年上のピアニスト・音楽家コンラート・ド・フィーティングホフ（『なにが？　永遠が』のエゴンにあたる）と出会い、一九〇二年二月に結婚、長男エゴン（一九〇三年生）次男アレクシス（一九〇四年生）がいた。

ミシェルとマルグリットは夏をジャンヌとその家族のいるスヘフェニンゲンで過ごす。一九〇五年もしくは一九〇六年から冬は南仏で過ごす。母方の伯母ジャンヌのいるブリュッセルにもしばしば滞在。一九〇六年、ミシェル、コメニウスの『世界の迷路』を翻訳出版。ジャンヌはこの仕事を助けた。一九〇九年から一九一一年のあいだに、パリに数度滞在。

一九一二―一九一四年（九～十一歳）

一九〇九年の祖母ノエミの死後、ミシェル、モン＝ノワールの屋敷を売り払う。パリのダンタン大通り（現在のフランクリン・ルーズヴェルト大通り）に居住。マルグリットは家庭教師と父の手で教育される。美術館や劇場のマチネに親しみ、読書を覚える。ミシェルはオステンデに別荘を購入し夏を過ごす。

一九一四年（十一歳）

八月から九月にかけてオステンデに滞在、第一次大戦勃発。父娘はイギリスに渡航。ロンドン近郊で一年間過ごす。大英博物館、ウェストミンスター寺院などに親しむ。大英博物館でハドリアヌス帝の胸像を初めて見る。英語およびラテン語の学習を開始。

一九一五年（十二歳）

九月、戦時下のパリで家庭教師による学習。古典ギリシア語の学習を開始。イタリア語で原詩を読むことが可能になる。

一九一七―一九二二年（十四～十九歳）

一九一七年十一月、ミシェル、病気、金銭上のトラブルおよび種々の事件に巻き込まれ、パリを去り南仏に向かう。一九一七年から一九二二年九月のあいだに、ミシェルはマントン、モンテ＝カルロ、サン・ロマンを転々とする。マルグリットは入れ替わり立ち替わりする様々な家庭教師のもと学習を継続。南仏を転々とする。父と一緒に古典作家や十九世紀の巨匠たちの作品を読む。一九一九年、ニースでラテン・古典ギリシア語のバカロレアに合格。

十六歳の時、イカロス伝説に想を得た韻文劇を創作。『キマイラの庭』という題で一九二一年ペラン社より自費出版。タゴールより賞賛の手紙を受け取り、インド留学を勧められる。一九二二年、サンソ書店より詩集『神々は死なず』を自費出版。この二冊において、著者名「マルグ・ユルスナール Marg Yourcenar」を用いた。父と考案した筆名ユルスナール Yourcenar は本姓のクレイヤンクール Crayencour の c を一つ省いたアナグラム。

一九二一―一九二六（十九～二十三歳）

一九二一年から父系の歴史を題材とする長編小説『渦』を構想、執筆。草稿約五百ページのうち大部分は破棄。残った断片は「グレコ風に」「デューラー風に」「レンブラント風に」として一九三四年刊の『死者は馬車を導く』

を構成する三つの短篇となる。「デューラー風に」は後に『黒の過程』（一九六八）に発展する。〈世界の迷路〉最初の二巻にもこの草稿は生かされる。一九二四年ミシェルとヴィラ・アドリアーナを訪れ、『ハドリアヌス帝の回想』を構想。文学学士号を取得する計画を放棄、主としてイタリアで過ごす。この歳月は初めて書いた小説『アンナ・デラ・セルナ』（のちの『姉アンナ…』）にも生かされる。一九二二年にミラノとベローナを訪れた際、ムッソリーニの「ローマ進軍」を目撃。以後、現代史、社会主義および無政府主義、そして十九世紀ドイツおよび十九世紀イギリスの哲学・詩作品を読む。インドおよび極東の文学の翻訳に触れる。この時期刊行されたアーサー・ウェイリー訳『源氏物語』（一九二五―一九三三年刊）を二十代に読み、生涯の愛読書となる。数学の学習をこの時期自らに課す。一九二六年六月ジャンヌ・ド・フィーティングホフ、ローザンヌで死去。

一九二六―一九二九年（二十三～二十六歳）

父ミシェル、イギリス人女性クリスティーン・ブラウン゠ハーヴェルトと三度目の結婚。数年をスイス・ロマンド地方およびドイツ語圏スイス、ドイツ、パリなどで過ごす。現代文学を読む。伝記作品『ピンダロス』を書く（出版は一九三二年、グラッセ社）。

一九二八年、評論「ヨーロッパ診断」発表。ジャンヌ・ド・フィーティングホフの追悼詩「亡きイゾルデに寄せる七つの詩」を発表（「亡き一女性に寄せる七つの詩」と改題され後年『アルキッポスの慈悲』に収録。一九二九年に発表のエッセー「ディオティマの思い出 ジャンヌ・ド・フィーティングホフ」とともに重要。ジャンヌは『アレクシス』のモニック、『新エウリュディケ』のテレーズ、『なにが？ 永遠が』のジャンヌ・ド・ルヴァルなどの登場人物のモデルとなる）。

一九二七年の八月から一九二八年の九月にかけて『アレクシスあるいは空しい戦いについて』を執筆。一九二九年一月十二日、父ミシェル、ローザンヌで死去。十一月『アレクシスあるいは空しい戦いについて』をオー・サン・パレイユ社で出版。著者名はマルグ・ユルスナール。原稿に目を通した父が「これほど澄みきった物語は読んだことがない」という感想を残す。エドモン・ジャルー、ポール・モランが書評で賞賛。ジャルーとは以後交友が続いた。父の書いた草稿にマルグリットが手を加えた「初めての夜」がマルグリットの名前で「フランス評論」に掲載される（一九九三年、短篇集『青の物語』所収）。

一九二九―一九三一年（二十六～二十八歳）

パリ、ベルギー、オランダ、イタリア、中央ヨーロッパ諸国で過ごす。ベルギーにおいて母方の遺産の一部を取り戻そうとつとめる。一九三〇年は小説『新エウリュディケ』の執筆に専念。この頃、戯曲『沼地での対話』を執筆。この当時、能の仏訳（スタイニルベール・オーベルラン、松尾邦之助共訳）を愛読していたと後年想起している。この時期、グラッセ社の原稿審査員を務めていたアンドレ・フレニョーと知り合う。没になっていた原稿『ピンダロス』をフレニョーが拾い上げたことがきっかけだった。『新エウリュディケ』をグラッセ社より一九三一年に出版。「あまりに文学的な書物」で「『アレクシス』の文体の強さも統一感も持ち合わせていない」と自ら判断、以後再版されず。

一九三二―一九三三年（二十九～三十歳）

イタリアを訪れ、『夢の貨幣』執筆。『渦』の草稿から生まれた短編集『死者が馬車を導く』をグラッセ社より刊行。（「グレコ風に」「デューラー風に」「レンブラント風に」の三篇から成る）。ウィーンでしばしば過ごす。シャルル・デュ・ボスおよびオーストリアの作家ルドルフ・カスナーに出会う。カスナーには強い尊敬の念を抱いた。

一九三四―一九三八年（三十一～三十五歳）

ギリシアを中心とした歳月。冬の数か月はイタリアや中央ヨーロッパ、パリで過ごす。パリにおける住居はリヴォリ通りにあるホテル・ワグラム。ギリシアの各地についてのエッセー。一九三四年『夢の貨幣』グラッセ社で刊行（決定稿は一九五九年）。

一九三五年、コンスタンチノープルに滞在、ギリシア人の友人で詩人精神分析医のアンドレ・エンビリコスと黒海へ旅行中『火』に着手。アテネで擱筆。一九三六年『火』グラッセ社刊。「過剰なまでの表現主義」との自作評。この書物を構成する九つ短編の前後に配されたアフォリズム的短文は、当時の内面の日記から抜粋されたもの。この年、リルケを追悼する小論（生前未発表）を執筆。

一九三七年（三十四歳）

一九三七年二月、グレース・フリックと出会う。一九〇四年オハイオ州トレド生まれのこのアメリカ人女性は、彼女の生涯のパートナーおよび翻訳者となる。当時グレースはエール大学に提出する博士論文を執筆中だった。二月、シャルル・デュ・ボスに長文の書簡。カトリック入信をすすめるデュ・ボスに反対しつつ自己の思想を披瀝。ロンドンにゆき、ストック社の外国文学叢書のために『波』*The Waves* 翻訳許可をとるため、ヴァージニア・ウルフと会う。ウルフは受諾、この年 *Les Vagues* として刊行。九月、グレースにより、コネティカット州ニューヘイヴンに招かれる。ニューイングランド、アメリカ南部、ヴァージニア州、サウスカロライナ州、ジョージア州などをまわる。ジョージア州で黒人霊歌への関心が芽生える。ケベックでの短い滞在。

一九三八（三十五歳）

四月、アメリカからカプリ島に借りていた別荘ラ・カサレッラに帰る。『とどめの一撃』を構想、執筆。八月、病に倒れ、ソレントに移り、ホテル・シレーナで書き上げる（一説によれば、フェルディナン・ド・ソシュールの息子ジャック・ド・ソシュールがユルスナールの友人であり『とどめの一撃』の舞台となった一九一八年から一九一九年におけるバルト諸国の戦争について知識をあたえたという）。ガリマール社のポール・モラン監修 « Renaissance de la nouvelle » 叢書から『東方綺譚』出版。同年、実際にみた夢のいくつかを記述し、夢をめぐる省察を加えた書物『夢と運命』をグラッセ社より出版。

十月、パリに戻り、十二月オーストリアに発つ。スイスでの短い滞在を経た後、ウィーンの安宿で過ごす。ナチス統治下のオーストリアとユダヤ人の悲劇を目撃。

一九三九年（三十六歳）

新年をチロルのキッツビュールで迎える。バイエルン、オーストリア、続いてアテネ。ヘンリー・ジェイムズの『メイジーの知ったこと』訳了後（諸々の事情から、四七年出版）、ギリシアの詩人カヴァフィスの翻訳に専念（コンスタンディノス・ディマラスとの共訳）。一九三九年『とどめの一撃』ガリマール社から出版（『アレクシス』の意志によって統御された調子とほとんど抽象的な文体を、さらに辛辣さを加えて再び用いた」）。

グレース・フリックの招きに応じ冬をアメリカで過ごすことに決める。八月パリに戻る。十月頃、ジュリアン・グラックとパリで会う。十一月ボルドーからアメリカに渡航。半年の滞在のつもりだったが、結果的に十一年間アメリカに留まることになる。

一九四〇年（三十七歳）

六月、社会人類学者マリノフスキーのニューヨークのアパルトマンでパリ陥落を知りともに泣く。グレースの友人たちの助力によりシカゴなどで講演旅行が実現。十月、コネティカット州、ハートフォードに住み、グレースがあらたに赴任した学校で、無償でフランス語、歴史、芸術を教える。その後、一九四二年にサラ・ローレンス大学で非常勤講師の職を得る。この時期より数年間にわたり、フロリダ、ジョージア、ヴァージニアの各州およびカナダを訪れるとともに、ニューヨークもしばしば訪れ、ブルトンやマックス・エルンスト、ジュール・ロマン、ストラヴィンスキー、イヴ・タンギーらと出会う。ロジェ・カイヨワやヴィクトリア・オカンポが編集する雑誌「フランス文学」(ブエノスアイレス刊)にエッセーを寄稿。

一九四二年(三十九歳)
夏、はじめてマウント・デザート島(モン・デゼール島)を訪れる。この時期、戯曲『エレクトラ、あるいは仮面の落下』を執筆。また黒人霊歌およびギリシア古詩の翻訳。

一九四五年(四十二歳)
マウント・デザート島で広島の原爆投下および戦争終結を知る。

一九四七年(四十四歳)
ヘンリー・ジェイムズの長編小説『メイジーの知ったこと』をラフォン社より翻訳出版。

一九四八—一九五〇年(四十五~四十七歳)
四八年の年末、戦前ローザンヌのホテルに預けてあった数個の木箱がヨーロッパから届く。なかに一九三七年から三八年にかけて断続的に書いた『ハドリアヌス帝の回想』の第三稿が入っていた。これより『ハドリアヌス帝の回想』の執筆を再開、専心。完全に散逸していた資料をアメリカ各地の図書館や大学で再収集する。

一九五〇年(四十七歳)
グレースとマウント・デザート島に家を購入。「プティット・プレザンス」(ささやかな愉しみ)と命名。十二月『ハドリアヌス帝の回想』脱稿。

一九五一年(四十八歳)
五月、ヨーロッパに帰還。パリとスイスに滞在。ルドルフ・カスナーと再会。『ハドリアヌス帝の回想』プロン社より出版。「ほんの数人の読者のために」書いたつもりだったが、批評的にも世間的にも予期しない大成功を収める。翌年にかけてイタリア、スペインで過ごす。

一九五二年(四十九歳)
二月までパリで『ハドリアヌス帝の回想』の成功に伴

う様々な雑事をこなす（プロモーション、レセプション、インタビューなど）。旧友との再会（ロジェ・マルタン・デュガールら）および様々な交流（エルンスト・ユンガー、コレットら）。六月フェミナ・ヴァカレスコ賞受賞。七月、マウント・デザート島に戻る。『ハドリアヌス帝の回想』に対しアカデミー・フランセーズから賞。

一九五三年（五十歳）
夏から冬にかけてイギリスとスカンディナヴィアで過ごす。

一九五四―一九五五年（五十一～五十二歳）
五四年、パリ。二月、講演「歴史と向き合う作家」。ノール県にて『北の古文書』の、ベルギーにて『追悼のしおり』の調査活動。十月末、『エレクトラ、あるいは仮面の落下』をプロン社より出版。同作の上演が行われるが、解釈も配役も意に満たず、劇場主とのあいだに訴訟（のちに、勝訴）。『ハドリアヌス帝の回想』の英訳がアメリカで出版（訳者グレース・フリック）。五四年から五五年にかけて『トーマス・マンのユマニスムと錬金術』（評論）を執筆し発表。マンがこれを読み絶賛。後年『時、この偉大なる彫刻家』にまとめられることになるエッセー群を執筆。

一九五六年（五十三歳）
一九三四年刊行の『死者が馬車を導く』を読み直すうち、「デューラー風に」の改作を決意。後に『黒の過程』となる。またこの年『アルキッポスの慈悲』（詩集）をフリュート・アンシャンテ社より刊行。九月、オランダ滞在。ミュンスターなどを訪れる。オクターヴ・ピルメの住居のあったアコを訪れ、その経験は『追悼のしおり』に生かされる。

一九五七年（五十四歳）
カナダで講演。

一九五八年（五十五歳）
二月から六月イタリア滞在。『コンスタンディノス・カヴァフィスの批評的紹介および全詩集』をガリマール社より刊行。詩はコンスタンディノス・ディマラスとの共訳。この時期、環境問題、核問題、動物保護など現代の社会問題に強い関心を抱くようになり、数多くの運動団体に加盟する。
六月、グレース・フリック、乳癌の手術を受ける。

一九五九年（五十六歳）
前年からこの年にかけ『夢の貨幣』を改作、プロン社より刊行。

一九六〇年（五十七歳）

かつて「カイエ・デュ・シュッド」誌に掲載した「アリアドネと冒険者」をもとに十場の神聖喜劇『誰もが己のミノタウロスをもつ』を執筆。一九五九年冬から一九六〇年春にかけて、ポルトガル、スペインに滞在。

一九六一年（五十八歳）

一月エジプト旅行に向かうが、出発の翌日グレースの再手術の報を受け、中止。アメリカ南部、ヴァージニア州でグレースと過ごす。ミシシッピ河をシンシナティからニューオーリンズまで下り、黒人差別と公民権運動を目の当たりにする。黒人霊歌の翻訳を完了する。戯曲『カエサルのものはカエサルへ』を執筆。『夢の貨幣』を戯曲化したもの。六月、マサチューセッツ州スミス・カレッジより名誉博士号を受ける。

一九六二―一九六五年（五十九～六十二歳）

『検証を条件に』（エッセー集）を出版。これにより同年コンバ賞を受賞。夏、バルト海へ旅行。ソビエト連邦および、アイスランドに数日滞在。一九六四年、黒人霊歌の翻訳『深い河、暗い川』をガリマール社より出版。三月、ポーランドに滞在。チェコスロバキアに旅行。夏、合衆国に戻り、『黒の過程』に専心。一九六五年八月に完成。

一九六五―一九六九年（六十二～六十六歳）

出版社（プロン社）と折り合いがつかず『黒の過程』の刊行が遅延。ギリシア古詩の韻文訳に従事。

一九六八年（六十五歳）

四月、ブルターニュおよびアンジュを訪れる。パリにて「五月革命」に遭遇。『黒の過程』ガリマール社より出版（以後、ユルスナールの新著はすべてガリマール刊となる）。六月、アメリカに戻る。ボールドウィンカレッジより名誉博士号を受ける。十一月、ノール県およびベルギー滞在。『黒の過程』が審査員全員の票を得てフェミナ賞を受賞。

一九六九年（六十六歳）

冬から春にかけ、南仏滞在。六月には合衆国に戻る。『ホーテンス・フレクスナーの批評的紹介および詩抄』（評論および英仏対訳による詩の翻訳）を出版。アメリカの諸都市で講演。スミスカレッジでアンドレ・ジッド生誕百周年講演。『追悼のしおり』に着手。

一九七〇年（六十七歳）

ベルギー王立フランス語フランス文学アカデミー会員として選出される。

一九七一年（六十八歳）

二月、スペイン滞在。アルヘシラス、マドリッド、ブルゴス。ベルギーでアカデミー入会演説。答辞はカルロ・ブロンヌ。続いてゼノンの故郷ブリュージュに一か月滞在。オランダ、フリースラントのテクセル島への旅行。六月、パリでレジオン・ド・ヌール勲章を授与される。夏、アメリカに戻り『追悼のしおり』を書き進む。この年よりグレース・フリックの病状が悪化し、長期旅行できず。『戯曲集』（全二巻）をガリマール社より出版。

一九七二年（六十九歳）

メイン州のコルビー大学より名誉博士号。モナコ・ピエール大公文学賞受賞。

一九七四年（七十一歳）

『追悼のしおり』刊。国民文化賞受賞。

一九七六年（七十三歳）

十一月、映画『とどめの一撃』（フォルカー・シュレンドルフ監督、フランス・西ドイツ制作）が上映される。ユルスナールはこの映画を評価しなかった。

一九七七年（七十四歳）

病後のグレース・フリックとカナダを横断し、アラスカ、ブリティッシュコロンビアを旅行。七七年『北の古文書』刊。全業績に対しアカデミー・フランセーズ大賞受賞。

一九七八年（七十五歳）

グレース・フリックの病のため、大部分をプティット・プレザンスで過ごす。植物に興味が沸く。日本語の学習に真剣に取り組む。『無名の男』の執筆開始。

一九七九年（七十六歳）

七九年、ギリシア古詩翻訳集『王冠と竪琴』刊。『無名の男』を書き継ぐ。十一月十八日、グレース・フリック死去。

一九八〇年（七十七歳）

二月、新しい旅の伴侶、ジェリー・ウィルソンを伴い、フロリダに向かう。ジェリーがテレビ番組のスタッフとしてマウント・デザート島を訪れたのが出会いであった。マイアミより船出して、カリブ諸島。この船出の数分前、アカデミー・フランセーズの会員に女性としてはじめて選出されたことを知る。夏、アカデミー入会演説の文章を作成するため、彼女がその席を襲うことになったロジェ・カイヨワの全作品を読む。九月、イギリス、十一月、コペンハーゲン。続けてアムステルダム、ハーグ、ブリュッセル。アコ再訪。ブリュージュでアカデミー入会演説の文章を仕上げる。パリへ向かう途上、故郷の町サン=ジャン=カペルで祝賀会。十二月パリ着。この年、『目を見開いて』(聞き手マチュー・ガレー) ルサンチュリオン社より刊行。

一九八一年 (七十八歳)

一月二十二日、アカデミー・フランセーズ入会式。二月一日、パリ発。マルセイユからアルジェリアに渡り、モロッコに滞在。三月から四月にかけてスペイン、ポルトガル再訪。コルドバ、グラナダ、リスボン、シントラ。四月パリに戻り、ブリュージュ、テクセル島を巡ってから、イギリス、ソールズベリーに滞在。ストーンヘンジを何度も訪れる。五月、合衆国へ戻り、六月、ハーヴァード大学より名誉博士号。夏、プティット・プレザンスで『無名の男』完成。十月『三島あるいは空虚のヴィジョン』を刊行。サウサンプトンに渡りイギリスで過ごす。十月二十一日、パリ着。『美しい朝』を構想。十一月『姉アンナ…』を出版。ブリュージュ、アムステルダムに短い滞在。

一九八二年 (七十九歳)

一月から二月、北部イタリアを通過。エジプトを一か月旅行。アレクサンドリアを訪れ、カヴァフィスの足跡を再発見。アンティノエの景勝地を訪問、ナイル河を下流域からアスワンまで遡る。紅海沿岸を巡る。ギリシアに寄り、スニオン岬を再訪。ヴェニスに短期滞在。マジュール湖を経て、黒人作家ジェイムズ・ボールドウィンのサン・ポール・ド・ヴァンスの家に滞在。アメリカ芸術文学アカデミーの会員に選出される。この時期、黒人霊歌やアメリカ南部の黒人にかんする資料を翻訳。パリに戻り、『なにが? 永遠が』を構想。故郷のモン=ノワールに環境保全のためのささやかな保護区を開設。四月末、イギリス経由でアメリカに戻る。プレイヤード叢書『小説作品集』出版。存命中の作家がこの叢書に収録されるのは異例のことで、それ以前ではアンドレ・マルロー、ジュリアン・グリーンなど、二、三の例しかなかった。

『流れる水のように』(「姉アンナ…」「無名の男」「美しい朝」収録)刊行。夏、ジェイムズ・ボールドウィンの戯曲 *The Amen Cornar* を翻訳。九月、鉄道でカナダ旅行。サンフランシスコから横浜へ渡航。ハワイに碇泊。洋上で *The Amen Cornar* の翻訳を完了。

十月四日、横浜着。八日、大使館主催の歓迎晩餐会。当初、来日直後より観劇に通い、とりわけ歌舞伎を愛好。当初、北海道旅行を計画していたが、中止。十月半ば、最初の国内旅行に出発。「奥の細道」ゆかりの松島、仙台、中尊寺などを巡る。二十日、東京に戻る。十月二十五日、三島由紀夫の未亡人平岡瑤子の招きで三島邸を訪問。その折、ジュン・シラギ(三島の文学遺産管理者)より『近代能楽集』の翻訳を提案される。十月二十六日、日仏会館で講演「空間の旅・時間の旅」(通訳岩崎力)。十月三十一日、中仙道を通り京都に向かう。十一月二日、伊勢神宮参拝。鳥羽、賢島を訪れる。十一月三日、京都着。四日頃、多田智満子が宿泊先の都ホテルを訪問。奈良を訪れ、桜井の大神神社に平岡瑤子らと参詣。再び東上し、比叡山、宇治、名古屋、浜名湖、三保、箱根、御殿場などを経て、十一月二十一日、東京着。坂東玉三郎演じる「夜叉ヶ池」を観劇。宝生能楽堂や国立劇場で観劇。再度京都へ。広島、宮島、瀬戸内海を巡る。十二月二十二日、大阪着。このとき公演中だった坂東玉三郎の楽屋を訪れる(玉三郎を訪れるのはこれが三回目だったという)。日本滞在中は岩崎力がしばしば旅に同伴しガイドや運転手などを務めた。

一九八三年(八十歳)

元旦タイに発つ。バンコク、パタヤ。バンコク・フランス会館にて講演。一月十五日、ニューデリー。ヒマラヤ麓、ベレナス。ニューデリーのフランス会館で講演。二月十九日、アテネ。流感に罹る。ナウプリオン、ミュケナイ、エピダウロスを再訪。ローマ、ポルト、マウリツィオ、サン・ポール・ド・ヴァンスを再訪、マルセイユ。三月十五日パリに戻る。ボールドウィン *The Amen Cornar* の翻訳をガリマール社より刊行。四月末、プティット・プレザンスに戻る。主に日本旅行を主題とした書物『牢獄巡回』を構想。十五篇の紀行文からなるが、そのうち十一篇が日本滞在記である。『ブルースとゴスペル』を翻訳。『時、この偉大なる彫刻家』刊行。十月五日、エラスムス賞の受賞式のためアムステルダムへ。旧友たちに再会。十一月半ば、パリでジェリー・ウィルソン制作のテレビ番組「サタデーブルース」にコメンテーターとして出演。十一月三十日、ケニアに出発。ナイロビ滞在。ツリートップとサンブルの保護区およびケニア山、ナイバシャ湖、ナクル湖を歴訪。十二月十四日、ナイロビのフランス会館で講演。同日夜、自分の乗った警察の車が運転手の不注意により交通事故、重傷を負う。五週間をナイロビの病院で過ごす。残りの冬をケニアで過ごす。ジェリー・ウィルソンとケニア人の看護士とともにツァボ公園、アンボセリ、モンバサにゆく。ナイバシャ湖、ナクル湖再訪。

一九八四年（八十一歳）

三月末、ナイロビを発ち、マルセイユでしばし過ごしたのち、ロンドン。翻訳『五つの近代能』（三島由紀夫『近代能楽集』より「卒塔婆小町」「弱法師」「綾の鼓」「葵上」「班女」。ジュン・シラギと共訳）を刊行。四月末、プティット・プレザンスに帰還。『牢獄巡回』の執筆。自作の英訳とイタリア語訳を点検。ジェリー・ウィルソンのマウント・デザート島を題材にしたドキュメント番組『幸福な島』がユルスナールの協力でこの夏に撮影。八月末から九月、重いインフルエンザにかかり、執筆の中断を余儀なくされる。十一月十一日、パリ。十一月十七日、エラスムス研究所より招待を受けアムステルダムへ。ブリュージュにもわずかに滞在。『牢獄巡回』を書き継ぐ。十一月二十五日から十二月十八日、パリ滞在。詩集『アルキッポスの慈悲』刊行。若年より書いてきた詩作品のうち残したいものを収録した。『ブルースとゴスペル』刊行。ユルスナールが編んだテキストにジェリー・ウィルソンの写真をあしらった書物。インドのお伽噺集『白い頭の黒い馬』を計画。十二月十八日、アムステルダムでクリスマスを迎える。

一九八五年（八十二歳）

元旦から五月六日までインド旅行。ボンベイ、ニューデリー。タール砂漠、ジョドプール、ビカネール、ジャイサルメールの街々。アグラとファテープル・シークリーを再訪。グワーリヤル。ジャイプール再訪、ここで八二年以来放擲していた『なにが？　永遠が』に再着手。ゴアに滞在し、それからデリー。ジェリー・ウィルソンがマラリアに罹り、次いで結核を発症。実際はエイズの最初の兆候であった。ネパール行きを取りやめ、合衆国へ帰る。夏、『なにが？　永遠が』を継続、および自作の英訳、伊訳の点検。九月六日、アルカンザスで療養していたジェリー・ウィルソンが小康状態となりプティット・プレザンスに何日か戻る。のち新たな治療を受けるためパリに出立。九月十八日、ユルスナール、度重なる心臓疾患によりマウント・デザート島の病院に入院。九月二十一日、ジェリー・ウィルソンが戻る。十月二日から十月七日にかけてメイン州東部医療センター、マサチューセッツ総合病院と転院する。十月九日、冠動脈五本をバイパスする開胸手術。十月十九日、マウント・デザート島の病院に戻る。十月二十日、ジェリー・ウィルソンが再びパリに出発。十月二十八日、プティット・プレザンスにおいて徐々に癒える。『なにが？ 永遠が』を継続、医師の諫止によりフランス旅行断念。十月末『白い頭の黒い馬』刊。

一九八六年（八十三歳）

二月八日、ジェリー・ウィルソン、エイズによりパリのラエンネック病院で死去。二月二十四日から二十八日、レジオン・ド・ヌール第三等勲章の授与式のためニューヨークに滞在。このとき同時にアメリカ芸術クラブより金メダルを受ける。四月二十日から六月十一日にかけて、オランダ、ベルギー旅行。アムステルダム。『黒の過程』の映画化を計画するアンドレ・デルヴォーに会うためブリュッセルに寄る。ブリュージュ。モン＝ノワールの自然保護区を訪れる。パリで三週間過ごし、二週間ほどザルツブルグ、インスブルック、メラーノ。パランツァでパオロ・ザッチェラに再会。ジュネーヴに立寄り、ボルヘスと会う。パリでボルヘスの訃報を聞く。面会日の六日後であった。アメリカに戻る。夏のあいだプティット・プレザンスで『なにが？ 永遠が』を書き進む。十一月九日から二十二日、アムステルダムのエラスムス協会。友人であり編集者であったジョアン・ポラックに会う。アムステル川の古いユダヤ人墓地を訪れる。これ以降、オランダ人の看護士ジャネット・ハートリーフが付き添う。十一月二十三日、ドイツ経由でチューリッヒ。幼少期の友人に会う。十二月二日、パリに出発、ガリマール社でヤニック・ギユーと仕事をする。『なにが？ 永遠が』の前半をギユーに託す。『物の声』を準備。古今の詩や宗教書からの抜粋にジェリー・ウィルソンの写真を配した書物。アンドレ・デルヴォーと一緒に作業し、映画『黒の過程』の脚本を受諾。インド・ネパール旅行を計画していたがやめ、十二月二十七日、この冬はモロッコに赴く。

一九八七年（八十四歳）

一月、フェズで過ごす。この旅でもジャネット・ハートリーフが同伴。マラケシュで半月を過ごし、友人のジャン＝マリー・グルニエも合流。アトラス山脈と南部を訪問。ワルザザート、ザゴラ、アグデズ、アイット＝ベン・ハドゥトゥルエ。タムグルートのコーラン学校の図書館を訪れる。グルニエと別れ、ジャネットとタルーダントで十一日過ごす。砂漠の中を散歩。『なにが？永遠が』の「愛のかけら」の章を仕上げる。二月十一日、アガディールに出発。エッサウィラで五日間過ごす。エル・ジェリバ、ブロンシット。ラバで病気になり、回復まで三週間を過ごす。三月八日、パリ。四月五日、イギリスへ出発。ロンドン。ソールズベリー再訪。四月二十七日、プティット・プレザンスに戻る。ジャネット・ハートリーフが去る。夏、ハーヴァード大学で秋に行なう講演のためボルヘスの著作を読む。八月末、五月半ばから中断していた『なにが？永遠が』の執筆を再開。九月二十九日から十月二日、環境問題を議題とする第五回国際憲法会議の開会演説のため、ケベックを訪れる。ケベックと周辺の自然をイヴォン・ベルニエと巡る。九月から、イタリアで『黒の過程』の撮影が開始(上映は八八年)。十月、ボストンで数日過ごした後、十月十四日ハーヴァード大学で講演「ボルヘスあるいは幻視者」。帰宅後『なにが？永遠が』の最終章「錯綜した小径」を書き継ぐ。さらに、インドおよびネパール旅行の準備を進め、出発は十一月十五日で決定していた。この旅行の目的の一つはダライ・ラマに会うことだったという。十一月はじめ、頭痛と仙腸骨痛のため起き上がれなくなる。そうした中で「錯綜した小径」を書き急ぐ。十一月八日正午前、脳梗塞が起こり、バーハーバーの病院に緊急搬送。ヤニック・ギユー、イヴォン・ベルニエが駆けつける。十二月十七日、午後八時少し過ぎ、マルグリット・ユルスナール死去。遺体は荼毘に付され、サムズヴィルの墓地に葬られた。墓石は下二桁の没年を空白にして数年前より準備されていた。墓碑銘として『黒の過程』の「大街道」におけるゼノンの言葉が刻まれている――Plaise à Celui qui Est peut-être de dilater le cœur de l'homme à la mesure de toute la vie.「存在するかもしれぬかのものの御業により、ひとの心が生の続くかぎり広く晴れやかに大きく膨らみますように」

一九八八年

一月十六日、追悼の儀式がノースイースト・ハーバーの教会で行われる。

本年譜は主としてプレイヤード叢書『小説作品集』所収の年譜に拠り、同年譜をもとに作成された岩波文庫版『とどめの一撃』巻末の「マルグリット・ユルスナールの生涯と作品――年譜」(岩崎力氏作成)、およびサヴィニョー、サルド、ゴスラールその他諸氏の研究を参照して適宜項目を補い作成した。日本滞在時(一九八二年)の行程については、岩崎力氏の回想「敬虔な思い出たち」(『ふらんす』二〇〇〇年四月号～二〇〇一年三月号に連載)を主な資料とした。

(作成　森 真太郎)

本書は、『アレクシス／とどめの一撃／夢の貨幣』（「ユルスナール・セレクション3」二〇〇一年刊）に収められた二作品とエッセイ・解題に略年譜を加え、ユルスナール没後三十年を記念した特別編集版です。

訳者略歴　岩崎力（1931-2015）

フランス文学者、翻訳家、東京外国語大学名誉教授。

東京大学教養学部大学院人文科学研究科比較文学比較文化修士課程修了。

1971-72年パリ第七大学講師。1986-88年パリ国際大学都市日本館館長。

著書に『ヴァルボワまで　現代文学へのオベリスク』。訳書にマルグリット・ユルスナール『黒の過程』『流れる水のように』『目を見開いて』『世界の迷路Ｉ　追悼のしおり』、クロード・シモン『歴史』、フィリップ・ソレルス『公園』『ドラマ』『黄金の百合』『ゆるぎなき心』、ジョージ・D・ペインター『マルセル・プルースト——伝記』、ヴァレリー・ラルボー『罰せられざる悪徳・読書』『幼なごころ』、ロラン・バルト『作家ソレルス』（共訳）、スーザン・ソンタグ『アルトーへのアプローチ』ほか多数。

アレクシス　あるいは空しい戦いについて
とどめの一撃

二〇一七年一二月一七日　印刷
二〇一七年一二月三〇日　発行

著　者　マルグリット・ユルスナール
訳　者　©　岩《いわ》崎《さき》　力《つとむ》
装　幀　仁　木　順　平
発行者　及　川　直　志
印刷・製本　図書印刷株式会社
発行所　株式会社白水社
東京都千代田区神田小川町三の二四
電話　営業部〇三（三二九一）七八一一
　　　編集部〇三（三二九一）七八二一
振替　〇〇一九〇-五-三三二二八
郵便番号　一〇一-〇〇五二
http://www.hakusuisha.co.jp
乱丁・落丁本は、送料小社負担にてお取り替えいたします。

ISBN978-4-560-09592-8

Printed in Japan

■マルグリット・ユルスナール 著

Marguerite Yourcenar

世界の迷路【全三巻】

二〇世紀が誇る孤高の作家の、母・父・私をめぐる自伝的三部作

Ⅰ 追悼のしおり（岩崎 力訳）　Ⅱ 北の古文書（小倉孝誠訳）　Ⅲ なにが？ 永遠が（堀江敏幸訳）

ハドリアヌス帝の回想

（多田智満子訳）旅とギリシア、芸術と美少年を偏愛したローマ五賢帝の一人ハドリアヌス。命の終焉でその稀有な生涯が内側から生きて語られる、「ひとつの夢による肖像」。著者円熟期の最高傑作。巻末エッセイ＝堀江敏幸

黒の過程

（岩崎 力訳）十六世紀フランドル、ルネサンスの陰で宗教改革と弾圧の嵐が吹き荒れる時代。あらゆる知を追究した錬金術師ゼノンと彼をめぐる人々が織りなす、精緻きわまりない一大歴史物語。巻末エッセイ＝堀江敏幸

東方綺譚

（多田智満子訳）古典的な雅致のある文体で知られるユルスナールの一風変ったオリエント素材の短篇集。源氏物語など、「東方」の物語を素材として、自由自在に、想像力を駆使した珠玉の九篇。〈白水Uブックス〉